유시민
스토리

유시민 스토리

1판 1쇄 인쇄 ㅣ 2021년 4월 1일
1판 1쇄 발행 ㅣ 2021년 4월 6일

지 은 이 ㅣ 이경식
펴 낸 이 ㅣ 천봉재
펴 낸 곳 ㅣ 일송북

주   소 ㅣ 서울시 성북구 성북로 4길 27-19(2층)
전   화 ㅣ 02-2299-1290~1
팩   스 ㅣ 02-2299-1292
이 메 일 ㅣ minato3@hanmail.net
홈페이지 ㅣ www.ilsongbook.com
등   록 ㅣ 1998.8.13(제 303-3030002510020060000049호)

ⓒ이경식 2021
ISBN 978-89-5732-276-5 (03800)

유쾌한 '싸가지'의 힘

유시민
스토리

이경식 지음

앞쪽북

차 례

프롤로그

19세기 말에서 20세기 초로 이어지던 그 무렵, 500년을 이어오던 조선은 마지막 가쁜 숨을 몰아쉬었다. 성리학이라는 유교 이념을 통치 철학으로 삼았던 조선은 무너져 가는 왕조의 권위를 세우려고 마지막까지도 그 봉건 질서의 끈을 악착같이 붙잡고서 발버둥쳤지만 시대착오였다. 결국 조선은 매국노들의 욕심대로 일본에 강제로 합병되었다.

일제강점기 36년 동안 일본은 제국주의적인 속성 그대로 조선을 지배했다. 경제적으로는 자본과 잉여가치를 수탈했고, 문화적으로는 조선의 정신을 말살하려 했다. 황국신민화, 내선일체, 창씨개명... 세상이 바뀌었다. 그러나 힘을 가진 편에 선 사람들은 잘 먹고 잘 살았으며, 굳이 그편에 서지 않았거나 혹은 서고 싶어도 서지 못한 사람들은 여전히 못 먹고 못 살았다.

한편, 같은 양반이면서도 조선이 일본에 병탄되는 것이 조선 백성이 잘 먹고 잘 사는 길이라고 믿었던 사람들과 다르게, 상투가 잘리는 것과 조선 망국을 개인의 존재론적인 위기로 받아들인 사람들도 있었다. 이 사람들은 사재를 털어서까지 반일의병 운동을 일으키며 조선의 부활을 꿈꿨다.

그러나 그 꿈은 헛된 것이었다. 이미 세상은 달라져 있었다. 자기가 지키려고 했던 사회는 사라지고 없었고, 총독부가 다스리는 일본의 식민지 조선이라는 새로운 사회가 들어서 있었다. 이 새로운 사회에서, 조선을 바꾸려 했던 과거의 진보주의자들이 이제는 친일파가 되어 식민지 조선을 지키려는 보수주의자가 되었다. 반대로 식민지 조선 사회를 예전의 조선 사회로 돌려놓으려는 사람들 가운데에서는 뜻대로 되지 않자 제풀에 지쳐서 세상과 담을 쌓고 산 사람들도 있었고, 민족주의운동 혹은 사회주의운동으로 또 계몽운동이나 무장투쟁으로 조선의 독립을 꿈꾸며 전 재산과 일생과 가족의 편안함을 바친 사람들도 있었다.

그러다가 1945년 8월에 조선은 해방을 맞았다. 해방을 맞은 것이 좋은 소식이라면, 나쁜 소식은 해방을 꿈꾸고 일제에 항쟁하던 사람이 상해임시정부를 중심으로 국내외에 많았지만 이들의 투쟁이 해방에 결정적인 힘이 되지 못했다는 점이었다. 세상에는 공짜가 없었다. 조선 해방에 가장 큰 역할을 했던 두 나라인 미국과 소련은 한반도에 진주한 다음에 저들의 정치적 목적과 편의를 위해서 38도선을 경계로 한반도를 둘로 쪼개었다. 임시로 그어진 이 경계선은 대한민국과 조선민주주의인민공화국의 국경선이 되었고, 급기야 1950년에는 참혹한 동족상잔의 전쟁이 벌어졌다. 이 전쟁으로 우리 민족은 물리적인 피해의 상처뿐만 아니라 그보다 몇 십 배 더 아프고 씻기 어려운 마음의 상처를 입었다.

한편 대한민국의 초대 정부인 이승만 정부는 미국의 전략적 필요성에 따라 반공의 보루 역할을 말썽 없이 또 효율적으로 충실히 수행해야만 했던 태생적인 한계 때문에, 친일파의 인적 · 물적 자산을 자기 정권의 기반으로 삼았다. 관료로, 장사꾼으로, 어용지식인으로 혹은 순사로 살면서 일제의 앞잡이 노릇을 적극적으로 혹은 소극적으로 했던 사람들은 자기가 지은 죄를 감추고 또 기득권을 유지하고 싶었던 터라 이승만 정부의 그런 선택을 환영했다.

이 양쪽의 이익이 맞아떨어지는 이념이 '반공'이었다. 이렇게 해서, 해방이 되고 세상이 바뀌었지만 식민지 조선 체제를 지키려고 했던 보수주의자들이 그대로 해방 조선, 그리고 그 이후 대한민국에서도 여전히 기득권을 유지하며 기존의 체제를 지키려는 보수주의자의 자리에 앉았다. 1948년에 제정된 대한민국 헌법 전문은 '3 · 1운동으로 건립된 대한민국임시정부의 법통'을 계승한다고 명시했지만, 힘없는 명분에 지나지 않았다.

대한민국이 정부 수립 과정에서 그리고 그 뒤로도 일제 잔재를 청산하지 못했다는 것, 다시 말해서 식민지 조선의 체제를 지키려고 했던 집단이 대한민국 사회에서도 여전히 사회의 기득권을 유지하며 기존의 체제를 유지하길 바라는 보수주의자로 남았다는 것은 일제가 제국주의적 수탈을 위해서 우리 사회에 심어 놓은 정신적 · 문화적 가치와 제도적인 장치 및 인적 관계망이 온전하게 남았다는 뜻이다. 그뿐만 아니었다. '반공 이념'은 동족상잔의 전쟁을 통해서 한층 강화되어 보수 진영의 강력한 호출 신호로 사회에 자리를 잡았다.

게다가 전쟁의 참화로 나라는 황폐했고 사람들은 가난했다. 그러나 장차 '한강의 기적'으로 일컬어질, (2차 세계대전 이후로 식민지 상태에서 해방된 나라들 가운데에서) 세계적으로도 유례가 없는 빠른 경제 성장이 이루어질 사회, 그리고 그 과정에서 군사독재의 폭압적인 공권력이 시민·노동자의 권리를 무자비하게 짓밟고 심지어 수천 명의 시민을 살상까지 하게 될 사회, 그 어떤 나라도 가본 적이 없는 민주주의의 길을 세계사에서 유례가 없는 방식으로 걸어갈 사회, 또한 역동적이고 개방적이면서도 신뢰를 바탕으로 한 질서가 있고 인간적인 한국의 문화를 전 세계에서 각광받는 문화로 만들어낼 사회, 이런 사회를 이미 자기 안에 잉태하고 있던 사회, 그게 1950년대의 대한민국이었다.

> 미래는 아직 오지 않은 것이 아니다. 미래는 우리들 각자의 머리와 가슴에 이미 들어와 있다. 지금 존재하지 않은 어떤 것이 미래를 만드는 것이 아니라, 이 시각 우리 안에 존재하고 있는 것들이 시간의 물결을 타고 나와 대한민국의 미래가 된다. (...) 역사를 만드는 것은 역사를 만드는 사람의 욕망과 의지이다.(*<나의 한국현대사>, 유시민, 돌베개, p.417)

유시민이 이 말을 한 시점은 박근혜 대통령의 임기 2년차이던 2014년이었다.

2013년 2월 25일에 18대 박근혜 대통령이 취임하기로 예정되어 있었는데, 그 전인 2월 19일에 유시민은 정계를 은퇴하며 '지식소매상'으로 살겠다고 선언했다. 그리고 며칠 뒤에는 그동안 정리했던 지식소매상으로서의 삶을 구체적으로 다짐하고 설명하는 내용을 담은 〈어떻게 살 것인가〉를 출간했다. 그리고 그 뒤 1년 만에 낸 책이 〈나의 한국 현대사〉이다. '나'가 바라는 미래가 아직 오지 않았지만 '우리' 각자의 머리와 가슴에 이미 들어와 있다는 말은, 이명박 정부에 이어서 박근혜 정부가 출범한 지 1년이 막 지난, 다시 말해서 다음 대통령 선거가 아직 4년이나 남아 있던 그 시점에서는, 어쩌면 그가 간절하게 바라던 희망사항이었을지도 모른다.

어쨌거나 유시민의 그 말을 빌리자면, 아직 태어나지도 않은 유시민이 살아갈 미래, 기적과 같은 경제 성장과 군사독재의 폭압과 민주주의와 정신문화의 세계적인 모범이 펼쳐질 그 미래는 이미 1950년대를 살고 있던 사람들 각자의 머리와 가슴에 이미 들어 있었던 셈이다. 적극적 친일파 한 아무개 자작과 홍 아무개 군수 그리고 이 아무개 작가의 자손들과 소극적 친일파 김 아무개 작곡가와 배 아무개 화가의 자손들, 독립운동가 조 아무개와 박 아무개의 자손들, 관동군 소속으로 만주를 누비며 독립운동가를 때려잡던 백 아무개의 자손들, 독립군의 밀정으로 활동하다 스물다섯 나이에 죽은 서 아무개의 유복자 아들 및 그의 자손들, 또 그들 주변을 맴돌며 개장수로 짭짤하게 돈을 벌었던 유 아무개의 자손들, 그리고 이래도 그만이고 저래도 그만인 손 아무개와 황 아무개의 자손들, 이래도 불만이고 저래도 불만인 또 다른 이 아무개와 또 다른 박 아무개의 자손들... 이 모든 사람이 한데 어우러져서 그 미래 사회를 만들어 갈 터였다.

그리고 그 시점에 유시민이 세상에 태어났다. 경북 경주였고, 1959년이었다. 1959년은 찰턴 헤스턴이 로마 시대를 배경으로 콜로세움에서 목숨을 걸고 전차 경주를 펼치는 미국 영화 〈벤허〉가 세상에 나온

해이기도 하다. 물론 이것은 유시민 본인이 나중에 대한민국의 '정치판 콜로세움'에서 귀가 먹먹하게 울리는 함성 및 야유 속에서 검투사로 나서서 상대방과 목숨을 걸고 피투성이의 싸움을 벌이게 될 운명과는 아무런 연관도 없는 그저 우연의 일치일 뿐이다.

유시민의 어머니는 2017년에 출간한 구술 자서전에서 이 아들의 출생을 다음과 같이 회고했다.

> 시민은 오뉴월에 세상에 왔다. (형이 하나 있었지만) 위로 누나 셋 다음으로 아들이 났으니 남편이 속으로 안 좋았겠나? 그래서 그랬던지 산후 조리도 호사했다. 여름방학 중이라 (교사이던) 남편이 시춘을 데리고 염매시장 가서 깐 알라(*갓난아기)만한 가물치 두 마리를 사와갖고 서 말짜리 가마솥에 참기름 한 병을 통째로 들이붓고 푹 고아 주더라. 그 국물이 우유맹키로(*우유처럼) 걸쭉하고 뽀얀 게 고소하고 맛나더라. 그걸 다 먹어서 그런지 내가 젖이 밤낮없이 콸콸 넘쳤니라.(*<남의 눈에 꽃이 되어라>, 서동필, 은빛, p. 83.)

베이비부머 세대의 중심에 해당되는 1959년생인 유시민은 그렇게 태어난 자기의 출생이 행운이라고 인생의 어느 시점에선가 말했다. 정확하게 말하면, 몇 차례 글로써 그렇게 밝혔으며, 이 생각이 바뀌었다는 말은 한 번도 하지 않았다.

1장

출생의 행운

어떤 보수주의자와
어떤 진보주의자

나는

도시 프티부르주아

출신이다

　　나는 1959년 7월 하순 경상북도 경주시 북부동 낡은 기와집에서 태어났
다. 마당이 제법 넓었고 푸성귀를 키우는 텃밭도 있었다. 어머니는 나를 낳은
직후 정오 사이렌을 들었다. 그때에는 시계가 없는 서민들을 위해 정부가 열
한 시 반과 정오에 사이렌을 울려주었다. 남편이 철도청 열차 기관사였던 이웃
집 아주머니가 나를 받았는데 어머니는 소박한 옷 한 벌로 감사 표시를 했다고
한다. 아버지는 경주여중 역사교사였다. 눈을 뜨고 보니 누나 셋과 형이 벌써
자리를 잡고 있었다. 2년 뒤 막내인 여동생이 뒤따라왔다.(...)
　　사회학 전문용어를 빌리자면 나는 도시 프티부르주아(소자산계급) 출신이
다.(*<나의 한국현대사>, p. 17.)

15

55세 때의 유시민이 본인의 출생을 이렇게 설명한다.

한 문장씩 끊어서 읽어 보면, 참으로 평화롭고 한가하다는 생각이 든다. 경주라는 유서 깊은 고도(古都)의 낡은 기와집, 제법 넓은 마당, 푸성귀를 키우는 텃밭, 정오를 알려주는 사이렌, 산파 역할을 해 주었던 이웃집 아주머니, 그 아주머니에게 고마움의 표시로 선물한 소박한 옷 한 벌... 정부의 친절함과 이웃의 따뜻한 정 그리고 오손도손한 가족의 화목함이 넘쳐난다. 적어도 그렇게 느껴진다.

그보다 한 해 전인 54세 때 출간한 책 〈어떻게 살 것인가〉에서는 출생이라는 제비뽑기에서 자기는 운이 좋게도 '행운'을 뽑았다고 유시민은 말했다. 우선 휴전선 북쪽이 아니라 남쪽에서 태어난 것이 행운이었고, 그나마 헐벗고 굶주린 가난한 나라가 아니라 대한민국에서 태어난 것이 행운이었으며, 또 자식들을 사랑하고 아끼고 존중하는 부모를 만난 것이 행운이라고 했다.(*〈어떻게 살 것인가〉, 유시민, 아포리아, p. 293)

그의 아버지는 1959년 그 무렵에 많은 사람이 그랬던 것처럼 무직자나 하루 벌어 하루 먹고 사는 일용직이 아니었다. 아버지는 교사라는 번듯한 직업을 가지고 있었다. 정기적인 소득을 보장받았다는 말이다. 그랬기에 유시민은 거친 목소리들과 성난 얼굴들 그리고 날 선 감정들이나 배고픔의 통증 등 가난이 강제하는 불편함과 고통에서 면제되었다.

어쩌면 50여 년이라는 세월이 그동안 자기 인생에서 발생했던 온갖 불편함과 고통을 아름답고 소중한 추억으로 포장해 주었기 때문에 자기의 출생이 행운이었다고 회고했을지도 모른다. 그러나 적어도 강제징집을 당해서 철책선 초소에 배치된 뒤에는 자기 인생이 행운이라고 느끼지 않았을 것임은 분명하다.

사는 게 늘 즐거울 수는 없다. 비바람 눈보라를 맞으면서 걸어야 할 때도 있다. 내 인생의 혹한기는 스물두 살 군대에 있으면서 맞았던 1980년 겨울이 아니었나 싶다. 유난히 추웠고 눈이 많이 내렸다.

(...) 신병 훈련을 마치고 강원도 화천 사단보충대에서 다시 머리를 깎았다. 잊어버리지도 않는다. 10월 24일 '유엔데이(UN-day)'였다. 앞이 보이지 않을 정도로 쏟아지는 첫눈을 맞으며 연병장을 가로질러 뛰어가 살얼음이 끼기 시작한 개울물에 머리를 헹궜다. 소총중대에 배치되어 해발 1,000미터 산꼭대기 막사에서 한 달을 지낸 다음 철책선 근무에 투입되었다. 그 무렵 땔나무를 하고, 물을 져 나르고, 대대본부에 가서 부식을 수령하느라 날마다 눈 덮인 계곡의 낭떠러지를 지나다녔다. 종종 뛰어내리고 싶은 충동을 느꼈다.

1981년 새해 첫날은 서울 서빙고동에 있던 국군보안사 대공(對共) 분실에서 맞았다. 낮에 철책선 초소에서 대공(對空) 근무를 서다가 영문도 모른 채 그곳으로 끌려갔다. 지하실에서 맞고 밟히면서 죽어버리지 않은 것을 후회했다. 그때 내 손등은 눈밭 얼차려를 받다가 난 상처가 동상으로 번져 진물이 흘렀다. 발도 동상과 무좀으로 엉망이었고, 몸에는 옴이 잔뜩 올라 있었다. (...)

왜 사나 싶었다.(*<어떻게 살 것인가>, pp. 79-81. 강조는 저자.)

그러나 어쨌거나, 어린 시절에 자기 집이 가난하다는 사실을 깨닫고 (그러나 그 가난은 상대적인 것이었다고 그는 회상한다) 느꼈던 불편한 감정, 학창 시절에 겪었던 번민, 군사독재 시절 수사관들로부터 받은 매타작과 그 뒤를 이은 강제징집과 군대에서의 자살 충동 또 제대 후 대학교에서 제적을 당한 뒤에 맞이해야 했던 수감생활, 그리고 정치판에 발을 들여놓은 뒤로 겪었던 온갖 이전투구의 악다구니들... 이 모든 것은 그가 54세의 나이에 말하는 '행운'에 가려서 보이지 않는다.

이것은 어쩌면 회상과 관련된 심리적인 오작동의 결과일 수도 있다. 그러나 객관적으로 보더라도 유시민이 '사회'에 눈을 뜨고 사회의 모순에 어떤 식으로든 관여하기 전까지 그의 인생에는 '혹한'이 없었다.

단순 비교를 하기 위해서 유시민이 태어나기 11년 전인 1948년 9월에 태어난 어떤 아이의 사례를 보자. 가난한 재단사의 아들로 태어났던 이 아이에게는 유시민이 누렸던 행운이 없었다. 유시민이 태어난 다음해인 1960년에 이 가난한 소년이 짊어졌던 삶의 무게와 고통을 보면 이런 사실은 분명해진다.

1960년 초에 태일은 남대문국민학교에 편입하여 4학년이 되었습니다. (...) 4·19 혁명 직전에 학생복을 단체로 주문받은 태일의 아버지는 여기저기서 빚을 얻어 원단을 구입하고 제품을 만들어 납품했습니다. 하지만 곧바로 4·19 혁명이 일어나자 주문을 받아온 브로커가 중간에서 대금을 가지고 사라져버려 태일의 아버지는 빚더미에 앉게 된 것입니다. (...) 가족은 하루아침에 빈털터리가 되어 다시 길거리에 나앉게 되었습니다. (...) 어린 네 명의 자식을 돌봐야 하는 가장은 술에 취해 세상을 원망하며 가족을 괴롭히고 어머니는 정신적인 충격으로 생활이 곤란한 상태여서 당장 생계가 막막했습니다. 먹는 때보다 굶는 때가 많은 나날을 보내던 태일은 신문팔이를 시작합니다. (...) 결국 4학년 초에 태일은 학교를 중퇴하고 생계를 위한 노동을 시작하게 됩니다.(*전태일재단. http://www.chuntaeil.org/?r=home&c=1/2/6)

전태일재단 홈페이지에 게재된 '아름다운 청년 전태일' 소개글의 한 부분이다. 전태일이 생계를 위해서 노동을 해야 했던 열한 살 나이에 유시민은 밥상머리에서 아버지로부터 '이순신, 김유신, 궁예, 항우, 악비, 장자방, 제갈공명, 나폴레옹 등 뛰어난 역사 인물 이야기를 들었다.'(*〈나의 한국현대사〉, p. 18.)

유시민이 날마다 눈 덮인 계곡의 낭떠러지를 지나다니며 자살 충동을 느끼던 때가 스물두 살이었다. 그런데 1970년 11월, 스물세 살이었던 전태일은 서울 평화시장 앞 길거리에서 자기 몸을 휘발유를 끼얹고 분신했다. 그리고 불길 속에서 근로기준법전을 들고서 이렇게 외쳤다.

"근로기준법을 준수하라! 우리는 기계가 아니다! 일요일은 쉬게 하라! 노동자들을 혹사하지 말라! 내 죽음을 헛되이 하지 말라!"

전태일은 열일곱 살 무렵에 무일푼의 몸으로 상경해 청계천 평화시장 피복점에 이른바 '시다'라고 불리는 재단 보조로 취직한 뒤로, 재단 보조 여공들의 열악한 노동 현실을 개선하는 일에 관심을 가지기 시작했다. 근로기준법이 있었지만 아무런 도움이 되지 않았다. 그에게는 '빨갱이'라는 딱지가 붙었다. 급기야 평화시장의 공장주들에게 밉보여서 해고되고 거기에 발 붙일 수조차 없게 되었다. 이때의 심정을 전태일은 다음과 같이 기록했다.

이 결단을 두고 얼마나 오랜 시간을 망설이고 괴로워했던가?

지금 이 시각 완전에 아까운 결단을 내렸다.

나는 돌아가야 한다.

꼭 돌아가야 한다.

불쌍한 내 형제의 곁으로, 내 마음의 고향으로,

내 이상의 전부인 평화시장의 어린 동심 곁으로,

생을 두고 맹세한 내가,

그 많은 시간과 공상 속에서,

내가 돌보지 않으면 아니 될 나약한 생명체들.

나를 버리고, 나를 죽이고 가마.

조금만 참고 견디어라.

너희들의 곁을 떠나지 않기 위하여

나약한 나를 다 바치마.

너희들은 내 마음의 고향이로다.(*<전태일 평전>, 조영래, 돌베개, p. 237.)

그는 그렇게 평화시장으로 돌아갔고, 석 달 뒤에 노동자의 작업 환경을 개선하고자 동료들을 모아서 시위에 나섰고, 시위가 좌절되자 애초에 계획한 대로 분신을 결행함으로써 한국의 노동 현실을 고발했다. 그리고 당일 병원에서 생을 마감했다. 뒤늦게 그의 유서가 드러났는데 유서는 친구들에게 보내는 편지 형식이었다.

사랑하는 친우(親友)여, 받아 읽어주게. (...) 그대들이 아는, 그대들의 전체의 일부인 나. 힘에 겨워 힘에 겨워 굴리다 다 못 굴린, 그리고 또 굴려야 할 덩이를 나의 나인 그대들에게 맡긴 채. 잠시 다니러 간다네. 잠시 쉬러 간다네. 어쩌면 반지의 무게와 총칼의 질타에 구애되지 않을지도 모르는, 않기를 바라는 이 순간 이후의 세계에서, 내 생애 다 못 굴린 덩이를, 덩이를, 목적지까지 굴리려 하네. 이 순간 이후의 세계에서 또다시 추방당한다 하더라도 굴리는 데, 굴리는 데, 도울 수만 있다면, 이룰 수만 있다면.(*<전태일 평전>, pp. 303-304.)

유시민은 전태일이라는 인물에 대해 아마도 구로동에서 야학 활동을 하면서 선배들에게 처음 들었을 것이다. 대학교 1학년이던 1978년이었다. (유시민은 1학년 여름방학부터 3학년으로 진학하기 전까지 1년 반 동안 구로동에 있던 한 야학에서 교사로 활동했는데, 그의 이 민중 경험에 대해서는 2장 '첫사랑, 야학과 민중경험'에서 다시 살펴볼 것이다.) 원단 먼지가 뽀얗게 내려앉는 '하꼬방' 공장에서 하루 열서너 시간씩 일하던 열두서너 살 나이의 어린 시다들, 잠을 쫓는 약인 '타이밍'을 먹으면서 꼬박 3일씩이나 철야작업을 하고 그러다가 미싱 앞에서 각혈하는 일이 비일비재했던 평화시장의 작업 환경을 들었을 것이다. 그리고 그 인간 지옥에서 전태일은 점심을 굶는 시다들에게 버스 값을 털어서 1원짜리 풀빵을 사 주고 청계천 6가부터 도봉산까지 두세 시간을 걸어서 집으로 돌아갔다는 얘기를 들었을 것이다. 일이 늦게 끝나는 날에는 주린 배를 끌어안고 휘청휘청 걸어가다 12시 통금에 걸려서 파출소에서 밤을 새웠다는 얘기도 들었을 것이다.

당시 유시민의 야학 선배였던 서명숙은 새내기 교사이던 유시민을 이렇게 기억했다.

(...) 새내기 교사 유시민이 무지하게 눈물이 많았다는 것 하나만큼은 또렷

이 기억한다. 황소 눈깔처럼 커다란 눈망울을 지닌 그 청년 교사는 걸핏하면 닭똥 같은 눈물을 뚝뚝 떨어뜨리곤 했다. 야학 학생들이 공장에서 겪는 일들을 전해 들으면서도 그랬고 (...)(*<2007 대한민국, 유시민을 말하다>, 박찬석 외, 미디어줌, p. 30.)

출생이라는 제비뽑기에서 행운을 뽑았다고 말하는 유시민은 그렇게 '혁명적인 프롤레타리아트'의 삶을 살다 간 '아름다운 청년 전태일'을 만났다. (그러나 전태일의 뜨겁고 짧았던 생애는, 당시의 대학생들이 대개 그랬듯이 아마도 1983년에 처음 출간된 <어느 청년 노동자의 삶과 죽음 ─ 전태일 평전>을 통해서 온전하게 알았을 것이다.)

유시민은 <나의 한국현대사>의 프롤로그에서, 역사책을 읽을 때에는 저자가 어떤 사람인지 먼저 살피는 게 좋다면서 독자를 위해서 자기의 출신 성분을 미리 밝힌다.

프티부르주아 계층의 대구, 경북 출신 지식 엘리트로서 젊은 나이에 이름을 알리고 출세를 했지만 결국 정치에 실패한 후 문필업으로 돌아온 자유주의자. 나는 나를 그렇게 규정한다.(*<나의 한국현대사>, p. 18.)

자기는 프롤레타리아트 전태일과는 다르다는 말이다. 그래서 자기는 소자산계급의 문화적 특성으로 알려진 자유주의 성향을 뚜렷하게 지니고 있으며, 그 연장선에서 걸출한 개인을 흠모하는 성향이 있다고 고백한다.

스스로 계획을 세워 처음부터 끝까지 혼자 힘으로 할 수 있는 일을 좋아한다. 남이 시키는 대로 하는 것도, 남에게 무언가를 시키는 것도 왠지 편하지 않다. 돈이나 권력보다는 지성과 지식을 가진 이를 우러러보며 내가 남을 부당하게 해치지 않는 한, 사회든 국가든 그 누구든 내 자유를 침해하지 않아야 한다고 믿는다.(*<나의 한국현대사>, p. 18.)

그런데 유시민이 프티부르주아 계층이라는 진술(혹은 고백)에는 구체적으로 어떤 내용이 명시적으로 또 암암리에 담겨 있을까?

프티부르주아지... 부르주아(자본가)와 프롤레타리아(노동자)의 사이에 있는 중산층을 뜻하는 말이다. 부유하고 호화로운 삶을 살지는 못하지만, 그렇다고 해서 하루하루 생계를 걱정하며 살지는 않는다. 그러나 한편으로는 계급 상승 욕구 및 계급 하락 공포에 늘 사로잡혀 있다.

프티부르주아지라는 사회학 용어가 한 개인으로서의 유시민, 인간 유시민의 무엇을 설명해줄 수 있을까? 혹은 없을까? 과연 그런 규정이 맞기나 할까? 설령 <나의 한국현대사>를 출간한 2014년에는 그런 규정이 맞는다 하더라도, 2020년인 지금도 그 규정이 여전히 유효할까?

사실 이 의문을 풀어나가는 것이 이 책의 중심적인 내용이기도 한데, 유시민이 밝히는 자기 이야기를 읽으면 두 개의 장면이 맨 먼저 떠오른다. (물론 이것은 저자의 개인적인 차원이므로, 다른 사람들은 얼마든지 다른 장면을 떠올릴 수 있을 것이다.)

하나는, 유시민 개인의 인생을 결정짓는 장면이고, 또 하나는 세상 사람들에게 유시민을 각인시킨 장면이다. 전자는 1980년 5월 17일의 서울대학교 학생회관에서 벌어진 장면이고, 후자는 2003년 4월 29일의 여의도 국회의사당 본회의장에서 벌어진 장면이다.

이 두 개의 장면을 파고들면 유시민을 좀더 정확하게 읽을 수 있지 않을까? '정치에 실패한 후 문필업으로 돌아온 자유주의자'라는 유시민의 자기규정 2013년 버전이 '검찰 개혁을 통한 적폐 청산'과 '문재인 정부 심판'이라는 두 프레임이 팽팽하게 대립하는 2020년 혹은 그 뒤에도 여전히 유효한지 답을 찾을 수 있지 않을까?

물론 이 궁금증이 나의 개인적인 호사 취미만은 아니길 기대한다. 그 답을 찾으면 우리 사회가 조금이라도 더 좋은 사회로 발전하는 데 어떤 식으로든 도움이 되지 않을까 하는 마음이라서 그렇다.

1980년 5월 17일,
서울대학교 학생회관

'서울의 봄.' 1979년 10월 26일에 박정희 대통령이 가신이던 김재규에게 암살되어 유신체제가 사실상 붕괴한 때부터, 그해 12월 12일에 쿠데타로 권력을 장악한 전두환을 중심으로 한 신군부가 1980년 5월 18일에 민주화운동을 무참하게 짓밟을 때까지의 기간 즉 한국에 민주화의 희망이 잠깐 찾아왔던 짧은 기간을 일컫는 말이다.

서울에서 대학생들은 5월 13일에 시내 전역에서 시위를 벌였고, 5월 15일 저녁에는 서울역 광장에서 신군부의 퇴진과 계엄령 해제를 요구하는 대규모 집회를 열었다.

1980년 5월 15일 오후, 나는 서울역 광장에 있었다. 몇 만 명인지 모를 대학생들이 대오를 맞추고 앉아 있었다. 광장 가장자리와 인근 고가도로는 구경하는 시민들로 빼곡했다. 그들은 불안한 표정으로 아무 말 없이 그저 구경만 했다. 내가 느끼기엔 그랬다. 경찰은 남대문 근처 도로를 차단했다. 해가 기울고 어둠이 깔리기 시작하는 광장에서 자유와 정의, 민주주의가 실현되는 대한민국을 상상했다. 마음이 아찔하게 설 지만 한편으로는 겁이 났다. 이 혼돈에서 도대체 무엇이 나올까? 피가 강물처럼 흐르고 주검이 산더미를 이루는 끔찍한 비극이 기다리고 있는 것은 아닐까?(*<나의 한국현대사>, p. 223.)

그리고 그날 밤에 대학별 총학생회장들인 학생 대표들은 철야농성을 하면서 시위를 계속 이어갈 것인지 아니면 일단 학교로 돌아가서 추이를 살필 것인지 논의했고, 결론은 학교로 돌아가는 것으로 났다. 이렇게 해서 학생들은 만약 휴교령이 내려지면 일제히 가두투쟁에 나설 것이라고 선언하고 집회를 해산했다. 이른바 '서울역 회군'이었다.

한편 신군부는 전국적인 학생시위를 제압하려고 병력을 바쁘게 이동시켰다.

그리고 5월 17일 오후, 전국의 대학교 총학생회장들이 이화여대에 모여서 향후 투쟁방침을 논의했는데, 이 자리를 경찰 병력이 급습해서 수십 명을 체포했다. 당시 서울대학교 총학생회 대의원회 의장이던 유시민은 서울대학교 학생회관에 있었고, 그곳에서 유시민은 장차 자기의 운명을 송두리째 바꾸어놓을 그 장면을 맞이한다. 물론 그때에는 그 일이 자기 운명을 어떻게 바꾸어 놓을지 알지 못했을 것이다.

그때의 그 급박하던 상황을 유시민은 다음과 같이 묘사한다.

학생처장이던 이수성 교수가 총학생회실로 전화를 해서 오늘 밤에는 그만 편한 곳에서 자라고 했다. 계엄군이 들어오니까 도망치라는 뜻이었다. (...) 복학생 형들과 친구들이 와서 함께 나가자고 했지만 그러기 싫었다. 나는 학생

회관에서 농성하던 학생들을 해산하도록 한 다음 밤이 깊을 때까지 총학생회
장실에서 전화를 받았다. (...) 밤 10시 반경 비상계엄을 제주도까지 확대한다
는 라디오 뉴스를 들었다. 건장한 남자들이 쇠사슬로 묶어둔 학생회관 4층 복
도 현관문을 뜯어내고 있었다. 그때 전화벨이 울렸다. 공주사대 총학생회에서
온 전화였다. "여기에도 계엄군이 진입했으니 빨리 피하세요!" 그렇게 외치고
돌아서는데 이단옆차기가 날아왔다. 허벅지를 밟혔다. 이마에 닿는 권총 총구
가 서늘했다.(*<나의 한국현대사>, p. 229.)

유시민에게 '서울의 봄'은 그렇게 끝이 난다. 그런데 그때 왜 유시민
은 혼자서 총학생회장실을 지켰을까? 체포되고 고초를 당할 게 뻔했
음에도 불구하고 왜 굳이 혼자 그곳을 지키겠다고 고집을 부렸을까?
도망쳐서 후일을 도모하는 것이 실용적인 (혹은 전술적인) 차원에서
당연한 선택이었음에도 불구하고, 왜 아무런 실질적인 이득이 없는 선
택을 했을까?

그 이유를 유시민은 <나의 한국현대사>에서 '그러기 싫었다.'라고
만 언급했지만, <어떻게 살 것인가>에서는 조금 더 구체적으로 설명
한다.

요사이 역사학자로서 현대사 관련 글을 많이 쓰는 한홍구가 와서 곧 계엄
군이 들어올 것 같으니 그만 나가자고 했다. "그러나 나는 다 도망가서 텅 빈
학교를 계엄군에 넘겨주기는 좀 그렇다." 그렇게 말하고, 얼굴에 수심이 가득
한 친구의 등을 떠밀어 내보냈다.(*<어떻게 살 것인가>, p. 26. 강조는 저자
가 했다.)

텅 빈 대학교를 넘겨주는 것과 자기 혼자 총학생회장실을 지키고 있다가 넘겨주는 것에는 어떤 차이가 있을까? 〈나의 한국현대사〉가 출간된 직후였던 2014년 8월에 파주의 출판사 사옥에서 가졌던 독자와의 만남 자리에서 그는 그때의 심정을 다음과 같이 말했다.

"우리가 하는 말 중 '오십보소백보(五十步笑百步)', 즉 '50보 도망간 자가 100보 도망간 자를 비웃냐'는 말이 있는데 저는 그게 잘못된 얘기라고 생각합니다. 50보 도망간 것과 100보 도망간 것은 같은 것이 아닙니다. 우리 삶에는 '옳다, 그르다' 확실히 판단할 수 있는 것도 있지만, 대부분이 사실 '정도'의 차이입니다. '정도의 차이'가 '옳고 그름'의 문제보다 훨씬 더 중요하고 일반적입니다. 100보를 도망간 사람은 해 보지도 않고 맨 처음 도망간 사람이에요. 50보 도망간 사람은 해 보려고 노력하다가 죽을지도 모른다는 위협에 도망간 사람입니다. 저는 이것이 대단히 중요한 차이라고 생각합니다."(*http://ch.yes24.com/Article/View/26096)

비겁하게 도망 치기보다는 명분을 지키기 위해서 차라리 나를 던지는 게 옳다는 말이었다.

1980년 5월 17일, 서울대학교 학생회관의 그 장면에서 조선 말의 선비 최익현(1833-1906)이 떠오른다.

* * *

극강의 보수주의자 최익현…

최익현은 개화파의 김홍집 내각이 주도한 단발령이 내려지자 "내 목은 잘라도 내 머리칼은 자를 수 없다."는 상소를 올리며 왕명에 거역했다. 날이 시퍼런 도끼를 들고 나가 무릎을 꿇고 앉아 53세의 깡마른 몸과 성긴 수염을 부르르 떨며 온몸으로 저항하는 그의 모습이 연상되지 않는가? 그가 실제로 도끼를 들고 광화문 앞에 엎드렸던 일은 그로부터 9년 전이었고, 또 그 일로 흑산도로 유배되긴 했지만 말이다. (그의 이런 모습에, 2020년 가을에 코로나19 확산을 차단하기 위해 경찰이 광화문광장에서 태극기 집회를 하지 못하도록 진입을 통제하자, 기어코 집회를 하겠다면서 그 앞에 드러누워 '문재인 빨갱이!'를 외치는 비분강개한 노인의 모습이 겹쳐지지 않는가?)

상투를 자르느니 차라리 죽음을 선택하겠다는 보수주의자 최익현의 서슬 푸른 선택은 당시의 세계사적인 흐름에 비추어보자면 분명 시대착오였다. 예를 들어 정확하게 바로 그 1895년 11월에 독일에서는 뢴트겐이 엑스선을 발견했다.

1895년 11월의 어느 금요일 오후였다. 뢴트겐은 레나르드의 유리관으로 바륨 화합물을 칠한 형광물질의 스크린에 음극 광선이 어떻게 반응하는지 그 효과를 실험하고 있었다. 레나르드가 했던 방식 그대로 판지와 주석 박막으로 유리관을 감쌌다. (…) 뢴트겐은, 크루케스의 유리관도 판지와 주석 박막으로 감싸면 동일한 효과를 나타날지 모른다고 생각했다. 실험실의 불을 끄고 코일에 전류를 흘려보내 덮개가 제대로 역할을 하는지 시험을 했다. (…) 하지만 전류 스위치를 내리고 바륨 스크린을 가까이 끌어당겨 본 실험을 하려는 순간,

테이블 끝에 초록색 얼룩이 생긴 게 눈에 띄었다."(*<의학사의 이단자들>, 줄리엠 펜스터, pp.46-48.)

완벽한 보수주의자 최익현은 운요호 사건(1875)을 계기로 일본과의 문호 개방 협상이 진행되자 '위정척사(衛正斥邪)운동'의 선봉장으로 나섰다. 위정척사운동은 성리학과 성리학적 가치라는 올바른 질서를 수호하기 위해서 이것을 위협하는 모든 사악한 것을 물리치자는 움직임이었다. 그랬던 그였기에 그는 개화를 목적으로 조선의 주권을 일본에 넘기는 을사조약(1905)이 체결되었을 때 고종에게 상소를 올려서 "명나라의 숭정제는 자결까지 했는데 폐하께서는 조약 하나 무르지못하느냐?"는 막말까지 했으며, 더 나아가 항일 의병운동을 일으켰다. 그리고 그 일로 그는 체포되어 쓰시마 섬에 유배되었고 거기에서 사망했다. 그게 1906년이었다.(*나무위키, 최익현.)

최익현은 죽었지만 조선의 통치 이념이던 성리학의 정신은 죽지 않았다. 조선 시대 기득권층의 이익을 옹호하는 내용은 거세되었지만 꼬장꼬장한 고집이라는 형식만 남은 채로, 기득권을 박탈당한 자의 (설령 허위의식이라고 하더라도) 지조로서 혹은 오기로서 혹은 또 '선비정신'이라는 고상한 이름으로 포장되어 이어졌다. 1952년에 발표된 이희승의 수필 "딸깍발이"에서는 이 정신이 몹시도 그리운 대상이 된다.

'딸깍발이'란 것은 '남산(南山)골 샌님'의 별명이다. 왜 그런 별호(別號)가생겼느냐 하면, 남산골 샌님은 지나 마르나 나막신을 신고 다녔으며, 마른 날에는 나막신 굽이 굳은 땅에 부딪쳐서 딸깍딸깍 소리가 유난하였기 때문이다.

(...) 그 소리와 아울러 그 모양이 퍽 초라하고, 궁상(窮狀)이 다닥다닥 달려 있는 것이 문제인 것이다. (...) 두 볼이 야윌 대로 야위어서, 담배 모금이나 세차게 빨 때에는, 양 볼의 가죽이 입안에서 서로 맞닿을 지경이요, 콧날은 날카롭게 오뚝 서서 꾀와 이지만이 내발릴 대로 발려 있고 사철 없이 말간 콧물이 방울방울 맺혀 떨어진다. 그래도 두 눈은 개가 풀리지 않고, 영채가 돌아서, 무력(無力)이라든지 낙심의 빛을 나타내지 않고 있다. 아래 위 입술이 쪼그라질 정도로 굳게 다문 입은 그 의지력(意志力)을 더욱 두드러지게 나타내고 있다. (...) 걸음을 걸어도 일인들 모양으로 경망스럽게 발을 옮기는 것이 아니라 느럭느럭 갈지자[之] 걸음으로, 뼈대만 엉성한 호리호리한 체격일망정, 그래도 두 어깨를 턱 젖혀서 가슴을 뻐기고 고개를 휘번덕거리는 새레 곁눈질 하나 하는 법 없이 눈을 내리깔아 코끝만 보고 걸어가는 모습. 이 모든 특징이 '딸깍발이'란 속에 전부 내포되어 있다. (...) 어찌 감히 이해를 따지고 가릴 것이냐. 오직 예의(禮儀) 염치(廉恥)가 있을 뿐이다. 인(仁)과 의(義) 속에 살다가 인과 의를 위하여 죽는 것이 떳떳하다.

그러면서 이희승은 이기심에만 몰두하며 약게 구는 어리석은 현대인을 타박하며 의기와 강직과 청렴이라는 '딸깍발이' 정신을 배우자고 말한다. 아닌 게 아니라 이희승은 단발령 시행 다음해인 1896년에 태어났으며, 일제강점기 때 조선어학회 사건으로 3년 넘게 옥에 갇혔고, 4·19혁명 때에는 교수단 데모대를 이끌고 이승만 정권에 저항했던 학자였으며, 5·16쿠데타 때에는 동아일보 사장이었는데 군정을 거부했다.

그러나 '딸깍발이' 정신의 본질이라고 이희승이 설명하는 예의염치 그리고 인과 의는 성리학의 기본적인 덕목이다. 조선 시대 당파싸움에서 지고 권력층에서 떨어져 나온 양반 집단이 자기 존재의 정당성을 부여하기 위해서 필사적으로 붙잡았던 마지막 자존심이자 존재의 이유였다. 또 일제강점기 때 비록 '초라하고, 궁상(窮狀)이 다닥다닥 달려' 있긴 해도 '경망스러운' 일본사람들과 거기에 빌붙어서 떡고물을 얻어먹던 사람들을 아래로 내려다볼 기반인 도덕적 우월감의 원천이었다.

1980년 5월 17일, 신군부의 무자비한 공권력이 무서워서 꽁무니를 빼지 않겠다면서 (그냥 '그러기 싫어서') 텅 빈 대학교의 총학생회장실을 혼자서 지키고 있던 유시민의 모습에서 이 '딸깍발이'의 모습을 연상하는 것이 지나친 비약일까?

그렇지 않은 것 같다.

유시민은 어떤 글에서 이른바 'TK 정서'의 허위의식을 지적하는 맥락에서 다음과 같이 말했다.

집안의 족보에 따르면 나는 엘리자베스 여왕이 방문하는 통에 국제적으로도 유명해진 '하회마을'을 본향으로 가진 몰락한 유림의 떨거지다. 하지만 나는 안동을 비롯한 영남 지방의 보수적인 유림문화를 싫어하는 '반골 TK'다.(*<WHY NOT? 불온한 자유주의자 유시민의 세상읽기>, 유시민, 개마고원, p. 210.)

몰락한 양반가의 자손이긴 하지만 보수적인 유림문화를 싫어한다는 주장이다. 그러나 어떤 것을 싫어한다는 것과 그것이 몸에 배어 있다는 것은 별개의 문제이다. 즉, 그가 싫어했지만 그의 몸에 배어 있을 수 있다는 말이다. 유림문화 다시 말해서 성리학적 가치관이 외화된 행동적 특성으로서의 '딸깍발이' 정신 혹은 명분을 중시하는 지조 혹은 고집이 유시민의 몸에 (적어도 1980년 5월 17일 당시에는) 배어 있지 않았겠느냐 하는 말이다.

유시민이 회상하는 어린 시절 큰집 제사 풍경에서도 이런 추론의 단서를 찾을 수 있다.

> 어렸을 때 제사를 지내러 큰집에 가면 어른들이 아이들을 모아놓고 조상들 이야기를 들려주었다. 오늘 제사를 모신 할아버지는 이런 벼슬을 하셨고, 외가는 어떠했으며, 처가는 누구의 후손이다. 뭐 그런, 끝도 없이 가지를 쳐나가는 옛날이야기였다. '가문의 영광'에 대한 강의가 끝나면 어른들은 커서 무엇이 되고 싶으냐고 물었다. 모범 답안은 판사나 검사였다. 의사나 공무원도 대충 정답으로 통했다. 그와 다른 대답은 어른들을 실망하게 만든다는 것을 알았기에 나는 판사가 되겠다는 모범 답안을 말하곤 했다. 어른들은 매우 기뻐하셨다.(*<어떻게 살 것인가>, p. 30.)

또 그는 2004년에, "조상들 가운데 제일 이름 높은 분은 임진왜란 당시 영의정을 지냈고 국난의 원인과 교훈을 정리한 〈징비록〉을 남긴 서애(西涯) 유성룡(柳成龍)입니다. 저는 유성룡의 13대손입니다."라고 밝히기도 했다.(*참여정부 시절에 청와대와 여당이던 열린우리당은 친일인사의 재산 환수 등과 같은 친일 청산 문제를 제기했는데, 이때 한나라당 중심의 보수 세력은 여기에 맹렬히 반대하면서 열린우리당 소속 몇몇 인물 친족들의 친일 전력을 제기했다. 당시에 유시민은 부친과 백부가 친일파였다는 의혹이 제기되자 해명 글을 내놓았는데, 인용 부분은 이 글에서 뽑은 것이다.) 이런 진술을 놓고 보면, 유시민이 성리학적 가치관이 매우 강하게 지배하는 가족문화의 영향을 받으며 성장했음을 확인할 수 있다.

즉 유시민은, 비록 성장해서는 '유림문화'를 싫어하지만, 성장 과정에서 명분과 원칙을 중시하는 그 문화가 그의 몸에 (즉 문화적으로) 밸 수밖에 없었음을 추론할 수 있다. 게다가 결정적으로 그는 〈어떻게 살 것인가〉(2013년)의 후반부에 "출생이라는 제비뽑기"라는 제목의 글에서는 다음과 같이 고백한다.

> 젊은이들은 대체로 가족사에 관심이 없다. 나도 그랬다. 족보를 찾아보고 조상들의 이야기를 듣는 일은 언제나 따분하게 느껴졌다. (...) 막연히 내 인생, 내 소신대로 산다고 생각했는데 하나씩 짚어 보니 의외로 나의 성격, 가치관, 생활방식, 취향이 생물학적 문화적으로 가족사의 영향을 강하게 받았다는 것을 깨달았기 때문이다.(*〈어떻게 살 것인가〉, p. 300. 강조는 저자.)

1980년 5월 17일, 텅 빈 대학교의 총학생회장실을 혼자서 지키며 신군부의 무자비한 공권력에 온몸으로 맞섰던, 그리하여 '인생의 혹한기'를 자초하고 또 무엇을 하며 어떻게 살 것인지를 일찌감치 결정했던 유시민. 그의 이 선택은 그가 가족문화를 통해서 획득했던 '딸깍발이' 정신 때문이었다.

조선 후기, 양반 계급으로 정신적·문화적으로 사회의 지배층이긴 했지만 권력에서 소외되었던 남인이 가졌던 명분 중시의 보수적인 정신이 1980년 '서울의 봄' 상황에서 군사독재를 이어가려던 신군부에 저항하는 진보주의자 유시민에게 나타났다는 사실이 역사의 아이러니처럼 보일 수도 있다. 그러나 모든 아이러니가 그렇듯이 거기에는 이유가 있다. 조선 후기에서 일제강점기로, 다시 해방과 동족상잔의 전쟁 그리고 군사독재를 거쳤던 한국 사회 내부에서 일어났던 보수-진보의 각축과 관련된 특별한 상황 때문이었다. (여기에 대해서는 6장 "보수와 진보"에서 다시 자세히 살펴보겠다.)

| 장면 2 |

2003년 4월 29일,
국회의사당 본회의장

1961년 1월 26일, 대한민국 국회엔 '새바람'이 불었다. 4 · 19혁명으로 윤보선이 대통령 자리에 오르자마자 민주당 내 구파(舊派)가 신민당을 창당해 여권이 분열되면서, 정국이 다소 어수선하던 때였다. 삼사십대의 젊은 의원 18명이 (여기에는 김영삼, 박준규 등도 포함되어 있었다) 저렴한 국산 '골덴 양복'을 입고 노타이 차림으로 등원했다. 그것은 파격적인 모습이었고 언론에서는 '충격'이라고 묘사했다. 이들은 더 나아가 권위주의 정치를 탈피하고 청신한 새바람을 일으키자는 선언문까지 채택했다. 대중교통을 이용하겠다, 요정 출입을 하지 않겠다, 이권운동을 하지 않겠다 등의 내용이 담겨 있었다. 그러나 이 이른바 '청조운동(淸潮運動)'은 오래 가지 못했다. 5 · 16으로 쿠데타에 성공한 박정희 군부 세력이 '정치활동정화법'이란 재갈을 물리면서 흐지부지되고 말았다. (*〈시사오늘〉, "골덴 양복에서 세비 기부까지", 한설희, 2020. 5. 28.)

그런데 이 충격이 40여 년 만인 2003년 4월 29일 국회 본회의장에서 재현되었다.

그날 본회의의 첫 순서는 4·24 재보선 당선자인 유시민(개혁국민정당), 오경훈(한나라당), 홍문종(한나라당) 세 사람이 의원 선서를 하는 것이었다. 그런데 정족수 미달로 오후 2시 35분께 시작되었던 본회의 회의장에 유시민은 베이지색 면바지에 라운드 티셔츠 그리고 남색 재킷 차림으로 나타났다. 당선자 셋이 선서를 하러 단상으로 올라가자 한나라당 의원석에서 고함이 터져 나오기 시작했다.

"옷이 그게 뭐야! 국회를 뭐로 보는 거야?"

"여기 탁구 치러 왔어?"

"저건 예의가 아니다, 국민에 대한 예의도 없느냐?"

"저게 뭐야. 당장 밖으로 나가라!"

"퇴장시키자!"

이삼십 명의 한나라당 의원들이 유 이사장의 옷차림을 받아들일 수 없다며 본회의장에서 나가버렸다. 국회의장도 유시민의 옷차림을 지적하면서, 모양이 좋지 않으니 내일 다시 회의를 진행하겠다고 했고, 결국 옷차림 때문에 선서가 무산되었다.

유시민이 속했던 개혁당은 논평을 통해서 "다양성과 관용을 중시하는 전사회적 흐름에는 아랑곳없이 국회의원들은 여전히 터무니없는 권위의식에 젖어 있음을 스스로 시인한 것"이라고 지적했다.

논란이 될 줄 뻔히 알았을 것이다. 그럼에도 그가 굳이 그런 차림으로 선서를 하려 했던 이유가 무엇이었을까? 이 질문에 대한 답은 그가 그날 선서와 함께 발표하려고 했던 글에서 찾아볼 수 있다.

(…) 오늘 제 옷차림 어떻습니까. 일부러 이렇게 입고 왔습니다. 저는 앞으로도 국회에 나올 때 지금 같은 평상복을 자주 입으려고 합니다. 혼자만 튀려고 그러는 것도 아니고, 넥타이 매는 게 귀찮아서도 아닙니다. 이제 국회는 제 일터가 됐고, 저는 일하기 편한 옷을 입고 싶은 것뿐입니다. 이런 제 모습을 있는 그대로 인정해 주시면 감사하겠습니다.

저는 똑같은 것보다 다 다른 것이 더 좋습니다. 제가 가진 생각과 행동방식, 저의 견해와 문화양식이 마음에 들지 않는 분이 계실지도 모르겠습니다. 하지만 저는 그분들의 모든 것을 인정하고 존중하겠습니다. 그러니 저의 것도 이해하고 존중해 주십시오.

(…) 서로 차이를 인정하고 다양성을 존중하는 의정활동을 약속합니다. 하지만 불관용과 독선에는 단호하게 맞서 싸울 것입니다.(*<동아일보>, "유시민 의원 '파격 의상' 찬반 논란", 2003. 4. 30.)

다음날인 4월 30일, 유시민은 정장 차림으로 의원 선서를 했다. 감색 양복에 흰색 와이셔츠를 입고 푸른색 넥타이 차림이었다. 이 자리에서 그는 인사말을 통해 다음과 같이 말했다.

"제가 어제 평상복을 입은 이유는 이제 국회가 일터가 됐고 일하기 편한 옷을 입어보겠다는 것이었습니다. (…) 제 생각과 행동방식, 정치적 견해와 문화양식이 마땅치 않은 분들이 많겠지만 이해하고 존중해주면 좋겠습니다."

발언 도중에 한나라당 의석에서 그만하라는 야유가 터져 나왔지만, 유시민은 그만하지 않았다. 정치인 유시민의 파란만장한 정치 여정을 예고하는 장면이었다.

'백바지 등원'이라는 그의 돌출적인 행동을 치기(稚氣)로 평가하는 사람들은 예전에나 지금에나 있다.

> (...) 관행의 파괴가 곧 개혁은 아니다. 지난날 금배지를 처음 단 몇몇 선량들이 그럴듯한 일회성 격식 파괴로 눈길을 끌었지만 너무 쉽게 기성정치에 함몰되는 모습을 보여줬다. 쇼맨십이나 치기(稚氣)로 비치는 행동보다 '지킬 것은 지키면서' 정치개혁 의지를 행동으로, 실천적으로 보여주기 바란다.(*<경향신문>, "씁쓸한 '유시민 면바지' 소동", 2003. 4. 40.)

> (...) 유시민 씨가, 첫 대한민국 국회에 입성하면서 노타이에 백바지를 입고 등원해서 질타의 대상이 되었던 것을 기억하는 분들이 있을 것이다. 학창시절 운동권내지 시민사회활동가의 마인드에서 한 치도 벗어나지 못한 치기 어린 모습으로 비쳐졌기에 쏟아진 비판이었다. 대한민국 국회가 대학교 총학생회 놀음도 아니고 동네 놀이방의 애들 장난이나 하는 공간이 아니지 않는가. 넥타이를 매면 미국 사대주의의 발로이고 노타이면 건강하고 생기발랄한 386의 국회 입성 정도로 여기니 도대체 나라 꼴이 말이 아닌 거다.(*<뉴데일리>, "박원순 시장님, 지금 반바지 입고 쇼할 때인가요?", 2019. 9. 29.)

이 사건으로 유시민의 존재감은 세상 사람들에게 단번에 각인되었다. 그리고 그 이후 그의 백바지는 정치판에서 심심찮게 호출되었다. 때로는 위의 인용문에서처럼 그의 '치기 어린 경박함'을 지적하는 맥락에서, 또 때로는 그의 '관행을 뛰어넘는 과감한 개혁성'을 상기시키는 맥락에서…

그 일이 있은 지 16년이 지난 뒤인 2019년에 유시민은 그때를 회고하면서 다음과 같이 말했다.

"제가 약간 삐딱하다. 짙은 색 정장으로 거의 다 남자들인 국회에 넥타이 매고 다니면서 하는 짓들은 엉망이고. 그래서 캐주얼 정장을 입지 뭐. 백화점 갈 때에는 캐주얼 정장을 생각했다. 마네킹에 세트가 걸려 있었다. 신발도 샀다. 26만 원 들었다."(*KBS 2TV 〈대화의 희열2〉, 2019. 4. 27.)

다른 방식으로 해도 되는데 괜히 그랬다는 말도 덧붙였다.

그러나 그것은 치기가 아니었다. 유시민은 나이를 훨씬 더 많이 먹은 뒤에도 돌출적인 행동을 계속 이어갔다. 그것은 변덕스러운 일회용 제스처가 아니었고, 본인 스스로 규정했던 '도시 프티부르주아' 혹은 '자유주의자'라는 계급적 특성에서 비롯된 것이기 때문이다. (어쩌다 보니 결론부터 먼저 던져 놓는 꼴이지만, 이런 추론의 근거를 지금부터 제시할 테니까 확인해 주기 바란다.)

라운드티에 베이지색 면바지를 입고 본회의장 연단에 선 새내기 의원 유시민은 야유하는 의원들을 바라보면서 미소를 지었다. 그 미소는 미안하고 어색해서 짓는 미소가 아니었다. 오히려 그 상황을 즐기기라도 하는 듯한 미소였다. 아마도 그는 마음속으로 이렇게 말하고 있었을지도 모른다.

'당신들이 그렇게 나올 줄 나는 이미 알고 있었다. 그러니 나는 전혀 당황스럽지 않다. 당신들이 나에게 야유를 보내는 이런 장면이야말로, 내가 깨야 할 구습이 무엇인지, 당신들과 나 사이에 존재하는 전선

(戰線)이 무엇인지 새삼스럽게 일깨워 준다. 고맙다, 내가 무엇을 해야 할 것인지 생생하게 확인시켜 주어서. 당신들, 이제 나한테 다 죽었어!'

유시민은 그날 그렇게 선서가 무산된 뒤에 국회의사당 복도를 걸어 나오다가 소감을 묻는 기자에게 "사람들이 문화적으로 너무 옹졸하네요. 섭섭합니다."라고 말했다.

파격의 '백바지' 유시민에게 조선 후기의 어떤 진보주의자가 겹쳐진다. 박제가(1750-1805)이다.

* * *

극강의 진보주의자 박제가…

우선 박제가가 살았던 조선 후기 사회를 보자. 성리학이 지배하던 조선 사회에 하나의 유령이 배회하고 있었다. 그것은 상업주의라는 유령이었다. 18세기 후반 조선을 대표하는 상가였던 종로의 시전을 역관이던 김세화(1744-1791)는 다음과 같이 기록했다.

새벽종이 열두 번 울리면 점포의 자물쇠 여는 소리가 일제히 들린다. 그리고 장사하는 남녀들이 짐을 등에 지거나 머리에 이고 지팡이를 두드리면서 사방에서 요란하게 몰려든다. 좋은 자리를 다투어 가게를 열고 각자 물건을 펼쳐 놓는다. 천하의 온갖 장인들이 만든 제품과 온 세상의 산과 강에서 나는 산물이 모두 모인다. 불러서 사려는 소리, 다투어 팔려는 소리, 값을 흥정하는 소리, 동전을 세는 소리, 부르고 답하고 웃고 욕하고 시끌벅적한 것이 태풍과 파도가 몰아치는 소리 같다. 이윽고 저녁 종이 울리면 그제야 거리가 조용해진다.(*

김세희의 <관아당유고(寬我堂遺稿)>의 "종가기(鐘街記)"에서. 이종묵 번역)

사농공상의 신분 체계가 엄격하던 조선에 마침내 상업과 통상의 활기가 무르익기 시작했다. 물론 이것은 생산력의 발전이라는 전 세계적인 흐름이 반영된 것이었다. 바로 이런 세상에 박제가가 태어나고 살았다.

박제가의 아버지는 정3품 벼슬을 한 양반이다. 그러나 박제가는 서자였다.(*박제가에 대한 이하의 설명은 졸저 〈미쳐서 살고 정신 들어 죽다〉(휴맨앤북스)를 기본으로 삼아서 정리했다) 이 서자라는 신분은 장차 그가 살아갈 인생의 방향을 일찌감치 정했다. 조선 왕조의 제도를 완비한 태종 때의 〈경국대전〉에 따라서 서얼 출신은 과거시험에 응시할 수 없었다. 아버지가 고위 관직을 지낸 양반일 경우에만 서얼이 아닌 양반보다 몇 등급 차이가 나는 벼슬까지는 할 수 있었다. 서얼들에게 신분 차별은 뼈아픈 천형이었고, 박제가 역시 이 천형의 굴레에서 빠져나갈 수 없었다.

그러나 다행히 1777년에 정조가 즉위하면서 '서얼허통법'을 제정해서 서얼 출신이 종3품 벼슬인 부사까지 할 수 있도록 했고, 2년 뒤인 1779년에 박제가는 이덕무, 유득공, 이서구와 함께 규장각의 초대 검서관으로 임명되었다.

그는 1778년에 채제공의 수행원 자격으로 처음 북경을 다녀온 뒤에 〈북학의(北學議)〉를 지었다. 이것의 내용을 한마디로 요약하면, 청나라를 본받아 상공업을 발전시키고, 농경기술·농업경영을 개선함으로써 생산력을 향상해서 민부(民富)를 증대하자는 것이다.

우리는 그들의 발달한 기술과 풍속을 배워 견문을 넓혀야 한다. 그래야 세상이 넓다는 것과 우물 안 개구리의 부끄러움을 알 수 있다. 그러면 교역을 통해 얻는 이익뿐 아니라 세상의 법도를 밝히는 데도 도움이 될 것이다.(*<북학의>의 "중국과의 무역"에서, 박정주 번역)

여기에서 말하는 '세상의 법도'란 동양과 서양에서 빠르게 변화하고 있던 세상의 원리이다. 곧 봉건적인 낡은 체제의 몰락과 새로운 질서를 기반으로 새롭게 형성되는 체제이다.

박제가의 제안은 도발적인 것이었다. 청나라를 쳐서 명나라의 복수를 하자는 북벌론이 조선에 아직도 시퍼렇게 살아 있을 때였음에도 불구하고 청나라를 배우자고 하고, 또 더 나아가 사농공상의 신분 체계를 뒤흔드는 중상주의를 채택하자고 했으니... 심지어 실학파의 윗세대인 이익은 말할 것도 없고 같은 북학파의 바로 윗세대인 홍대용과 박지원조차도 농업을 근본으로 삼아서, 농업을 발전시키려면 상업을 억눌러야 한다고 했었는데 말이다.

박제가의 주장에는 거침이 없었다. 1786년에 정조가 관리들에게 정책상의 여러 폐단을 시정할 방안을 내라고 지시했을 때 올린 글인 "병오년에 올리는 글(丙午所懷)"에서는 심지어 놀고먹는 선비들을 상업에 종사하게 하자고 했다.

놀고먹는 자는 나라의 큰 좀입니다. 그런 사람들이 날로 늘어가는 것은 사족(士族)이 날로 번성하고 있기 때문입니다. (...) 저는 수륙을 왕래하며 장사하는 무역업을 사족들에게 허가해 주고, 이들을 문서에 등록시키기를 청합니다. 또한 이를 권장하기 위해서는 그들에게 자금을 빌려주거나 가게를 지어주고, 성과가 뚜렷한 자는 관리로 발탁해야 합니다. 그래서 날마다 이익을 추구하게 한다면, 놀고먹는 자들이 점차 줄어들고 즐거이 직업에 종사하는 마음이 생겨날 것입니다.

박제가는 놀고먹는 양반이 국가의 발전을 가로막는다는 말로 기존 체제에 직격탄을 날렸다. 양반을 상업에 종사하게 하자는 말은 조선 사회를 지탱하는 신분 제도 즉 사농공상의 구분을 기본으로 하는 사회 체제를 허물자는 것이었다. 그야말로 노골적으로 불온한 발언이었다. 이것은 발상의 전환 그 자체였다. 다른 선각자들이 아무리 민중을 향해 아래로 내려가려 해도 넘을 수 없었던 지평의 한계를 깬 것이다. 이런 발상의 전환은 그가 서얼 출신이었기 때문에 가능했다.

하지만 그의 '튀는' 모습은 이게 다가 아니었다. 이미 〈북학의〉에서는 실용과 실리를 취하기 위해서 우리말을 버리고 말과 글을 중국과 일치시키자고 했다. 그래야만 온전하게 중국과 같아질 수 있기 때문이라는 게 그가 든 이유였다. 성리학적 가치관에 입각한 소중화주의와의 전면전을 제안한 것이다.

기존 권력층 즉 보수주의 집단에서뿐만 아니라 북학파 내부에서도 박제가의 이런 튀는 경향을 진작부터 경계했었다. 박제가는 박지원을 처음 만났던 해인 1768년에 자기가 쓴 글을 묶어서 〈초정집(楚亭集)〉을 내면서 박지원에게 서문을 써 달라고 했는데, 박지원은 그 서문 끝부분에서 다음과 같이 썼다.

...[박제가는] 옛글의 격식에 얽매이지 않는다. 그러나 진부한 말을 없애려고 애쓰면 혹 황당무계한 데 빠지기도 하고, 주장을 너무 높이 내세우면 혹 상도(常道)에서 벗어나는 데 가까워지기도 한다. (...) 새것을 만들다가 공교(工巧)해지기보다는 차라리 옛것을 모범으로 삼다가 고루해지는 편이 나을 터이다. (...) 밤에 초정과 더불어 이런 말을 하고, 마침내 그것을 책머리에 써서 권면한다.(*박희병 번역)

요컨대 너무 튀지 않도록 조심하라는 말이다. 오죽했으면, 정통 성리학을 기반으로 삼아서 왕권을 강화하고 봉건 질서를 수호하고자 했던 정조에 맞서서 〈양반전〉이나 〈열하일기〉와 같은 이른바 '타락한 문풍(文風)'으로써 시대의 변화를 반영하고 또 이끌려고 했던 박지원조차도 그런 말을 했을까? 물론 박제가는 그 조언을 귓등으로 흘렸다.

따지고 보면 서얼 출신이라는 조건은 박제가에게 약점인 동시에 강점이었다. 서얼이라서 내세울 빽도 없고 비빌 언덕도 없고 재산도 없다는 것이 약점이었다면, 그랬기에 따로 더 잃을 게 없었으므로 주눅들 이유도 없었다는 것은 강점이었다. 어떤 걸 시도해서 안 되면 그만이고, 밑져 봐야 본전이었다. 노론 계열로 선조 때부터 명문가로 꼽히던 가문의 아들이던 박지원과는 태생적으로 달랐다. 그랬기에 거침이 없었다.

스스로 프티부르주아지로 규정했던 유시민 역시 그렇게 당당하고 거침이 없었다. 가진 게 없었고, 그러니 자기가 원하는 무언가를 얻으려고 하다 잘못된다고 하더라도 잃을 게 없었고, 그러니 또 남의 눈치를 볼 필요가 없었다. 설령 잃는다고 하더라도 하루하루의 생계를 걱정할 정도로 비참한 상황은 맞이하지 않았을 테기 때문이다. 백바지를 입고 의원 선서를 하러 나서기 다섯 해 전인 서른 살이던 1989년에 썼던 자서전 "인간과 역사에 대한 희망을 갖기까지"를 보자.

삼십. 흔히 하는 말로 '꺾어진 육십', 내 나이다. 세상은 나에게 여러 가지 이름을 붙여주었다. '제적학생' 이것은 사실 그 자체다. (...) 성적증명서를 떼 보면 2학년까지밖에 나오지 않는다.

나의 어머니와 고향 친구들, 함께 일하는 동지들과 친지들은 나를 '민주투사'라고 부른다. 하지만 형사와 검사, TV 아나운서와 정부 당국의 '나으리들'은 나를 일컬어 '좌경용공분자'라고 하는 경우가 많다. 이런 이름들은 사람들이 자기 주관에 따라 붙여 준 것이다. 어떤 이들은 "일할 능력이 있으면서도 일자리 없이 여기저기 배회하는" 실업자라고 나를 비난한다. 그렇다. 나는 직장이 없다. 하지만 직업은 있다. 나는 힘으로 벌어먹고 산다. 번역을 하거나 수필을 쓰고, 어떤 때는 드라마 대본이나 소설을 쓰기도 한다. 나의 직업을 구태여 말하자면 '자유기고가'라 할 수 있다. 별 볼 일 없기는 하지만 내 이름으로 출판된 책도 하나 있다. 나는 실업자가 아니다.

(...) 나는 내가 바라는 미래가 하루빨리 실현될 수 있도록 하는 일에 대부분의 시간을 쓴다. 내가 원하는 미래란 별것이 아니다. 열심히 노동하는 삶들이 천대받지 아니하고 사람답게 사는 사회, 자기 생각을 눈치 보지 않고 자유롭게 말하고 쓸 수 있는 사회, 평생을 눈물과 비탄 속에 살아가는 남북의 이산가족들이 그리운 혈육을 만날 수 있는 나라, 강대국에 매이지 않고 우리 운명을 우리 민족 스스로 결정하고 개척해 나가는 나라. 이런 사회, 이런 나라가 바로

내가 간절히 바라는 미래인 것이다.

(...) 대학물을 맛본 지 이제 10년. 내가 이루어놓은 일은 별로 없고, 이 같은 인간과 사회의 변화에 내가 기여한 것도 아주 작은 한 부분에 불과하다. 그러나 내가 아주 작은 한 부분이나마 기여한 것을 나는 기뻐한다. (...)(*<2007 대한민국, 유시민을 말하다>, pp.204-229. 이 글은 출판사 푸른나무에서 발간한 <아픔을 먹고 자라는 나무 : 젊은 활동가의 성장체험기>에 처음 실렸다)

당당하고 거침이 없는 '백바지' 유시민의 모습에서 조선 후기의 진보주의자 박제가를 연상하는 게 아무래도 이상하지는 않을 것 같다.

프티부르주아지의
운명

유시민은 출생이라는 제비뽑기에서 운이 좋게도 '행운'을 뽑았다고 했다. 발상의 전환을 할 수 있었기에 보수 진영으로부터 '극좌 양아치'로 손가락질을 받을 수 있고, 또 원칙을 고집하는 지조를 가졌기에 진보 진영으로부터는 '극우 꼴통'으로 손가락질을 받을 수 있는 특성을 출생과 함께 동시에 가지게 된 것을 '출생의 행운'이라고 표현한 셈이다.

이런 일이 있을 수 있었던 것은, 프롤로그에서도 잠깐 언급했듯이, 지금의 한국 사회가 형성되는 과정의 특수한 사정 때문인 것 같다.

한국 사회에서 보수주의와 진보주의가 각각 어떻게 형성되고 전개되어 왔는지 살펴봄으로써 보수-진보 스펙트럼에서 유시민의 위치가 어디에 있는지 대략적으로나마 먼저 살펴보는 것이 '효율적인 유시민 읽기'에 도움이 될 것 같다. 그러나 자세한 이야기는 뒤로 미루고, 여기에서는 개념만 정리하고 넘어가자. (성격이 급한 사람은 6장의 "보수와 진보... 잘못 꿰인 단추들"을 먼저 읽어도 된다.)

보수주의와 진보주의라는 말은 애초에 봉건주의 사회에서 근대 사회로 바뀌는 과정, 즉 군주제에서 공화정으로 바뀌는 과정을 설명하면서 나온 개념인데, 유시민은 〈후불제 민주주의〉에서 정리한 개념을 인용하면 다음과 같다.

> 진보와 보수를 나누는 기준은 여러 가지가 있다. 하지만 아주 거칠게 말하자면 한 가지다. 진보는 '당위'를 추구하고 보수는 '존재'를 추종한다. 진보는 아직 현실에 존재하지 않는 이상적 목표를 설정하고 그것을 실현하기 위해서 싸운다. (...) 보수는 이미 존재하는 현실을 불가피한 자연적 질서로 간주하고 그것을 지키려 한다. 어떤 질서든 상관없다.(*<후불제 민주주의>, 유시민, 돌베개, p. 68.)

* * *

1980년 5월 17일 서울대학교 총학생회장실에서 이마에 닿은 총구의 서늘함을 느끼던 유시민이 2003년 4월 29일 국회 본회의장 단상에 백바지를 입고 올라가서 동료 의원들로부터 야유를 받으리라는 것을 상상하지 못했겠지만, 이미 그렇게 될 씨앗은 그가 살던 세상 사람들 속에서 녹아 있었다. 아니, 유시민이 어떤 인생을 살면서 어떻게 투쟁하고 어떻게 욕먹고 또 어떻게 박수를 받을지, 프티부르주아지 지식인으로서 역사 앞으로 얼마나 한없이 뜨거울 수 있을지 또 얼마나 한없이 경쾌할 수 있을지, 그 모든 것의 씨앗도 이미 그의 출생을 기뻐하던 경주시 북부동의 낡은 기와집에서부터 이미 시작되었을 것이다.

1987년의 민주항쟁 및 2016-2017년의 촛불혁명이라는 장대한 흐름

속에서, 자기를 프티부르주아 출신이라고 규정하는 유시민은 자기 '출생의 행운'이 예정한 대로, 때로는 최익현이 그랬던 것처럼 한없이 뜨겁고 힘겹게 또 때로는 박제가가 그랬던 것처럼 한없이 경쾌하게 또 때로는 경박하게 파도를 타고 넘는다. 그리고 이 과정은 그가 말했던 것처럼 '행운'만은 아니었다. 평균적으로 보면 행운이 불행보다 더 많았을지 모르지만, 유시민이 경험했던 일들이 자기 인생에서 일어나길 바라는 사람은 많지 않을 것이다.

그의 출생은 그가 진술한 것처럼 그렇게 행운만은 아니었다. 프티부르주아지 지식인으로 그는 세계사적으로도 갈등과 모순의 유례를 찾아보기 어려운 복잡한 나라인 한국에서 보수-진보의 싸움에 스스로 뛰어들어야 했으며 혁명이냐 개량이냐를 놓고 끊임없이 자기 자신 및 자기 주변 사람들과 싸워야 했고 또 상처를 입어야 했기 때문이다.

2장

민중 경험과
혁명에 대한 풍문

광장과 밀실

이런! 단추를 잘못 꿰었다!

어디에서부터인가 잘못되었다, 비유가 아니라 진짜 단추 이야기다!

지금까지 꿴 단추가 위에서부터 100개나 된다. 그동안 제대로 잘 꿰어왔다고 생각했는데, 두어 걸음 뒤로 물러서서 보니 일흔 번째쯤에서 그만 단춧구멍 하나를 건너뛰고 말았다.

자, 그렇다면 앞으로도 계속 단추를 100개 200개 더 꿰어 나가야 하는데, 이 일을 어찌해야 할까?

몇 가지 선택이 가능할 것 같다.

첫째, 어차피 엎질러진 물이니 과거는 과거대로 두고 그냥 그대로 앞으로도 계속 n번째 단추를 n+1번째 단춧구멍에 꿰어 나가는 것이다. 혹시라도 흉한 모습이 마음에 걸리면, 아예 그 잘못된 부분을 포함해서 위쪽을 가위로 싹둑 잘라내서 흔적도 없이 태워버리면 된다.

둘째, 일흔 번째의 그 실수를 인정하는 것이다. 그래서 최근에 꿴 서른 개 단추를 모두 풀어내고 잘못된 그 부분부터 다시 제대로 꿰어 나가는 것이다.

셋째, 비록 최근까지 서른 개가 잘못되긴 했지만, 그 잘못을 여기에서 끝내기로 한다. 그래서 단추를 하나 건너뛰어서 다음 단추부터 단춧구멍에 차례대로 꿰어 나간다.

넷째, 아무려나 상관이 없다고 마음을 비우는 것이다.

각각의 선택에는 장단점이 있다.

그런데 단추 꿰기를 역사의 문제로 환원하면 어떻게 될까? 정답이 있을까? '내'가 앞으로 30년만 산다는 사실을 기준으로 할 때의 정답과 '우리 후손'이 앞으로 100년 200년을 살아갈 것이라는 사실을 기준으로 할 때의 정답이 다를 것이다. 이 정답 선택의 문제는 무엇을 위해서 어떻게 살 것인가 하는 철학의 문제이다. 그리고 각 개인마다 이 철학의 깊이와 폭은 어린 시절 가족 및 또래 친구들과의 사회적 관계 속에서 성장한 다음 더욱 넓은 범위의 사회적 관계 속에서 결정된다.

(이 단추 꿰기 이야기는 6장 "보수와 진보"에서 다시 더 자세하게 하기로 하자.)

날카로운

첫 키스의

<죄와 벌>

유시민은 어린 시절에 비록 썩 부유하지는 않아도 사랑이 넘치는 집에서 가족으로부터 사랑을 듬뿍 받으며 성장했다.

"겁 많고 고집은 엄청 센 울보. 아침 식사 때 어머니가 4녀 2남에게 꽁치를 나눠주는데 저에게 작은 걸 주면 큰 걸 달라고 하지는 않고 그냥 '안 먹어' 하고 잉잉 울었대요."

2013년 3월에 〈어떻게 살 것인가〉를 출간한 직후에 했던 어떤 인터뷰에서, 어린 시절 어떤 아이였느냐는 기자의 질문에 유시민은 그렇게 대답했다.(*〈한겨레〉, "유시민 정계 은퇴 뒤 첫 인터뷰 '괴상한 놈 하나 왔다 갑니다'", 2013. 3. 15.)

가족이 세상 전부인 줄 알던 겁 많은 그 소년은 누구나 그렇듯이 또래 아이들을 만나고 학교에 다니면서 세상을 배우기 시작한다. 그리고 자기가 가난하다는 사실을 깨닫는다. 서른 살이던 1989년에 썼던 자서 전 "인간과 역사에 대한 희망을 갖기까지 "에서 그는 자기가 경험한 가 난을 이렇게 묘사했다.

> 다른 친구의 것보다 빈약한 도시락 반찬은 점심시간마다 나를 괴롭혔 다. 미술시간이면 두꺼운 스케치북과 포스터칼라를 꺼내 놓은 친구들이 낱 장 켄트지를 꺼내는 나를 주눅들게 했다. 뒤꿈치를 꿰맨 양말 때문에 걸음걸 이가 조심스러웠고 외풍 센 먼지투성이 우리 집은 나로 하여금 친구들을 데 려오지 못하게 했다. 가난 그 자체가 아니라 '가난하다는 생각'이 나를 괴롭혔 다.(*<2007 대한민국, 유시민을 말하다>, p. 207.)

세상의 그 어떤 아이에게든 간에 가난하다는 자의식만큼 부끄럽고 통절한 인식은 없을 것이다. 소년 유시민이 또래 집단 속에서 처음으로 자각한 결핍은 가난뱅이라는 부끄러운 자각이었다. 부모님이 빚 때 문에 작은 소리로 소곤소곤 의논하다가 긴 한숨을 쉬는 모습을 잠이 든 척 누워서 지켜보던 소년은 출세해야겠다고 마음을 먹었다. 출세 해서 돈을 많이 벌고 싶었다. 그것이 부끄러움을 낳는 결핍을 해소하 는 길이라고 믿었다.

> 나는 소위 '출세'라는 것을 하기 위해 '판사'가 되기로 한 것이다. 이 결심은 내 삶에서 처음으로 자각한 사회적 욕구했다.(*<2007 대한민국, 유시민을 말 하다>, p. 208.)

그렇게 소년 유시민은 출세하리라 마음먹고 열심히 공부했다.

그러던 어느 날이었다. 대입예비고사를 한 달 앞둔 1977년 가을의 어느 토요일이었다. 한가한 마음에 문고판 소설을 집어 들었다. 이 소설이 장차 인생의 갈림길 선택을 크게 좌우하게 될 줄은 꿈에도 몰랐을 것이다. 그렇게 집어든 소설 상하 두 권을 다음 날 오후까지 모두 읽었다. 도스토옙스키의 소설 〈죄와 벌〉이었다. 그로부터 32년이 지난 뒤인 2009년에 유시민은 그때의 일을 다음과 같이 회고했다.

> 〈죄와 벌〉은 '유독한 향기'를 내뿜는 아름다운 꽃과 같았다. 그 향기는 예민하고 순수하지만 성숙하지 않은 정신을 일시적으로 마비시켰다. 나에게 〈죄와 벌〉은 열병과 같은 정신적 흥분을 안겨 준 '날카로운 첫 키스'였다.(*〈청춘의 독서〉, 유시민, 웅진지식하우스, p. 24.)

열여덟 살 고등학생 유시민이 가난에 대해서 또 사회에 대해서 예전에 미처 알지 못했던 (감히 그런 게 있으리라고는 상상도 하지 못했던) 지평을 열어 주는 그 '열병과 같은 정신적 흥분을 안겨 준 날카로운 첫 키스'를 경험하는 순간은 그렇게 느닷없었고 또 강렬했다. 그랬다. 고등학생 유시민에게 〈죄와 벌〉은 '유독한 향기'였다. 한편으로는 판사가 되어서 출세를 하겠다는 결심의 근본적인 근거를 흔들어놓았기 때문에 유독했으며, 다른 한편으로는 그 소설의 메시지가 너무도 매혹적이었기 때문에 향기로웠다.

〈죄와 벌〉은 일종의 범죄 소설이다. 가난해서 휴학을 할 수밖에 없었던 대학생인 주인공이, 세상에 아무런 도움도 되지 않는 기생충 같은 존재로 살아가면서 (적어도 주인공의 눈에는 그렇게 보였다) 오로지 돈만 밝히는 돈 많은 전당포 노파를 죽이고 금품을 훔친다. 그렇게 훔친 금품을 자기나 가난한 사람이 나누어 가지는 것이 세상에 훨씬 이롭다고 판단했기 때문이다. 소설은 이 주인공이 살인을 저지르고 자수하기까지의 과정에서 겪는 심리적인 방황과 갈등을 묘사함으로써 '선한 목적이라고 해서 악한 수단을 정당화하는가?' 하는 물음에 대한 답을 찾아나간다.

주인공 라스꼴리니코프가 노파를 살해하기로 마음을 먹은 시점에 우연히 그는 술집에서 어떤 젊은 장교와 대학생이 노파에 대해서 나누는 대화를 듣는다. 이 대화에서 대학생은 노파 살해의 정당성을 설파한다.

"한쪽에 멍청하고 무의미하고 하찮고 못됐고 병든 노파가 있는데, 아무에게도 필요 없거니와 오히려 모두에게 해만 끼치는 존재, 무엇을 위해 사는지도 모를뿐더러 내일이라도 저절로 죽을지도 모르는 노파야. (…) 다른 한쪽에는 도움을 받지 못하면 허무하게 스러져 갈 젊고 싱싱한 젊은이들이 있어, 그런 젊은이는 도처에 널려 있어! 가만 두면 수도원으로 흘러들어가 버릴 노파의 돈만 있으면 수백, 수천 가지의 선한 사업과 계획들을 추진할 수 있단 말이야! 어쩌면 수백 명 수천 명을 올바른 길로 인도할 수도 있겠지. 수십 개의 가정을 가난과 해체와 파멸과 방탕과 성병에서 구해 낼 수도 있어. 이 모든 것을 노파의 돈으로 해결할 수 있단 말이야! 노파를 죽이고 그 돈을 빼앗아라, 그리고 이 돈의 도움으로 나중에 전 인류와 공공의 사업을 위해 헌신하라. 이 작은 범죄 하나가 수천 가지의 선한 일을 행하지 않을까? 하나의 생명을 희생시켜 수천 개의 생명을 파멸과 분열에서 구하는 거지. 한 사람의 생명과 백 명의 생명을 맞바꾸는 건데, 이건 누가 봐도 당연한 결론 아닌가? 그 허약하고 어리석고 사악한 노파의 삶이 사회 전체의 정의를 놓고 볼 때 과연 얼마만큼의 가치를 지닐 수 있을까? 그 노파의 삶은 바퀴벌레와 이의 삶보다 더 나을 것이 없고, 어쩌면 그보다 더 못하다고도 할 수 있어. 왜냐하면 그 노파는 해로운 존재니까 말이야. 그 노파는 다른 사람의 인생을 갉아먹고 있잖아. (...) 나는 의무와 양심을 내팽개치자는 게 아니야. 우리가 그 의무와 양심을 어떻게 이해하느냐 하는 문제를 말하는 거지."(*<죄와 벌>, 홍대화 번역, 열린책들, pp. 100-101. 무례를 무릅쓰고 일부를 저자가 임의로 수정했다.)

사실 라스꼴리니코프는 이런 주장을 이미 논리적으로 세워 두고 있었다. 자기가 정리한 이른바 '초인론'을 다음과 같이 설명한다.

"아주 고대로부터 시작해서 리쿠르고스, 솔로몬, 마호메트, 나폴레옹 등으로 이어지는 인류의 입법자들과 제정자들은 (...) 유혈을 동원해서라도 새로운 법률을 제시했고 (...) 이런 점을 보더라도 그들은 하나같이 모두 범죄자였다. 이런 인류의 은인과 건설자들 대부분이 무서운 살인자였다는 점은 흥미롭기까지 합니다. 한 마디로 저는 (...인류의 은인과 건설자들은...) 천성상 조금의 차이는 있겠지만, 분명히 범죄자가 될 수밖에 없다는 결론을 내리게 됩니다."(*<죄와 벌>, 홍대화 번역, pp. 377. 일부는 저자가 임의로 수정했다.)

결국 라스꼴리니코프는 세상의 선을 실천하기 위해서 도끼로 노파를 살해한다.

살인이라는 행위를 통해서 과연 선한 목적이 달성될 수 있을까?

이 질문에 고등학생 유시민은 사로잡혔을 것이다. 그리고 그 질문에 사로잡혀서 며칠은 멍하게 보내야 했다. 그런 다음에 그는 어떤 결론을 내렸을까? 그 시점에서 32년이 지난 뒤인 〈청춘의 독서〉에서 그는 그때를 다음과 같이 회상한다.

나는 〈죄와 벌〉을 읽으면서 가난의 책임이 가난한 사람 자신뿐만 아니라 사회에도 있을지 모른다는 생각을 했다. 그것은 사실 '생각'이라기보다는 '느낌'에 가까웠다. 사회제도와 빈곤의 상호관계 또는 인과관계를 논리적으로 인지한 것이 아니었기에 '느꼈다'고 말하는 편이 나을 것 같다.(*〈청춘의 독서〉, p. 20.)

이 느낌은 서른 살에 썼던 "인간과 역사에 대한 희망을 갖기까지"에서 다음과 같이 구체적으로 묘사된다.

아무리 생각해 보아도 내가 느낀 가난에 대해 부모님께 책임을 물을 수는 없는 일이었다. 성실 근면하고 정직하며 힘껏 일하는데도 가난하다면 그 가난이 경멸받아야 할 아무런 이유가 없기 때문이다. 그래서 나는 우리 집이 가난하다는 사실을 부끄럽게 여기지 않게 되었다. 그러자 장래의 희망을 법관으로 잡은 데 대한 회의가 싹텄다.(*〈2007 대한민국, 유시민을 말하다〉, pp. 212-213)

그리고 그 느낌은 고등학생 유시민에게 다음과 같은 의문을 안겨 주었다.

> 만약 개인에게 전적으로 책임을 물을 수 없는 어떤 사회적 악덕이 존재한 다면, 그러한 사회악은 도대체 왜 생겨났는가? 사회악을 완화하거나 종식하 기 위해서는 무엇을 어떻게 해야 하는가?(*<청춘의 독서>, p. 20.)

이 의문을 풀려는 탐구는 대학교 입학 후의 야학 활동을 통한 적극 적인 민중 경험으로 이어진다.

첫사랑,

야학과

민중 경험

유시민은 서울대학교에 사회계열에 원서를 내서 합격했다. 그리고 흔히 이념서클이라고 일컬어지던 학회(學會)에 가입해서 역사와 철학 그리고 노동문제와 농업문제를 공부하며 사회의 온갖 부조리의 원인에 대해 눈을 뜨기 시작했다. (이 학회의 이름은 '농촌법학회'였고, 다른 이념서클들과 마찬가지로 구성원과 활동은 외부로 공개되지 않았다. 즉 '비밀서클'이었다.)(*2012년에는 박정희 · 전두환 군사독재에 저항해 민주화를 위해 싸웠던 이 학회의 활동상을 기록한 〈꽃봉오리가 되다-서울대학교 농촌법학회 50년사〉가 발간되었다.) 그리고 서클 선배이던 심재철의 권유로 구로공단 지역에서 야학 교사 활동을 시작했다. 당시 그가 교사로 활동했던 야학을, 그의 야학 선배였던 서명숙은 다음과 같이 묘사한다.

> 야학은 구로공단 끄트머리 골목길 안쪽 허름한 3층 건물에 세 들어 있었다. 두 야학이 탁구장만한 공간을 베니어판으로 칸을 나누어 썼다. 옆 야학은 주로 서울대 재학생들이, 우리 야학은 서울대생과 고대생이 반반씩 교사로 근무하고 있었다. 스무 명 남짓한 학생들은 대부분 근처 공장에서 일하는 여성 노동자들이었고 남학생은 가뭄에 콩 나듯 한둘이 고작이었다.(*<영초언니>, 서명숙, 문학동네, p.64.)

유시민의 야학 활동은 2학년 말까지 1년 반 동안 이어졌다. 그리고 거기에서 막연한 추상으로만 존재하던 '민중'을 경험했다. 유시민이 야학에서 만난 노동자들의 나이는 어리면 16세, 많아야 23세였다.

> 대개 전라도에서 호남선·전라선 야간열차로 상경하여 공단으로 흘러들어온 농민의 딸들. 그들은 하루 10시간 이상 일해서 한 달에 2만 5천 원 남짓한 임금을 받고 있었다. 국립대학의 한 학기 등록금이 12만 원, 하숙비가 보통 3만 5천 원, 내가 살던 학교 기숙사의 한 달 식비가 2만 1천 원, 하루 두 시간 일주일에 세 번 고등학생에게 영어·수학을 가르치는 대가로 내가 매월 6만 원을 벌 때 그들은 매주 60시간 이상 노동해서 2만 5천 원을 받고 있었던 것이다.(*<2007 대한민국, 유시민을 말하다>, p. 222.)

또 유시민은 1970년 11월에 '근로기준법을 지켜라!'고 외치며 분신함으로써 많은 대학생이 노동현장으로 달려가게 만들었던 전태일 이야기를 들었을 것이다. 그리고 전태일이 어린 시다들에게 풀빵을 사주고, 집에 돌아갈 때에는 차비가 없어서 걸어갔다는 얘기도 들었을 것이다.

그러나 전태일의 분신 이후 10년 가까운 세월이 흘렀지만 그때와 달라지지 않은 참혹한 노동 현실을 유시민은 목격했을 것이다. 이른바 'YH사건'이었다.

유시민이 2학년 여름방학을 보내던 1979년 8월 9일, 가발업체 YH무역의 여성노동자 170여 명이 회사의 위장폐업 조치에 반발해서 신민당사 4층 강당에서 노동자 생존권 보장을 요구하며 농성을 벌였다. 그런데 이틀 뒤인 8월 11일 새벽 2시, 1천여 명의 경찰 병력이 건물을 부수면서 농성장으로 난입해서 무자비한 폭력으로 노동자들을 강제로 연행했다. 작전은 23분 만에 종료되었다. 이 과정에서 신민당 의원과 당원, 취재기자, 경비들 등이 무차별 구타를 당해 중경상을 입었다. 그리고 농성 노동자 김경숙은 당사 바깥으로 떨어져 사망했다. 경찰에서는 처음에 자살이라고 했다가, 나중에야 과도한 폭력에 따른 사망임을 인정했다.

열다섯 살 때부터 공장에 다니기 시작했던 김경숙이 YH무역에 다니던 당시에 썼던 일기에는 열악했던 노동 현실이 적나라하게 드러난다.

거울을 바라보니 나의 얼굴이 아니었다. 얼굴이 부어 아침 7시까지 일하고 아침을 먹고, 또 근무했다. 내 몸은 지치고 지쳐 비틀대면, 숙소에 돌아와 밥을 먹는데 밥이 먹히지 않았다. 다시 회사에 근무하여 완성 일을 도와주고, 12

시 30분까지 일을 마치고, 옆반에 있는 5반 순지와 용강탕에 가서 피로를 풀고 몸을 깨끗이 하다가 둘은 열심히 때를 밀었다.(*민주운동기념사업회 사료관. YH무역회사 노동자 김경숙의 일기, https://archives.kdemo.or.kr/isad/view/00429807.)

유시민은 아마도 야학에서 김경숙의 죽음을 들었을 테고, 야학 선배 서명숙의 회상했던 것처럼 '황소 눈깔처럼 커다란 눈망울을 지닌 그 청년 교사는 걸핏하면 닭똥 같은 눈물을 뚝뚝' 흘렸을 것이다.(*〈2007 대한민국, 유시민을 말하다〉, p. 30.)
이런 일련의 경험을 하면서 그는 자기를 돌아보았다.

나는 내 자신에 대해 깊이 생각해 보았다. 밥을 굶은 적도, 내 힘으로 벌어 먹어야 했던 일도, 셋방살이 설움을 겪은 일도 없는 내가 스스로 가난이 싫어 출세하려는 욕망을 품었다니 나는 얼마나 사치스런 인간인가? 1백 원짜리 크림빵 하나에도 어김없이 들어 있는 세금을 이들도 꼬박꼬박 내고 있는데, 국가의 녹이라는 형식으로 그 세금을 얻어서 살아가는 직업을 단지 내 개인적인 욕망 때문에 목표로 삼다니, 나는 얼마나 염치없는 자인가? 가난에 대한 나의 강박관념이 사실은 하나의 허위의식에 불과하다는 것을 깨닫고 나는 한없이 부끄러워졌다. (...) 그날, 5년간이나 간직했던 법관의 꿈을 털어버리면서 나는 (...) 다른 인간으로 새로 태어났다고 할 수 있다. (...) 그리고 다음날부터 나는 학습의 골방을 벗어나 행동의 광장으로 거침없이 달려 나갔다.(*<2007 대한민국, 유시민을 말하다>, p. 223-225.)

그렇게 해서 유시민은 판사가 되겠다는 어린 시절의 꿈을 버렸다. 〈죄와 벌〉에서 노파를 살해하는 라스꼴리니코프의 행위에 판사가 되겠다는 자신의 꿈이 겹쳐지는 것을 느끼며 받았던 충격에서 벗어나 비로소 해방감을 느꼈을지도 모른다.

그래서 '너무나 편한' 기숙사를 나와서 자취를 시작했다. 그리고 나와 내 가족만이 아니라 우리의 주변에 수없이 많은 가난한 사람들을 위해 무엇을 할 수 있는가를 고민하기 시작했다.(*<2007 대한민국, 유시민을 말하다>, p. 223)

그러나 그 고민은 간단치 않았다. 야학 교사가 노동자를 위해서 할 수 있는 게 무엇일까? 이 문제는 당시에 노동운동을 지원하려던 혹은 노동운동에 직접 참여하려던 대학생들에게는 피해갈 수 없는 고민거리였다. 이 고민을 서명숙은 〈영초언니〉에서 야학 교사들 사이의 노선 갈등을 예로 들어 다음과 같이 묘사했다.

(A교사)"가르치는 건 좋다. 그러나 우리가 노동자들에게 근로기준법을 가르치는 것에 대해 과연 끝까지 책임질 수 있는가. 야학에서 배운 여러 지식 때문에 현실에서 노동자들이 오히려 더 큰 고통을 겪는다면 그것은 잘못이 아닌가? 차라리 그들이 당장 원하는, 계층 상승에 도움이 되는 검정고시 공부를 시켜주는 게 그들을 위해 더 나은 봉사가 아닐까?"

(B교사)"우리 사회의 거대한 모순을 직시하도록 가르치지 않고 그들의 '신분 상승 욕구'에만 영합해 교과목만 가르친다면 굳이 야학을 할 필요가 있을까? 그리고 그것은 노동자들을 궁극적으로 기만하는 행위 아닌가? 당장은

더 고통스럽더라도 모순된 현실을 일깨워주어야 한다. 그래야만 우리 사회가 한 발자국이라도 더 나아가고 변화할 수 있지 않은가?"(*<영초언니>, p.67.)

과연 어떤 것이 올바른 선택일까?

이런 차원의 고민을 했던 많은 대학생들은 전태일 분신 이후 1970년대 초부터 이미 노동현장 속으로 들어가 노동자의 삶을 살았다.

'나는 과연 어떻게 살아야 할까?'

이 고민을 충분히 할 시간이 유시민에게는 주어지지 않았다. 1979년 10월 26일 밤에 궁정동에서 몇 발의 총성이 울렸고, 1980년 '서울의 봄'이 왔다. 너무도 급하게 왔다가 급하게 사라진 봄이었지만 유시민은 그 소용돌이에 휘말리고 말았다.

유시민은 5월 17일 밤에 연행된 뒤 계엄사령부 합동수사본부 산하 경찰청 특수수사대로 끌려가 그곳에서 두 달을 보냈다. 그리고 서울 관악경찰서, 수도군단 계엄보통군법회의, 안양교도소를 거쳐 논산훈련소를 통해서 입대했고, 강원도 화천의 백암산 소총 중대에 배속되었다. 그리고 거기에서 본인이 '인생의 혹한기'라고 불렀던 시절을 맞이했다. 아무런 준비도 없이...

1980년 '서울의 봄' 광장에서 쫓겨난 유시민은 그곳에서 자기만의 밀실에 틀어박힌다. 때로 죽음을 생각하기도 하면서.

* * *

유시민은 2017년에 서명숙이 출간한 책 〈영초언니〉에 추천사를 보

됐다. 이 추천사는 빈곤이라는 사회의 모순에 막 눈을 뜨던 시절에 '닭 똥 같은 눈물'을 흘리던 자기의 부끄러운 모습을 지켜보고 격려했던 선배에 대한 고마움 때문이었으리라. 또한 동시에, 함께 사랑했던 그 어떤 대상에 대한 그리움 때문이었으리라.

> (...) 이 책이 그린 것은 '옛사랑'이 아니라 '첫사랑'이다. 세상에 대한 첫사랑으로 불타올랐던 청춘, 같은 대상을 두고 첫사랑에 빠졌던 여자들의 사랑에 대한 이야기다. (...) 대책 없이 씩씩했고 지금도 여전히 어여쁜 그 첫사랑의 떨림과 짜릿함을 전해준 서명숙이 내게 물었다. 짧고, 부질없으며, 결국 아무것도 남기지 못할 우리네 인생에서 이것 말고 다른 무엇이 의미가 있단 말인가? 나는 대답한다. 없다.

유시민에게 야학 활동을 통한 민중 경험은 짜릿하게 떨리던 첫사랑이었다. 이 첫사랑이야말로 우리네 인생에서 가장 본질적인 의미가 있다고 유시민은 말한다. 그는 날카로운 첫 키스의 추억인 소설 〈죄와 벌〉에서 이어지는 이 첫사랑을 통해서 약자에 대한 배려라는 진보주의의 미덕을 가슴 깊이 새겼다. 그리고 이렇게 새겨진 첫사랑의 순정은 장차 그가 살아갈 인생의 갈림길마다 중요한 지침으로 작동한다.

예컨대 그가 듣고 또 경험했던 어린 여공 즉 전태일이 풀빵을 사주며 배고픔을 달래 주었던 어린 여공, 혹은 구로동의 야학 교실에서 만났던 어린 여공은, 그가 계간지 〈창작과비평〉 1988년 여름호에 신인 자격으로 게재했던 단편소설 〈달〉에 등장한다.(*2016년에 출간한 〈표현의 기술〉에서 유시민은 소설 〈달〉의 탄생 과정을 "1987년 여름에 저는 '6·29선언은 사기'라고 정부를 욕하는 유인물을 만들다 들켜서 경찰 수배를 받게 되었습니다. 그해 겨울 동안 서울 은평구 신사동에 있던 연립주택 반지하 방에 숨어 지냈는데, 달리 할 일도 없고 해서 열심히 (〈거꾸로 읽는 세계사〉의) 원고를 썼죠. 단편소설도 한 편 썼고요."라고 설명한다. 2015년에 출간한 〈유시민의 글쓰기 특강〉에서는 "〈달〉을 1987년 겨울부터 다음해 봄에 걸쳐 썼다."고 했다.) 어린 여공은 군대에 간 오빠에게 편지를 부친다. 그런데 오빠는 철책선 근무를 서던 도중에 필라멘트가 나간 투광등을 고치다가 북한 병사로 오인돼 아군의 총격을 받고 사망한다. 소설 속의 주인공이 그토록 조바심을 내며 읽고 싶어 했지만 끝내 읽지 못한 편지에서 여동생은 오빠를 그리워하며 오빠를 부른다.

미안해요 오빠.

몇 달 만에 편지 쓰는 건지 기억도 잘 안 나요. 궁금하고 답답하고 그랬을 거예요. 영철이보고도 내가 편지하지 말라고 그랬거든요. 미안해요. 미안해……. 여긴 다들 잘 지내요. 그 사이에 엄마가 쪼금 편찮으시긴 했지만 이젠 다 나으셨답니다. 나 때문에 그랬죠. 장사도 못 나가시고…… 이젠 다시 나가세요. 걱정 마세요. 있잖아요. 내가 감옥엘 갔다 왔거든요. 별일은 아니에요. 노동조합을 만들었는데, 보통 때에는 그렇게 점잖고 하던 공장장이란 관리자들이 그렇게 무섭고 난폭한 줄은 정말 몰랐어요. 조합장 언니랑 사무장 언니랑, 막 때리고 담뱃불로, 아휴 그런 난리가 없었어요. 나하고 친하게 지내던 언니는 다리까지 부러졌어요.

오빠도 아시죠? 내가 열일곱 살 때부터 그 회사에서 미싱을 탔잖아요? 근데도 언제 봤냐는 식이에요. 다섯 사람이나 해고시키고 조합 탈퇴하라고 협박하고 해서 우리 또순이들도 못 참아서 한바탕 했을 뿐이에요. 근데 남자들이 웃통을 훌렁 벗고 쳐들어오는데, 미싱 다 부서졌을 거예요. 우리도 닥치는 대로 집어던졌으니까.

근데 우리가 농성할 때 회사에서 엄말 불러다가 내가 빨갱이 꾐에 빠져서 신세 망칠 거라고 협박을 하는 바람에 엄마가 날 찾다가, 나도 많이 울었어요. 그래서 엄만 앓아누우셨답니다.

오빠. 괜한 얘길 했나 봐요. 하지만 이젠 괜찮아요. 엄마도 장사 나가시고 아버지도 여전하셔요. 난 그 회사에선 해고당했어요. 석방된 지 3주쯤 됐나 봐요, 이제.

취직하려고 여기저기 다녀봤는데 큰 데서는 자꾸 주민등록증 보자고 해요. 지난번 일 때문에 나 같은 사람은 안 뽑는대요.(*<창작과비평> 1988년 여름호(통권 60호)에 실린 중편소설 <달> 가운데서. 유시민의 공식 팬클럽인 '시민광장' 게시판에 게재된 소설의 전문에서 인용한다. http://www.usimin. co.kr/75811.)

이 소설이 발표된 1988년은 억눌려 있던 노동자의 투쟁이 용암처럼 무섭게 분출하던 시기였다. 70년대와 80년대 내내 군사독재 정권의 혹독한 탄압을 받으면서도 노동운동은 전태일을 출발점으로 해서 꾸준히 성장하고 있었고, 당시 노동운동의 당면 과제는 전국 단위의 노동조합을 만드는 것이었다. 그리고 1987년의 '노동자 대투쟁'을 기점으로 노동운동의 중심축은 경공업 여성노동자에서 중공업 남성노동자 중심으로 넘어갔다. 그리고 마침내 1990년 2월에는 전국노동조합협의회(전노협)가 창립된다.

이런 전체적인 흐름을 놓고 볼 때, 소설 〈달〉이 당시의 노동운동 흐름과 다르게 (혹은, 그 흐름에 뒤처져서) 그로부터 10년 전의 노동자상(像)이던 여성 노동자 모습을 그리고 있다는 사실은, 비록 당시에 유시민이 노동현장의 활동가들을 이런저런 연유로 만나고 또 무언가를 도모하고 있었음에도 불구하고, 당시 노동 현장에서 진행되던 근본적인 변화의 흐름에서 분리되어 있었음을 상기시킨다.

하지만 그 여성노동자 캐릭터가 유시민에게는 10년이라는 긴 시간 지났음에도 불구하고 여전히 떨리고 짜릿한 첫사랑이었던 걸 어떡하겠는가. 그리고 이 첫사랑의 떨림은 1989년에 쓴 짧은 자서전인 "인간과 역사에 대한 희망을 갖기까지"에서도 관철되어, 무엇을 위해서 인생을 살 것인지 한층 명확하게 규정하게 만든다.

광장과

밀실

유시민은 1985년에 썼던 "항소이유서"에서 입영 전야를 이렇게 묘사했다.

> 입영 전야에 낯선 고장의 이발소에서 머리를 깎이면서 본 피고인은 살아 있다는 것이 더 이상 축복이 아니요 치욕임을 깨달았습니다.(*<2007 대한민국, 유시민을 말하다>, p. 223)

서른 살이던 1989년에 썼던 자서전 "인간과 역사에 대한 희망을 갖기까지"에서는 군대에서 보낸 시간을 '군대로 끌려가 32개월을 썩고'라는 단 네 어절로 압축했다. '군대생활 32개월 동안에도 영창 한 번 간 일이 없는 모범 사병이었다.'라는 설명 딱 하나만을 더 보탰을 뿐이다. 200자 원고지로 100매가량 되는 긴 글을 쓰면서 군대에서 보냈던 32개월에는 그 정도밖에 원고량을 할애하지 않는다는 사실에서, 그가 군대에서 보낸 시간을 얼마나 힘들어했을지 유추할 수 있다.

그 뒤로 24년이 흐른 뒤인 2013년 3월에는 군대 생활에 대해서 그나마 조금 더 많은 이야기를 한다.

> 나는 스물두 살 겨울에 매우 심한 우울증을 앓았던 것 같다. 좌절감과 죄책감, 절망감이 낳은 병이었을 것이다.

정계은퇴를 선언하면서 낸 책 〈어떻게 살 것인가〉(2013년) 가운데서 "나도 죽고 싶었던 때가 있었다"라는 제목으로 쓴 글 가운데 한 부분이다. 같은 책의 다른 곳에서도 역시 긍정적인 내용은 보이지 않는다. 1981년 들어서서 맞이한 겨울에 전방 철책선 근무를 서는 동안에 땔나무를 하고 물을 져 나르고 대대본부에 가서 부식을 수령하느라 날마다 눈 덮인 계곡의 낭떠러지를 지나다니면서 종종 뛰어내리고 싶은 충동을 느꼈다고만 썼을 뿐이다.

그렇게 유시민은 인생에서 처음 맞이한 시련의 32개월을 오롯이 자기만의 밀실에서 힘겹게 버텼다. 적어도 그 32개월 동안에는 뜨거운 함성이 드높았던 '서울의 봄' 광장은 매타작의 빌미였으며, 그 황홀하게 두렵고 가슴 뛰던 기억은 머나먼 과거일 뿐이었다.

그랬던 그가 어떻게 해서 다시 역사의 광장에 다시 서게 되었을까?

이것은 최인훈이 소설 〈광장〉에서 탐구하려던 주제이기도 하다.

* * *

소설 〈광장〉은 4·19혁명 직후이던 1960년 11월에 발표되었다.

소설의 주인공 이명준은 월북한 공산주의자의 아들이라는 이유로 경찰로부터 핍박을 당하자, 부정부패가 판치는 남한의 현실에 환멸을 느낀다.

이런 광장들에 대해서 사람들이 가진 느낌이란 불신뿐입니다. 그들이 가장 아끼는 건 자기의 방, 밀실뿐입니다. (...) 밀실만 푸짐하고 광장은 죽었습니다. 각기의 밀실은 신분에 맞춰서 그런대로 푸짐합니다. 개미처럼 물어다 가꾸니깐요. (...) 필요한 약탈과 사기만 끝나면 광장은 텅 빕니다. 광장이 죽은 곳, 이게 남한이 아닙니까?(*<광장·구운몽>, 최인훈, 문학과지성사, pp. 62-63.)

그래서 절망한 끝에 북으로 간다. (그때는 6·25전쟁 이전이었다.) 그러나 북한에서도 민중을 위한 진정한 혁명은 없었고, 그저 허울만 그럴 듯했지 독재국가였다.

어느 모임에서나, 판에 박은 말과 앞뒤가 있을 뿐이었다. 신명이 아니고 신명 난 흉내였다. 혁명이 아니고 혁명의 흉내였다. 흥이 아니라 흥이 난 흉내였다. 믿음이 아니고 믿음의 소문뿐이었다.(<광장·구운몽>, p. 124.)

이명준은 전쟁이 터지자 인민군으로 출전했고, 포로가 된다. 그리고 포로 석방 때 남쪽도 북쪽도 아닌 중립국을 선택한다. 그러나 중립국으로 향하던 배에서 이명준은 바다로 뛰어들어 자살하고 만다.

그런데 최인훈은 다음해에 개정판을 내면서 다시 쓴 서문에 이런 내용을 넣었다.

> 광장은 대중의 밀실이며 밀실은 개인의 광장이다. 인간을 이 두 가지 공간의 어느 한쪽에 가두어버릴 때, 그는 살 수 없다. 그럴 때 광장에 폭동의 피가 흐르고 밀실에서 광란의 부르짖음이 새어 나온다. (...) 이명준은 (...) 어떻게 밀실을 버리고 광장으로 나왔는가. 그는 어떻게 광장에서 패하고 밀실로 물러났는가.(*<광장 · 구운몽>, p. 19.)

최인훈은 '혁명'이라는 이름의 깃발이 나부끼는 역사 속에서 한 개인의 운명과 사랑과 신념이 어떻게 불타오르고 왜곡되고 망각되고 또 그리움의 대상이 되는지 탐구했다.

그 탐구의 질문에서 이명준을 유시민으로 바꾸어 보자.

- 유시민은 어떻게 밀실에서 다시 광장으로 나섰는가?

밀실에서는 자살을 속삭이는 목소리가 가득했다. 유시민은 그 밀실 바깥으로 고개를 살짝 내밀었다. 그가 그렇게 한 것은 분명 타고난 호기심 때문이었을 것이고 또 자기가 돌아가고 싶은 광장에 대한 그리움 때문이었을 것이다. 그랬다. 모든 사람의 밀실이 다 그렇듯이, 유시민의 밀실 역시 광장의 함성이 들리지 않을 만큼 떨어져 있지는 않았던 것이다. 최인훈이 그랬다. "어떤 밀실도 광장의 함성이 들리지 않을 만큼 떨어져 있지 못하고 어떤 광장도 밀실의 평화가 그리워지지 않을 만큼 오붓하지는 못하다."고.(*〈바다의 편지〉 가운데 "감정이 흐르는 하상(河床)"에서, 최인훈, 삼인, p. 315.)

1982년 가을, 고참 상병 시절에 유시민은 저녁마다 북한 방송을 봤다.

　　중대장은 자기 텐트가 좁다며 쓸모없는 텔레비전을 치우라고 했다. (...) 나
는 중대 본부 텐트에 그 텔레비전을 옮겨 놓고 저녁마다 북한 방송을 봤다. (...)
뉴스는 더욱 놀라웠다. 10분 가운데 8분 정도가 모두 김일성 주석 동정, 현장
지도 관련 내용이었다. (...) 카메라맨은 필사적으로 앵글을 조종해 김주석 목
뒤쪽에 솟은 커다란 혹은 감추려고 노력했다.

　　그 무렵 북한 방송이 "양명하신 지도자 동지"라고 부르던 김정일의 <주체
사상에 대하여>라는 '논문'이 발표되었다는 보도가 나왔다. 나는 이 논문의 요
지가 무엇인지 궁금해 며칠 동안 틈날 때마다 뉴스를 챙겨보았다. 약 8분 동
안 이 논문을 찬양하는 교수, 당 간부, 관리, 노동자들이 줄지어 등장했다. (...)
그러나 뉴스는 그 논문의 내용에 대해서는 아무런 정보도 제공하지 않았다.
그날 다른 모든 뉴스는 다 합쳐서 2분도 되지 않았다.(*<청춘의 독서>, pp.
149-151.)

　　이런 모습은 <광장>의 이명준이 '너무나 더럽고 처참한 남쪽의 광
장'에서 탈출해서 찾아간 북한에서 실망스럽게 목격했던 현실과 전혀
다르지 않다.

　　어느 모임에서나, 판에 박은 말과 앞뒤가 있을 뿐이었다. 신명이 아니고 신
명 난 흉내였다. 혁명이 아니고 혁명의 흉내였다. 흥이 아니라 흥이 난 흉내였
다. 믿음이 아니고 믿음의 소문뿐이었다. 월북한 지 반년이 지난 이듬해 봄, 명
준은 호랑이굴에 스스로 걸어들어온 저를 저주하면서 (...) 무쇠 티끌이 섞인

것보다 더 숨 막히는 공기 속에서, 이마에 진땀을 흘리며, 하숙집 천장을 노려 보고 있었다.(*<광장 · 구운몽>, p. 124.)

인민군으로 낙동강 전선에 투입되었다가 포로로 잡혔던 이명준은 포로 송환 과정에서 남쪽을 선택할 수도 있었고 북쪽을 선택할 수도 있었다. 이도 저도 싫다면 중립국을 선택할 수도 있었다. 이명준은 그 선택을 해야 했다.

"동무는 어느 쪽으로 가겠소?"

"중립국."

그들은 서로 쳐다본다. 앉으라고 하던 장교가, 윗몸을 테이블 위로 바싹 내밀면서, 말한다.

"동무, 중립국도, 마찬가지 자본주의 나라요. 굶주림과 범죄가 우글대는 낯선 곳에 가서 어쩌자는 거요?"

"중립국."

"다시 한번 생각하시오. 돌이킬 수 없는 중대한 결정이란 말요. 자랑스러운 권리를 왜 포기하는 거요?"

"중립국."(*<광장 · 구운몽>, p. 181.)

그렇게 이명준은 중립국으로 향하는 배를 탔고, 배가 남중국해를 미끄러지듯 나아가던 어느 날 밤에 바다에 몸을 던졌다. 그러나 '강제로 끌려가서 썩고 있던 군대'이긴 했지만 유시민은 이명준과 달리 '이마에 진땀을 흘리지' 않아도 되었다. 이명준처럼 물리적으로 월북하지도 않았고 또 그즈음 운동권 내에서 빠르게 퍼져 나가던 주체사상에 붙들려 있지도 않았기 때문이다.

고물 흑백텔레비전으로 목격한 북한의 광장에 대한 깨달음은 그가 자학의 밀실에서 벗어나 건설적인 투쟁의 광장으로 나설 수 있는 자신감을 채워 주었을 것이다. 이명준은 남쪽도 아니고 북쪽도 아닌 중립국을 선택하고 또 결국에는 자살이라는 행위로 자기 존재를 해체해버려야 했지만, 유시민에게는 기회가 남아 있었다. 스스로 세상을 바꾸는 데 힘을 보탤 기회가 아직 많이 남아 있었던 것이다.

그리고 무엇보다, 자살을 속삭이던 군대에서의 밀실은 32개월이라는 시한과 연동되어 있었다. 그 시한이 끝나면 강제적인 밀실도 끝이 날 터였다. 신호등의 빨간불 앞에 멈춰선 운전자는 그 불빛이 언젠가는 녹색불로 바뀔 것임을 알기에 빨간불이 켜져 있는 시간을 참고 기다린다. 그렇게 유시민은 빨간불이 녹색불로 바뀔 때까지 기다렸고, 마침내 그날이 왔다.

유시민은 1983년 5월에 제대했다.

"제대하는 날 화천에서 춘천까지 버스로 데려다 주는데, 정말 몸이 공중에 뜨는 것 같았어요. 정말 진짜 제대하는구나. 제 인생에서 가장 황홀한 날이었어요. 구름을 타면 이런 기분일 거야! 제대하고는 보안사 퇴계로 진양분실(*진양상가에 있던 분실)에서 진행되던 녹화사업을 야당 의원들에게 폭로했어요. 그런데 국회 가서 제대로 질문도 안 하더라고요."(*<한겨레>, "괴상한 놈 하나 왔다 갑니다", 2013. 3. 15.)

제대를 하고나자 유시민은 어느 순간엔가 운동권의 '학습 지진아'
로 뒤처져 있었다.

> 나는 <공산당선언>과 <자본론> 말고는 읽은 책이 별로 없었다. 마르크스,
> 레닌, 마오쩌둥, 스탈린, 트로츠키 등 유럽과 중국 사회주의 혁명가들의 책과
> 논문을 싸들고 문경새재에 있는 시골 마을에 들어가 석 달 공안 고시공부 하
> 듯 읽었다. 모두 영어나 일본어 복사본이었다. 그런데 다 다 읽고 하산해 보니
> 세상은 더 멀리 나가 있었다. 그런 논문은 모두 유행이 지났고 주체사상 학습
> 이 새로운 흐름으로 자리 잡았다는 것이다. 후배들과 어렵게 약속을 잡아 토
> 론을 했다. 주제는 '휴전선을 어떻게 볼 것인가'와 '한국 사회의 성격을 어떻게
> 규정할 것인가'였다.(*<나의 한국현대사>, p. 241.)

그렇게 다시 광장으로 나온 유시민은 자기가 이른바 '주사파'가 바
라보는 시선과 다른 시선으로 세상을 바라본다는 사실을 확인했을 것
이다. 후배들도 그 사실을 확인했을 것이다. 다음에 다시 만나서 토론
을 하기로 했지만, 약속 장소에는 아무도 나오지 않았다. 후배들은 유
시민을 '구제 불가능한 자유주의자'로 보고 '잘라버렸던' 것이었다. 풍
문 속에 떠도는 혁명의 어렴풋한 안개 속에서 노선 투쟁과 인간관계
는 그렇게 살벌했다.

그 모습은 1978년과 1979년 야학을 하던 시절에 노동자들에게 노동
법을 가르쳐야 할지 아니면 근로기준법을 가르쳐야 할지를 놓고 갈리
던 의견 대립보다 한층 더 가차 없었고, 또 1980년 5월 서울역에서 농
성을 이어가야 할지 회군을 해야 할지를 놓고 갈리던 의견 대립보다

한층 더 적대적이었다.

이때 유시민은, 자유주의적 진보주의자의 길을 걸어야 함이 마땅하고 자기는 또 그렇게 걸었다고 자부하면서 2011년에 출간한 책인 〈국가란 무엇인가〉에서 '광신주의자'라고 비판하게 될 집단을 처음으로 대면한 셈이다. 그 책에서 유시민은 특정한 가치 하나만을 추구하는 '절대주의'로는 국가가 정의를 수립할 수 없다고 잘라서 말한다.

> 진보정치는 열정을 요구하지만 '광신주의'를 배격해야 한다. 그것은 일당독재, 신정국가, 국가의 신격화 등 여러 형태의 전체주의로 귀결될 뿐이다. (...) 한마디로 줄여서, 진보정치에는 자유주의적 기풍과 철학이 필요하다. 이것을 갖추어야 우리나라 진보정치운동이 대중의 더 큰 신임을 받을 수 있을 것이라고 믿는다.(*<국가란 무엇인가>, 유시민, 돌베개, p. 262, 263.)

제대 직후 후배들과의 토론에서 유시민이 맞닥뜨렸던 당혹감과 분노와 연민은 그가 정치인으로서 혹은 작가로서 혹은 방송인으로서 정치 이야기를 할 때마다 평생 그를 따라다니게 된다. 1984년 8월에 복학하고 또 얼마 뒤에 서울대 복학생협의회 회장이 되었을 때만 하더라도 이런 미래가 자기 앞에 펼쳐질지 알지 못했다.

그러나 그 사건을 겪으면서 그는 자기가 무엇을 위해서 무엇과 싸워야 하는지를 명확하게 정리할 수 있었다. 비록 그 사건은 그가 계획하지도 않았고 바라지도 않았지만, 그 사건을 계기로 그는 자기 운명에 놓인 길을 확실하게 깨달았다. 그뿐만 아니라 그 깨달음을 세상에 공표하며 자기 운명의 길이 이러저러하다고 선언했다.

그 사건은 그가 복학하고 보름도 지나지 않았을 때 일어났다.

| 장면 3 |

1985년 4월 1일

서울지방법원

남부지원 ○○법정

  미결수 유시민이 법정에서 나와서 호송차로 이동하는 순간이다. 흰색 수의에 수갑을 차고 포승에 묶인 스물여섯 살의 청년 유시민이 왼쪽으로 고개를 돌려 뒤쪽을 바라보면서 하얀 치아를 드러내며 활짝 웃는다. 얼마나 반가운지 두 눈과 콧구멍까지 활짝 웃고 있다. 그리고 수갑이 채워지고 포승으로 묶여서 불편한 왼손을 최대한 위로 가슴께까지 들어 올린 채로 활짝 펴서 누군가에게 인사를 하고 있다. 그가 호송차로 이동해서 타는 그 짧은 시간 동안이나마 그의 얼굴을 조금이나마 더 보고 싶었던 가족이나 지인이 먼발치에서 기다리고 있다가, 그가 나타나자 이름을 불렀을 것이다. 교도관에 이끌려 호송차로 걸어가던 유시민 역시 가족과 지인의 얼굴을 한 번이라도 더 보려고 몸을 돌리고 고개를 돌리고 또 그것도 모자라 눈동자까지 최대한 뒤로 돌렸을 것이다. 그리고 그렇게 바라보이는 그 사람들에게 포승 때문에 불편한 손을 최대한 높이 들고 흔들어서 애정을 표현했을 것이다.

그날 공판에서 그는 징역 1년 6월을 선고받았다. 이른바 '서울대학교 학원프락치 사건'으로 구속되었던 그의 죄명은 '폭력행위 등 처벌에 관한 법률 위반'이었다.

이 사건을 유시민은 "항소이유서"에서 '정권과 학원 간의 상호 적대적 긴장이 고조된 관악캠퍼스 내에서, 수사 기관의 정보원이라는 혐의를 받은 네 명의 가짜 학생을 다수의 서울대 학생들이 연행·조사하는 과정에서, 혹은 약간의 혹은 심각한 정도의 폭행을 가한 사건'으로 규정한다.(*〈2007 대한민국, 유시민을 말하다〉, p. 181)

사건은 1984년 9월에 일어났다. 서울대학교 학생들이 자교 내 한국방송통신대학교 학생 등 타 학교 학생을 포함한 민간인 네 명을 경찰의 프락치로 판단하여 짧게는 이틀에서 길게는 엿새까지 감금해서 각목으로 구타하고 심지어 물고문까지 했던 사건이다.

당시 관악경찰서 수사과장 신분으로 이 사건의 수사를 지휘했던 김영복 씨가 2006년 2월 5일에 한 언론사와 했던 양심 고백 인터뷰에 따르면 사건의 전말은 다음과 같다.(*〈오마이뉴스〉의 "상부에서 유시민으로 엮으라고 지시", 2006년 2월 7일.)

"경찰 생활 20여 년을 하면서 마음에 걸리는 두 가지 사건이 있는데, 그중 하나가 바로 이 사건이다. 유 씨에 대한 구속영장이 청구된 다음 날, TV와 신문에 이 사건이 대서특필되는 것을 보고 '내가 너무 지나쳤구나' 하는 생각이 들었다. (…) 이 사건은 군사정권이 학생회 조직 결성을 기선 제압하기 위해 폭력사건으로 엮어 만든 것이다."

폭행 사건이 벌어진 다음날 당시 서울대복학생협의회 집행위원장이었던 유시민은 폭행 피해자들과 이야기만 나누었으며 또 심하게 폭행당한 사람을 병원으로 이송하기 위해서 구급차를 부르며 일을 수습하려고 나섰다. 그 바람에 경찰이 수사에 착수하게 되었고, 폭행에 가담했던 사람들은 모두 달아났으며, 유시민은 수습 대책을 마련하려고 학교와 경찰, 피해자들을 만나러 다녔다.

그런데 그때 경찰 상부에서는 그 사건을 폭행으로 엮으라는 지시를 수사과장에게 내려 보낸 상태였다.

"당시 사건을 파악하기 위해 관악서 정보과 형사가 유 씨를 만나고 있었는데, 안 경무관(서울시경 제2부국장)이 그 이야기를 듣고는 '그렇다면 유시민으로 엮자.'라고 말했다. 그래서 사태를 수습하기 위해 관악서 정보 분실에 슬리퍼 차림으로 나온 유 씨를 그대로 유치장에 가뒀다."

그런데 피해자들이 고소장을 접수하지 않으려고 했다.

"형사들을 시켜 피해자들을 찾았지만, 처음에는 피해자가 모두 고소장 접수를 꺼린다는 보고를 받았다. 그래서 '너희들이 직접 쓰든지, 대서소를 가든지 알아서 하라'고 다그친 기억이 있다. 그렇게 가까스로 고소장을 받았다. 폭력 사건으로 엮으려면 고소장이 있어야 세게 처벌할 수 있기 때문이다."

이렇게 해서 유시민 혼자 구속되었다. 죄명은 '폭력 행위 등 처벌에 관한 법률 위반'이었다. 복학한 지 한 달도 지나지 않은 때였다. 유시민은 2017년 6월 9일 tvN에서 방송된 〈알아두면 쓸데없는 신비한 잡학

사전(알쓸신잡)〉에서 당시를 회고하면서 이렇게 말했다.

"나는 (프락치 사건과) 관계가 없는데 자꾸 형사가 만나자고 하더라. 만났는데 그 자리에서 잡혔다. 진술을 한 번도 한 적이 없는데 이미 주범이 자백까지 했다는 진술서가 작성돼 있더라. 그래서 억울해서 항소이유서를 썼다."

당시 그는 항소이유서를 직접 써 보라는 담당 변호사의 권유를 받고 집필을 시작했는데, 퇴고가 불가능한 상황이었기에 감방에 누워 첫 문장부터 마지막까지 머릿속에 모든 문장을 넣은 다음에 독서실 칸막이 형태의 이른바 '집필실'에서 200자 원고지 100자 분량의 그 "항소이유서"를 썼다. 위의 방송에서 유시민은 퇴고 없이 14시간 만에 그 원고를 완성했다고 말했다.

        * * *

본 피고인은 우선 이 항소의 목적이 자신의 무죄를 주장하거나 1심 선고 형량의 과중함을 애소(哀訴)하는 데 있지 않다는 점을 분명히 밝혀두고자 합니다. 이 항소는 다만 도덕적으로 보다 향상된 사회를 갈망하는 진보적 인간으로서의 의무를 다하려는 노력의 소산입니다.

(…)

이 항소이유서는, 부도덕한 개인과 집단에게는 도덕적 경고를, 법을 위반한 사람에게는 법적 제재를, 그리고 거짓 선전 속에 묻혀 있는 국민에게는 진실의 세례를 줄 것을 재판부에 요구하는 청원서라 하겠습니다.

(...)

지금 우리 사회의 경제적 모순·사회적 갈등·정치적 비리·문화적 타락은 모두가 지난날의 유신독재 아래에서 배태·발전하여 현 정권 하에서 더욱 고도성장을 이룩한 것들입니다. 현 정권은 유신독재의 마수에서 가까스로 빠져나와 민주회복을 낙관하고 있던 온 국민의 희망을 군홧발로 짓밟고, 5·17 폭거에 항의하는 광주시민을 국민이 낸 세금과 방위성금으로 무장한 '국민의 군대'를 사용하여 무차별 학살하는 과정에서 출현한 피 묻은 권력입니다.

(...)

특히 지난해 9월 총학생회 부활을 전후하여 더욱 강화되었던 수사기관의 학원사찰, 교문 앞 검문검색, 미행과 강제 연행 등으로 인해 양자 간의 적대감 또한 전례 없이 고조된 바 있습니다. 즉 소위 자율화조치 이후에도 '학원과 정권 사이의 적대적 긴장 상태'는 여전히 지속되고 있었던 것입니다.

이 사건은 바로 이와 같은 조건하에서 수명의 가짜학생이 수사 기관의 정보원이라는 혐의를 받을 만한 행위를 하였기 때문에 거의 자연발생적으로 일어난 예기치 못한 사건입니다.

(...)

결론적으로 검찰이 주장하는바 공소 사실의 대부분은 불순한 정치적 목적을 위해 경찰이 날조한 사건 내용을 뒷받침하기 위한 것으로서, 한편에 있어서는 정권과 매스컴이 공모하여 널리 유포시킨 일반적인 편견이 기초 위에 서 있으며, 동시에 다른 한편으로는 경찰이 고문 수사를 통해 짜낸 관련 학생들의 허위 자백에 의해 지지되고 있는 공허한 내용으로 가득 찬 것입니다.

그러나 본 피고인이 이 사건에서 드러난 학생들의 과실과 본 피고인 자신의 법률적·윤리적 책임을 회피하기 위하여 이렇듯 정권의 부도덕을 소리 높이 성토하고 있는 것은 결코 아닙니다. 가짜 학생에 대한 연행·조사가 윤리적으로 정당하다손 치더라도, 이들에게 가한 폭행까지를 정당화할 의향은 없습니다.

(...)

빛나는 미래를 생각할 때마다 가슴 설레던 열아홉 살의 소년이 7년이 지난 지금 용서받을 수 없는 폭력배처럼 비난받게 된 것은 결코 온순한 소년이 포악한 청년으로 성장했기 때문이 아니라, 이 시대가 '가장 온순한 인간 중에서 가장 열렬한 투사를 만들어 내는' 부정한 시대이기 때문입니다. 본 피고인이 지난 7년간 거쳐 온 삶의 여정은 결코 특수한 예외가 아니라 이 시대의 모든 학생이 공유하는 보편적 경험입니다. 본 피고인은 이 시대의 모든 양심과 함께 하는 '민주주의에 대한 믿음'에 비추어, 정통성도 효율성도 갖지 못한 군사 독재 정권에 저항하여 민주 제도의 회복을 요구하는 학생운동이야말로 가위눌린 민중의 혼을 흔들어 깨우는 새벽 종소리임을 확신하는 바입니다.

오늘은 군사독재에 맞서 용감하게 투쟁한 위대한 광주 민중항쟁의 횃불이 마지막으로 타올랐던 날이며, 벗이요 동지인 고 김태훈 열사가 아크로폴리스의 잿빛 계단을 순결한 피로 적신 채 꽃잎처럼 떨어져 간 바로 그날이며, 번뇌에 허덕이는 인간을 구원하기 위해 부처님께서 세상에 오신 날입니다. 이 성스러운 날에 인간 해방을 위한 투쟁에 몸 바치고 가신 숱한 넋들을 기리면서 작으나마 정성 들여 적은 이 글이 감추어진 진실을 드러내는 데 조금이라도 보탬이 될 것을 기원해 봅니다.

모순투성이이기 때문에 더욱더 내 나라를 사랑하는 본 피고인은 불의가 횡행하는 시대라면 언제 어디서나 타당한 격언인 네크라소프의 시구로 이 보잘것없는 독백을 마치고자 합니다.

"슬픔도 노여움도 없이 살아가는 자는 조국을 사랑하고 있지 않다."

1985년 5월 27일

서울 형사 지방 법원 항소 제5부 재판장님 귀하(*〈2007 대한민국, 유시민을 말하다〉, pp. 179-203)

* * *

이 "항소이유서"로 유시민은 많은 것을 얻었다.

첫째, 형량이 1심의 1년 6월에서 1년으로 줄어들었고, 1985년 10월에 마산교도소에서 만기 출소했다.

둘째, 무료 변론을 한 인권변호사 이돈명이 이 "항소이유서"를 유시민의 누나인 유시춘에게 전달했고, 유시춘은 혼자 읽기 아깝다는 생각에 을지로 인쇄소를 찾아서 500부를 찍어서, 서울대 총학생회, 법조 출입 기자실, 민추협·민통련·민가협 사무실에 각 100부씩 뿌렸다. 동아일보에서는 이 글을 간략하게 요약해서 싣기까지 했다. 그 덕분에 이 글이 세상에 알려졌고, 그의 필명이 높아졌다.

셋째, 긴 글을 한 번 써 보니까 본인이 생각해도 제법 잘 쓴 글이라,

유시민은 이만한 필력이면 글쟁이로도 충분히 먹고살 수 있겠다는 자신감을 얻었다. 그리고 이런 자신감을 사랑하던 여자에게 보낸 편지에 담았는데, 여자는 '이 사람이 감옥에 들어앉아서 이상한 생각을 하고 있구나.'라고만 생각했더란다.(*〈한겨레〉, "괴상한 놈 하나 왔다 갑니다", 2013. 3. 15.) 그러나 어쨌거나 그 자신감은 근거가 있었고, 그 자신감대로 그는 나중에 내는 책마다 베스트셀러를 만드는 인기 작가가 된다.

넷째, 유시민이 글을 잘 쓴다는 소문이 나서 나중에 출소해서는 선배들이 수시로 불러서 성명서 등의 문건 작성을 시키는 바람에 일복이 터진다.

가장 중요한 다섯째, 이 "항소이유서"를 작성하면서 유시민은 자기 인생의 이정표를 선명하게 세웠다. 퇴고 없이 14시간 만에 그 원고를 완성했다곤 하지만, 사실 그 원고가 완성되기까지는 그때까지 살았던 스물여섯 살 인생에서 경험했던 모든 깨달음과 좌절과 기쁨과 결심이 다 동원되었다. 그랬기에 이 "항소이유서"는 그의 스물여섯 살 자서전인 셈이다. 살아온 길을 돌아보며 살아갈 길을 전망하는 자서전… 그런데 "항소이유서"에 담긴 인생 전망의 이정표는 4년 뒤인 1989년에 쓴 또 하나의 자서전인 "인간과 역사에 대한 희망을 갖기까지"에서는 한결 더 선명해진다.

왜 그렇게 될까?

그것은 단지 나이를 네 살 더 먹었기 때문만은 아니었다.

6월

민주항쟁

"호헌철폐! 독재타도! 민주쟁취!"

1987년 6월, 전국의 거리에서 수십 수백만 명이 한목소리로 외치던 구호이다.

전두환 정권은 5천 명으로 구성된 선거인단이 체육관 안에서 차기 대통령을 뽑기로 되어 있던 헌법을 바꾸지 않겠다고 버텼다. 그래야만 자기 정권을 어렵지 않게 이어갈 수 있었기에, 재야와 학생 등 민주화 세력이 요구하는 직선제 선거를 받아들이지 않았다. 이 양 세력의 충돌은, 전두환 정권이 국내외의 압박 속에서 유화적인 제스처를 취하기 시작했던 1883년 말부터 (그 시기는 이른바 '유화국면'이라고 불렀다) 점점 뜨겁고 강하게 부딪쳐 왔다. 야당, 재야, 학생, 그리고 노동 부문의 공개 · 비공개 단체는 일시적으로 넓어진 활동 공간에서 제각기 혹은 연대해서 투쟁위원회를 만들었다. 그러나 정부는 정부대로 강경

일변도로 탄압에 나서서 1986년 5월에 노동운동단체인 서울노동운동 연합(서노련)을 와해시켰고, 반외세 자주화, 반독재 민주화, 조국 통일 의 3대 구호를 내건 주사파 계열의 학생운동 연합조직인 '전국반외세 반독재애국학생투쟁연합(애학투련)'의 결성을 저지하려고 10월 31일 에 무장헬기까지 동원해서 1,525명을 연행했고 1,288명을 구속했다.

그리고 해가 바뀌어 1987년 1월 14일, 서울대학교 3학년 학생 박종 철이 서울 남영동 치안본부 대공분실에서 물고문을 받던 중에 사망했 다. 민주화 세력에 대한 광적인 탄압에 따른 필연적인 결과였다.

이 사건을 계기로 사회 각 분야의 인사가 모여서 '고문 및 용공조작 저지 공동대책위원회'를 구성해서 활동했다. (이 조직은 나중에 '민주 헌법쟁취국민운동본부'로 발전해 6월민주항쟁의 지도부가 된다.) 전 국의 대학에서 고문 살인 규탄대회가 열렸고, 추도대회는 가두시위로 번졌으며, 이 시위는 5 · 18 이후 처음으로 일반 시민들의 호응을 받았 다. 군사독재 정권의 폭압이 적나라하게 드러나면서 직선제 개헌 열 망은 운동권만이 아니라 일반 시민들 사이에서 점점 확산되었다. 그러 나 4월 13일에 전두환 대통령은 특별 담화를 발표하면서 절대로 개헌 을 할 수 없다고 했다. 전두환이 화가 잔뜩 난 얼굴로 읽어 내려간 담 화문의 내용은 이랬다.

(…) 모든 국민이 그토록 바라던 합의개헌은 한 치의 진전도 이룩하지 못하 고 있으며 이 문제를 놓고 정파 간에 심각한 반목과 대립만을 거듭하고 있음 은 심히 답답하고 유감스런 일이 아닐 수 없습니다.

(…) 야당은 대통령직선제라는 당론만을 고집하면서 지금까지 단 한 차례

의 양보도 한 일이 없습니다.

(...) 이 시점에서 본인은 얼마 남지 않은 촉박한 임기와 현재의 국가적 상황을 종합적으로 판단하여 중대한 결단을 내리지 않으면 안 되게 되었습니다. 이제 본인은 임기 중 개헌이 불가능하다고 판단하고 현행헌법에 따라 내년 2월 25일 본인의 임기 만료와 더불어 후임자에게 정부를 이양할 것을 천명하는 바입니다.

(...) 두 가지의 국가 대사를 완성한 후에 충분한 시간을 두고 개헌 문제를 다시 생각한다면 나라의 백년대계를 위한 좋은 방안이 발견될 수 있을 것으로 본인은 확신하는 바입니다.

(...) 더욱이 지난 40년간 우리의 안보를 위협해 온 북한 공산집단은 정권 교체기의 진통을 그들의 적화 목적을 달성하기 위한 결정적 시기로 오판하고 있으며 서울올림픽의 성공적 개최를 시기한 나머지 갖은 방해 책동을 다 하고 있는 실정입니다.

(...) 본인은 자유민주주의 체제를 전복하려는 폭력좌경 세력을 엄정하게 다스리고 전환기에 해이해지기 쉬운 사회 기강을 엄격하게 확립함으로써 국기를 튼튼히 다져 나갈 것입니다.

(...) 오늘에 사는 우리 국민 여러분의 성숙한 지혜가 밑거름이 되어 이 땅에 자유민주주의의 꽃이 피고 선진과 통일의 자랑스러운 신화가 반드시 창조될 것을 본인은 확신합니다. 새봄을 맞아 국민 여러분과 여러분의 가정에 건강과 행복이 깃들이기를 기원합니다.

요컨대 다시 '체육관 선거'를 하겠으며, 개헌을 주장하는 세력을 '빨갱이'로 간주하고 때려잡겠다는 것이었다.

호헌 선언은 타오르는 불에 기름을 끼얹는 격이었다. 많은 직종의 대표자가 성명을 발표해서 호헌철폐를 한 목소리로 주장했다. 전국에서 들불처럼 타오른 '호헌철폐, 독재타도, 민주쟁취'의 외침은 마침내 정당, 재야, 학생, 각계각층의 단체 대표로 구성된 '민주헌법쟁취국민운동본부(국본)' 결성으로 이어졌다. 그리고 국본은 6·10국민대회를 열기로 하고 이 대회의 행동 요강을 보도자료로 발표했다. 그 가운데에는 이런 내용이 들어 있었다.

(1) 오후 6시 국기하강식을 기하여 전 국민은 있는 자리에서 애국가를 제창하고,

(2) 애국가가 끝난 후 자동차는 경적을 울리고,

(3) 전국의 사찰, 성당, 교회는 타종을 하고

(4) 국민들은 형편에 따라서 만세삼창(민주헌법쟁취 만세, 민주주의 만세, 대한민국 만세)을 하든지 제자리에서 1분간 묵념을 함으로 민주쟁취의 결의를 다진다.(*민주화운동기념사업회 사료관. https://archives.kdemo.or.kr/isad/view/00311808.)

그리고 6월 9일, 연세대 학생들이 6·10국민대회 참가 결의대회를 마치고 교문 앞에서 시위를 벌이던 중에 2학년 학생 이한열이 총류탄에 뒷머리를 직격당해 혼수상태에 빠졌다. 그리고 다음날인 6월 10일 아침 신문에는 머리에 피를 흘리며 의식을 잃은 이한열을 다른 학생이 안고 있는 사진이 보도되었다. 다음은 유시민이 〈나의 한국현대사〉에서 묘사하는 6월 10일 당일의 풍경이다.

6월 10일 오후 여섯 시, (...) 서울시청 일대 거리는 그야말로 눈 깜짝할 사이에 시위대로 뒤덮였다. 최루탄이 터졌고 버스와 택시, 승용차들이 경적을 마구 울려댔다. (...) 전국 22개 도시에서 50만 명의 시민들이 참여했고, 4,000여 명이 연행되었다. 서울에서는 경찰이 시위대에 밀려 청와대와 세종로 정부종합청사 부근 전략거점으로 후퇴했다. (...) 1980년 5월 15일 서울역 광장에서 그랬던 것처럼, 1987년 6월 10일 서울 도심에서 내가 본 것도 혼돈이었다. 그러나 이번에는 두렵지 않았다. 넥타이를 맨 젊은 직장인들과 더 나이 든 시민들이 함께했기 때문이었다. 게다가 국본이라는 지도부가 있었고 양김이 이끄는 야당도 있었다.(*<나의 한국현대사>, pp. 255-257.)

그로부터 30년 뒤인 2017년 6월 10일, 서울광장에서 열린 6월민주항쟁 30주년 기념 공연 〈6월의 노래, 다시 광장에서〉에서 불렸던 합창곡은 당시의 상황을 이렇게 묘사한다.

달려 달려 달려라! 외쳐 외쳐 외쳐라!
깃발 높이 들어라! 우리 모두 나서자!
뜨겁던 유월의 아스팔트 길 위로 괴물 같은 장갑차, 함성소리 퍼질 때
한국은행 분수대 위로 짱돌이 날고 명동 거리 군홧발 어지러이 달릴 때
최루탄 연기가 하늘을 수놓고 백골단 몽둥이가 허공을 가를 때
아아아~ 팔은 으스러져 머리 깨져 나뒹굴 때
아아아~ 검은 아스팔트 붉은 피로 적실 때
우리 마침내 머릿속 굴종의 쓰레기를 버렸다, 굴종의 쓰레기!

우리 마침내 마음속 아주 오랜 공포를 버렸다, 아주 오랜 공포!(*"아스팔트에 핀 꽃", 이경식 작사 · 이현관 작곡)

사람들의 마음에는 체념과 공포 대신 분노와 자신감이 들어섰다.

"호헌철폐! 독재타도! 민주쟁취!"

그날 이후로 구호는 더욱 뜨겁고 크게 거의 날마다 전국 곳곳에서 이어졌다. 26일에는 전국 37개 도시에서 사상 최대 인원인 100여만 명이 밤늦게까지 격렬한 시위를 벌였다. 경찰력으로는 이 시위를 제어할 수 없음은 누가 봐도 명백했다.

마침내 6월 29일, 민정당의 대통령 후보 노태우가 이른바 '6 · 29선언'을 하며 항복했다. 주요 내용은 대통령직선제 개헌을 통한 1988년 2월 평화적 정권 이양, 대통령선거법 개정을 통한 공정한 경쟁 보장, 김대중의 사면 복권과 시국 관련 사범의 석방, 인간 존엄성 존중 및 기본 인권 신장, 자유언론의 창달, 지방자치 및 교육자치 실시, 정당의 건전한 활동 보장, 과감한 사회 정화 조치의 단행 등이었다.

* * *

1987년 10월 27일 국민투표로 직선제 개헌이 이루어졌다. 그리고 개정한 대통령선거법에 따라 12월 16일에 치러진 선거에서 민정당 후보 노태우가 36.6퍼센트의 지지를 얻어 당선되었다. 끝내 단일화를 하지 못한 김영삼과 김대중은 각각 28.0퍼센트와 27.1퍼센트의 지지를 받으면서 2위와 3위가 되는 바람에 독재를 끝내고 민주를 쟁취하겠다는 국민의 염원은 물거품이 되고 말았다. 당시를 회상하면서 노무현과 김대중은 각각 이렇게 썼다.

극심한 우울감과 패배감에 젖은 채 맞은 1987년 대선은, 결국 좌절감과 환멸의 깊은 상처를 남긴 채 민정당 노태우 후보의 승리로 끝났다. 나뿐만 아니라 민주주의를 갈망했던 많은 시민들이 큰 상처를 받았고, 이 상처는 끔찍한 악몽으로 남아 오랫동안 나를 괴롭혔다.(*<운명이다>, 노무현재단, 돌베개, p. 95)

선거가 끝나자 국민들은 큰 상실감에 빠졌다. 민심은 흡사 폭격을 맞은 듯했다. 거리는 너무나 조용했고, 특히 민주 진영에서는 최악의 상황이 닥치자 어쩔 줄 몰랐다. 나는 진심으로 미안했다. 어찌 됐든 야권 후보 단일화에 실패했기 때문이다. 많은 민주 인사들의 희생과 6.10항쟁으로 어렵게 얻은 선거에서, 그것도 오랜 독재를 물리치고 16년 만에 처음으로 치른 국민의 직접 선거에서 졌다. 국민들의 원성이 하늘을 찌를 듯 했다. 나라도 양보했어야 했다. 지난 일이지만 너무도 후회스럽다.(* <김대중 자서전 1>, 김대중, 삼인, p. 536.)

이렇게 6월민주항쟁은 절반의 성공으로 끝이 났다. 민주주의를 열망하는 국민의 뜨거운 마음을 확인한 것이 성과라면, 민주 진영의 대통령을 당선시키는 최종적인 정치적 승리를 이루지 못한 것이 한계였다. 민주화의 열망을 최종적인 정치적 승리로 완성하기에는 민주 진영의 역량이 부족했다.

그 뒤로 6월민주항쟁 기념식 때마다 "광야에서"가 자주 불리곤 했던 이유도 이 노래가 절반의 성공에 대한 아쉬움과 언젠가는 다시 일어서 겠다는 비장한 각오를 동시에 담고 있기 때문이 아닐까 싶다.

> 찢기는 가슴 안고 사라졌던 이 땅에 피울음 있다
> 부둥킨 두 팔에 솟아나는 하얀 옷에 핏줄기 있다
> 해 뜨는 동해에서 해 지는 서해까지
> 뜨거운 남도에서 광활한 만주벌판
> 우리 어찌 가난 하리오 우리 어찌 주저 하리오
> 다시 서는 저 들판에서 움켜쥔 뜨거운 흙이여(*문대현 작사 · 작곡)

그렇게 뜨겁게 다시 서는 날은 1987년 6월로부터 다시 30년을 더 기다려야 한다.

그렇게 기다려야만 하는 긴 세월을 유시민은, 서른 살의 자서전 "인간과 역사에 대한 희망을 갖기까지"에서 두 해 전에 경험했던 6월민주항쟁을 기억하며 이렇게 성찰한다.

87년 6월의 거리, 남녀노소 각계각층이 한 덩어리가 되어 외치는 독재타도의 구호를 들으며, 최루탄과 방망이로 무장한 전경의 벽을 육탄으로 부수고 그 독재의 흉기를 불사르는 매캐한 연기를 맡으면서, 나는 인간이 사회를 변혁한다는 진리를 확인했다. 사회와 역사의 주인은 인간이라는 것, 다수의 대중이 하나의 의지로 뭉쳤을 때 사회는 결정적으로 변화한다는 것, 이것은 교과서 속의 박제된 명제가 아니라 펄떡펄떡 살아 숨 쉬는 진리였다.

대학물을 맛본 지 이제 10년. 내가 이루어놓은 일은 별로 없고, 이 같은 인간과 사회의 변화에 내가 기여한 것도 아주 작은 한 부분에 불과하다. 그러나 내가 아주 작은 한 부분이나마 기여한 것을 나는 기뻐한다. 내가 만일 판사가 되어 법조문을 암송하거나 무고한 민주인사와 학생, 노동자들을 감옥으로 보내는 하수인 역할을 했다면 6월의 그 엄청난 대중투쟁을 보면서 기쁨이 아니라 공포를 느꼈을 것이며, 자기의 삶과 세상에 대해 무기력한 냉소나 흘리며 살고 있을 것이다. 나는 스무 살 적에 내린 그 소박한 선택으로 10년을 살아왔다. 그리고 그 선택에 기초를 둔 실천 가운데 인간과 역사에 대한 희망과 신뢰를 배웠다.(*<2007 대한민국, 유시민을 말하다>, p. 229)

그리고 그는 자기가 바라는 나라가 어떤 것인지 명확하게 선언한다.

열심히 노동하는 삶들이 천대받지 아니하고 사람답게 사는 사회, 자기 생각을 눈치 보지 않고 자유롭게 말하고 쓸 수 있는 사회, 평생을 눈물과 비탄 속에 살아가는 남북의 이산가족들이 그리운 혈육을 만날 수 있는 나라, 강대국에 매이지 않고 우리 운명을 우리 민족 스스로 결정하고 개척해 나가는 나라. 이런 사회, 이런 나라가 바로 내가 간절히 바라는 미래인 것이다.(*<2007 대한민국, 유시민을 말하다>, p. 205)

4년 전 "항소이유서"에서 썼던 것보다 훨씬 분명한 전망이다. "항소이유서"에서 밝힌 전망이 수세적인 항변이었다면, "인간과 역사에 대한"에서 밝힌 전망은 공세적인 선언이다. 4년 사이에 유시민은 이렇게 바뀌었다. 그러나 이 전망을 실현하려면 바람을 거슬러 나는 새처럼 물살을 거슬러 헤엄치는 물고기처럼 나아가야 한다. 물론 쉬운 일이 아니다. 그가 말했듯이, 열정과 신념이 무너지면 바람에 날리고 물살에 휩쓸려 떠내가므로 '평생을 진보주의자로 사는 것은 쉬운 일이 아니기' 때문이다.(*〈국가란 무엇인가〉, p. 212.)

3장

사람 사는
세상을 위하여

바리케이드 앞에서

무엇을 위해서 싸워야 할지 1989년의 유시민에게는 분명했다.

'열심히 노동하는 삶들이 천대받지 아니하고 사람답게 사는 사회, 자기 생각을 눈치 보지 않고 자유롭게 말하고 쓸 수 있는 사회'였다. 그리고 무엇을 상대로 싸워야 할지도 분명했다. 그 바람직한 사회로 대한민국이 바뀌는 것을 가로막는 집단인 군사독재정권과 거기에 부역하는 집단들이었다.

그런데 거기에는 하나가 빠져 있었다. '어떻게 싸울까' 혹은 '무엇을 하면서 싸울까'였다. 게다가 바람을 거슬러 날기에는 또 물살을 거슬러 헤엄치기에는 바람과 물살이 너무도 거셌다.

'잔치'가

끝났을 때

    1987년의 대통령선거는 야권의 분열로 전두환과 동일체이던 노태우가 당선되었다. 그러나 이듬해인 1988년 4월의 13대 총선에서 국내 헌정 사상 처음으로 집권 여당이 과반수 획득에 실패하는 여소야대 국회가 만들어졌다. 이렇게 달라진 정치 지형에서 수십 년 군사독재 아래에서 자행되었던 온갖 불법과 비리가 사회 각 분야에서 드러나기 시작했다. 5.18 민주화운동이 재조명되었으며, 전두환 일가와 측근들은 수사를 받아야 했고 전두환은 구속을 피할 기대로 백담사로 가서 기거했다. 그동안 독재 정권의 나팔수 역할을 했던 언론들이 제 모습을 찾아가기 시작했고, 노동계에는 그동안의 경제 성장 열매를 나누어 받으려던 노동자의 요구로 노동운동이 거세게 일어났고, 1989년에는 경제정의실천시민연합(약칭 경실련)이 등장하면서 명실상부한 시민운동이 시작되었다.

그러나 기득권을 가진 보수 집단은 반격을 준비했다. 그 회심의 카드는 바로 이른바 '3당 합당'이었다.

민정당 총재이자 대통령이던 노태우는 평민당 김대중 총재에게 합당을 제안했다가 거절당한 뒤에 통일민주당 총재인 김영삼과 신민주공화당 총재인 김종필에게 제안하고 또 수락받았다. 1990년 1월 22일, 노태우 대통령은 김영삼과 김종필을 오른쪽과 왼쪽에 각각 시립시키고서 3당 통합 공동발표문을 읽었다.

"이제 우리는 모든 당파적 이해관계를 초월하여 역사와 국민 앞에 책임을 다한다는 한 마음으로 이 시대의 과제를 풀기 위해 중대한 결단을 내렸습니다. (...) 민주정의당과 통일민주당, 그리고 신민주공화당은 민주 발전과 국민 대화합 민족 통합이라는 시대적 과제 앞에 오로지 역사와 국민에 봉사한다는 일념으로 아무 조건 없이 정당법의 규정에 따라 새로운 정당으로 합당한다. (...) 새 국민 정당의 출범은 정치의 안정 정치의 선진화를 이룩하여 위대한 역사를 창조하는 새로운 출발이 될 것입니다. (...) 우리 국민 모두 새로운 세계, 희망의 미래를 향해 함께 나갑시다. 국민 여러분의 성원과 동참을 호소합니다. 감사합니다."(*KBS뉴스, "노태우 대통령, 3당 통합 공동발표문", 1990. 1. 22.)

이렇게 해서 민주자유당(민자당)이 탄생했고 (민주자유당은 나중에 신한국당, 새누리당, 자유한국당, 미래통합당 그리고 국민의힘으로 이름을 바꾸며 이어진다), 당 총재는 노태우 대통령이 맡되 당을 실질적으로 운영하는 대표최고위원은 김영삼이 맡았다.

3당 합당으로 민자당은 개헌 의석을 확보하면서 국회를 장악했다.

그리고 정부는 '범죄와 폭력에 대한 전쟁'을 선포하면서 반정부투쟁에 대한 강경 제압에 나섰고, 또 성공했다. 1991년 4월에 명지대학교 학생 강경대가 전경대원들에게 집단으로 구타당해 사망하는 사건이 일어났고, 그 뒤로 이를 규탄하며 항의하는 분신이 잇달아 일어났다. 또 강경대 구타 사건에 항의하며 옥중에서 단식 농성하던 한진중공업 노조 위원장 박창수가 안양병원 마당에서 의문의 죽음을 당한 시신으로 발견되었다. 4월과 5월 두 달 동안 전국에서 2,361회나 반정부 집회가 열렸다.(*〈나의 한국현대사〉, p. 270.) 바야흐로 정세는 누구든 지는 쪽이 그야말로 치명상을 입을 수밖에 없는 싸움으로 전개되었다.

그렇지만 정부는 이번에도 회심의 카드를 빼들었다. 이른바 '강기훈 유서대필 사건'을 조작한 것이다. 1991년 5월 8일, 김기설 당시 전국민족민주연합(전민련) 사회부장이 서강대에서 분신자살했는데, 그의 친구이자 같은 단체의 총무부장 강기훈에게 유서를 대필해 줬다는 혐의를 씌워서 자살 방조 피의자로 특정하고 수사를 진행하며, 이 일을 언론에 대대적으로 선전했다. 운동권에서는 서로 유서를 대필해 주며 등을 떠밀다시피 자살을 강요한다는 식으로 운동권의 도덕성에 흠집을 내기 위함이었다. 운동권 탄압의 고전적인 이 노림수가 통했고, 운동권을 향한 시민의 여론은 일거에 돌아섰다. (그러나 이 사건은 2015년 5월에 재심을 통한 대법원 무죄 판결을 받는다. 악의적인 조작에 따른 누명이 벗겨지는 데 24년이 걸린 것이다. 당시 이 조작 사건을 진두지휘한 인물은 당시 법무부 장관이었던 김기춘이었는데, 그는 나중에 박근혜 정부에서 대통령 비서실장이 된다. 또 이 사건의 수사 검사 가운데 한 명이었던 곽상도는 나중에 박근혜 정부의 대통령비서실 민정수석을 거친 뒤에 대구에서 20대·21대 국회의원으로 연속으로 당선된다. 당시에 고문을 저지르고 사건을 조작한 검사들은 공소시효가 지나서 아무런 처벌을 받지도 책임을 지지도 않았다.)

운동권은 이런 일련의 타격으로 위축되었고, 다음해인 1992년 12월에 치러진 14대 대통령선거에서는 민자당 후보로 나선 김영삼이 42.0퍼센트 득표율을 기록하면서 33.8퍼센트 득표율을 기록한 김대중을 꺾고 대통령이 되었다. 한때 김대중과 함께 민주화운동의 구심점이었던 김영삼이 타도 대상 정권의 수장으로 대통령까지 된 것이다. 6월 민주항쟁의 그 뜨겁던 기운과 희망은 5년이라는 시간이 지난 뒤에 너무도 초라한 결과로 돌아오고 말았다. 운동권은 그야말로 위축될 대로 위축되었다.

게다가 동유럽의 사회주의 국가들이 도미노처럼 무너졌다. 반체제 혹은 반정부의 길을 더듬어 가던 운동권들이 그토록 극복하고자 했던 자본주의 시장 제도를 그들이 도입한 것이다. 1989년 12월에 미국과 소련은 정상 회담을 통해서 냉전이 끝났음을 선언했다. 최종적으로 1991년 말에는 러시아, 우크라이나, 벨라루스의 세 대통령이 한자리에 모여 소련(소비에트사회주의공화국연방)이 더는 존속하지 않는다고 선언했다. 이렇게 해서 북한을 혁명의 기본적인 동력으로 바라보는 관념이 시대착오임은 부인하려야 부인할 수 없는 객관적인 현실이 되었다.

그동안 혁명 혹은 개혁의 경로를 놓고 그들 국가를 모델로 혹은 반면교사로 삼으면서 사회주의니 민족주의니 목청 높여 떠들던 운동권에서는 그들의 몰락과 정체 앞에서 당황했다. 이제는 한국 사회가 나아가야 할 새로운 길을 독자적으로 찾아야 했다. 그 어떤 나라도 간 적이 없는 새로운 길을 만들어야 했다. 너무도 아득한 길이었다.

갈 길은 먼데 해는 지고, 발길은 무겁고, 배는 고프고, 주머니에 돈은 떨어지고...

1991년 혹은 1992년 즈음에 쓰인 최영미의 시 "서른, 잔치는 끝났다"는 운동권에 팽배했던 이런 위축된 분위기 속에서 탄생했다. (이 시는 1994년에 출간된 동명의 시집에 수록되어 있다.)

물론 나는 알고 있다

내가 운동보다도 운동가를

술보다도 술 마시는 분위기를 더 좋아했다는 걸

그리고 외로울 땐 동지여!로 시작하는 투쟁가가 아니라

낮은 목소리로 사랑 노래를 즐겼다는 걸

그러나 대체 무슨 상관이란 말인가

잔치는 끝났다

술 떨어지고, 사람들은 하나둘 지갑을 챙기고

마침내 그도 갔지만

마지막 셈을 마치고 제각기 신발을 찾아 신고 떠났지만

어렴풋이 나는 알고 있다

여기 홀로 누군가 마지막까지 남아

주인 대신 상을 치우고

뜨거운 눈물 흘리리란 걸

그가 부르다 만 노래를 마저 고쳐 부르리란 걸

어쩌면 나는 알고 있다

누군가 그 대신 상을 차리고, 새벽이 오기 전에

다시 사람들을 불러 모으리라

환하게 불 밝히고 무대를 다시 꾸미리라

그러나 대체 무슨 상관이란 말인가(*"서른, 잔치는 끝났다" 전문)

잔치는 끝났고, 다들 지갑 챙기고 자기 신발 찾아서 자리를 떠날 사람은 떠난다. 누군가는 주인 대신 상을 치우며 궂은 설거지를 할 것이다. 또 그렇게 해서 다시 헛되이 환하게 불을 밝히고 무대를 다시 꾸미려 들겠지만, 그러거나 말거나 '나'는 이제 모르겠다. 나는 충분히 취했고, 충분히 지쳤다. 나도 내 지갑 챙겨서 내 신발 찾아서 신고, 그만 가야겠다. 왁자하던 소음이 가라앉고 취기가 걷히는 새벽, 집으로 돌아가야 하는 길이 외롭다. 게다가 내가 돌아갈 집은 결코 따뜻할 것 같지 않다. 돌아갈 집이 과연 있기나 한지 모르겠다. 설령 있다고 하더라도 결코 환영받을 것 같지 않다.

... 지독한 냉소와 자책이다.

이런 냉소와 자책이 이끄는 탈출구는 현실과 거리를 두는 것이다. 과거의 자신을 부정하고 다른 곳으로 도망치든 자기 안의 밀실에 스스로를 가두든, 혹은 과거의 자신과 거리를 두고 냉정하게 평가를 하든...

잔치가 끝나 술이 떨어지고 음악이 꺼질 때 자기 지갑과 신발을 챙겨서 자리를 떠나는 사람은 잔치판의 주인이 아니고 객이다. 프티부르 주아들은 자리를 떠난다. 스스로를 '도시 프티부르주아 출신'이라고 규정하는 유시민은 어떻게 할까?

* * *

잔치가 끝난 뒤에 손님들은 자리를 뜨지만 주인은 그럴 수 없다. 자기 집이니 죽으나 사나 남아서 설거지를 해야 하고, 다음날을 맞을 준비를 해야 한다. 그러니 떠날 수가 없다.

1990년대 초반, 한바탕 '잔치'가 끝나고 객들이 자기 신발을 챙겨서 떠난 뒤에 '잔치판'의 주인이던 노동자는 새로운 잔치판을 벌였다. 1995년 11월 11일에 전국민주노동조합총연맹(민주노총)을 설립한 것이다. 민주노총은 당시 정부에 순응적이던 한국노동조합총연맹(한국노총)에 한계를 넘어서서 민주노조 진영의 조직적 단결을 모색하며 노동자의 정치세력화를 내걸었다. 그리고 출범 4년 만인 1999년 11월에 합법화되었다. 다음은 민주노총 창립선언문의 일부분이다.

생산의 주역이며 사회 개혁과 역사 발전의 원동력인 우리 노동자는 오늘 자주적이고 민주적인 노동조합의 전국중앙조직, 전국민주노동조합총연맹의 창립을 선언한다.

(...) 우리는 인간다운 삶과 존엄성을 유지할 수 있는 노동조건의 확보, 노동 기본권의 쟁취, 노동현장의 비민주적 요소 척결, 산업재해 추방과 남녀평등의 실현을 위해 가열차게 투쟁할 것이다.

나아가 우리는 사회의 민주적 개혁을 통해 전체 국민의 삶의 질을 개선함과 더불어 조국의 자주, 민주, 통일을 앞당기기 위해 가열찬 투쟁을 전개할 것이다.

(...) 자! 자본과 권력의 어떠한 탄압과 방해에도 굴하지 않고 전국민주노동조합총연맹의 깃발을 높이 들고 인간의 존엄성과 평등이 보장되는 통일 조국, 민주 사회 건설의 그날까지 힘차게 전진하자!

1995년 11월 11일(*전국노동조합총연맹 홈페이지. http://www.no-dong.org/about_kctu.)

이들이 벌인 새로운 잔치판도 흥이 오르지 않았다. 김영삼 정부의 노동 탄압은 여전했고, 또 그 뒤에 한국 사회가 'IMF 사태'를 맞으면서 자본의 효율성을 가장 중요한 가치로 여기는 신자유주의라는 매끈하고 날렵하며 수정처럼 차갑고 비정한 '효율성 엔진'으로 인해서 사회 체제가 근본적으로 바뀌기 때문이다.

* * *

나는 '먹물'이다. 좋은 뜻에서든 좋지 못한 뜻에서든 확실히 그렇다. '먹물 근성'이 있는 사람은 무슨 문제가 있으면 책이나 자료부터 찾아본다. 이것이 먹물의 약점이자 강점이다.(*<어떻게 살 것인가>, p. 40.)

'잔치'가 끝나자 '먹물' 유시민은 광장을 떠나 다시 밀실로 들어간다. 그가 선택한 밀실은 유학이었다. 독일에서 경제학을 공부하기로 한 것이다. 3당 합당 제안을 받아들이며 집권 세력에 투항한 과거의 민주화운동 지도자 김영삼이 대통령으로 선출될 1992년 대통령 선거를 석 달 앞둔 때였다. 이때 청년 단체 간부이자 그의 선배이던 유기홍은 그를 붙잡았다.

"이렇게 할 일이 많은데 혼자 가 버리면 어떻게 해?"

그러나 유시민은 그 손을 뿌리쳤다.

"형, 나도 살고 싶은 대로 살아보고 싶어요. 한 번 사는 인생인데 이 대로 이렇게만 살기는 억울하잖아요. 넓은 세상을 보고 싶어요."

그러자 유기홍도 더는 유시민을 붙잡지 않았다.(*〈어떻게 살 것인가〉, p. 106.)

이때의 심정을 2013년의 〈어떻게 살 것인가〉에서 짐작할 수 있다.

> '운동'에서 도망치고 싶었다. 학생운동에서 청년운동, 노동운동, 시민운동, 정치운동까지 몸과 마음이 자연스럽고 자유로운 때가 없었다. '하고 싶다'는 욕망보다 '해야 한다'는 의무감에 이끌려 사는 인생은, 몸에 맞지 않는 옷을 걸치고 나들이를 가는 것과 비슷했다. 어떻게 걸어도 어색했다. 내 몸에 맞고 내 마음에 드는 옷을 입고, 내가 원하는 곳에 가고 싶었다.(*<어떻게 살 것인가>, p. 106.)

그때를 두고 유시민은 '닥치는 대로' 사는 삶에서 온 세상을 다 얻은 것 같은 환희를 느꼈으며 오랜 세월이 지난 나중에도 사회적으로 의미 있는 활동이었다고 자평하기도 하지만, 같은 문단에서 그는 그게 '훌륭한 삶'은 아니었다고 평가한다. 자기가 설계한 인생, 자기가 원한 삶의 방식이 아니라는 게 이유였다.(*〈어떻게 살 것인가〉, p. 33.)

> 번민하면서 주저하는 내게, 세상이 먼저 부딪쳐 왔다. 세상은 나더러 체념
> 하거나 굴복하라고 했고, 나는 거절하고 저항했을 뿐이다. (...) 최소한의 인간
> 적 존엄과 품격을 지키려고 발버둥쳤다. 성년이 된 이후 오랫동안 내 삶을 지
> 배한 감정은 기쁨이나 즐거움이 아니었다. 수치심과 분노, 슬픔, 연민, 죄책감,
> 의무감 같은 것이었다.(*<어떻게 살 것인가>, p. 34.)

아닌 게 아니라 팟캐스트 〈노유진의 정치카페〉(*정의당 소속의
당원이던 노회찬, 유시민, 진중권이 함께했던 팟캐스트로 첫 방송은
2014년 5월 21일이었다.)에서도 유시민은 청년 시절 얘기를 하면서 이
런 말을 했다.

> 대학교 2학년이 됐을 때에는 이미 학생운동 조직에 들어가 있었어요. 그러
> 면 언젠가 내가 시위를 주동해야 되는 거예요. 그렇게 되면 졸업을 할 수가 없
> 고, 감옥을 가야 되고, 갔다 와서는 취직을 제대로 하기 어렵고. 이게 예정돼
> 있었기 때문에 같은 운동권 여자가 아니고는 양심상 진지한 연애를 할 수 없
> 는 거예요.(*<생각해 봤어?>, pp. 18-19.)

한마디로 줄이면, 좋아서 한 게 아니라 사명감을 가지고 의무를 다
하느라 운동을 했다는 말이다. 그리고 이제는 자기가 원하는 방식대로
살기로 마음먹었다. 그 방법은 일단 유학을 가는 것이었다. 1989년 서
른 살에 쓴 자서전 "인간과 역사에 대한 희망을 갖기까지"에서 그가 정

리했던 진리는 다음과 같았다.

> 87년 6월의 거리, 남녀노소 각계각층이 한 덩어리가 되어 외치는 독재타
> 도의 구호를 들으며, 최루탄과 방망이로 무장한 전경의 벽을 육탄으로 부수고
> 그 독재의 흉기를 불사르는 매캐한 연기를 맡으면서, 나는 인간이 사회를 변
> 혁한다는 진리를 확인했다. 사회와 역사의 주인은 인간이라는 것, 다수의 대
> 중이 하나의 의지로 뭉쳤을 때 사회는 결정적으로 변화한다는 것, 이것은 교
> 과서 속의 박제된 명제가 아니라 펄떡펄떡 살아 숨쉬는 진리였다.(*<2007 대
> 한민국, 유시민을 말하다>, pp. 179-203)

그러나 그로부터 3년 뒤, 유시민은 독일 유학이라는 밀실에서, 어떻
게 하면 '다수의 대중을 하나의 의지로 뭉치게 만들 것인가' 하는 의문
에 대한 답을 찾고 싶었던 것이다. 그래서 <거꾸로 읽는 세계사>의 인
세 수입으로 마련했던 신혼집 전세금을 빼서 유학길에 나섰다.

* * *

서른네 살에 시작한 유학생활은 석사 학위를 받고 나자 금세 마흔
이었다.

박사 학위를 받자면 대략 마흔다섯 살까지는 공부를 해야 했다. 그
렇게 해서 무역론 전문가로 사는 것도 나름대로 의미가 있겠다 싶었지
만 그 길에는 설렘이 느껴지지 않았다.

나도 남들처럼 훌륭한 인생을 살고 싶었다. 어떻게 사는 인생이 훌륭할까. 일단 잠정적인 결론을 내렸다. '하고 싶어서 마음이 설레는 일을 하자. 그 일을 열정적으로 남보다 잘하자. 그리고 그걸로 밥도 먹자. 이것이 성공하는 인생 아니겠는가.' 내가 하고 싶은 일이 무엇인지 생각해 보았다. 책을 읽고 글을 쓰는 것이었다. 나는 '먹물'인 게 확실했다. 글쓰기는 유익한 지식, 감동을 주는 정보를 남들과 나누는 일이다. 그런대로 잘해왔고 앞으로도 잘할 수 있을 것 같았다. '(...) 이것을 밑천 삼아 죽을 때까지 책 읽고 글 쓰면서 살자.' 그렇게 생각하니 마음에 설렘이 일었다.(*<어떻게 살 것인가>, p. 78.)

이제 유시민은 '무엇을 위해서 싸울 것인가' 그리고 '무엇을 상대로 싸울 것인가'에 대한 해답 외에도 최종적으로 '어떻게 싸울 것인가?'에 대한 해답을 얻었다.

그리고 그는 한국으로 돌아와 지식소매상으로 다시 광장에 섰다.

최인훈은 소설 〈광장〉의 1961년판 서문에서 주인공 이명준을 두고 이렇게 말했다.

그는 어떻게 밀실을 버리고 광장으로 나왔는가. 그는 어떻게 광장에서 패하고 밀실로 물러났는가. 나는 그를 두둔할 생각은 없으며 다만 그가 '열심히 살고 싶어 한' 사람이라는 것만은 말할 수 있다. 그가 풍문에 만족치 않고 늘 현장에 있으려고 한 태도다. 바로 이 때문에 나는 그의 이야기를 전하고 싶어진 것이다.(*<광장/구운몽>, p. 19.)

유시민이 걸어가는 길, 그가 다시 밀실에서 광장으로 나와서 보여

줄 분투가 흥미로운 이유도 (또한 그의 꿈이 우리 사회에 유익할 수 있는 이유도) 마찬가지가 아닐까 싶다.

지식소매상이

되어

유시민이 글쓰기 훈련을 시작한 것은 제대 후 민주화운동청년연합(민청년)의 막내급 회원으로 활동하면서부터였다.

군 복무를 마치고 사회로 막 돌아온 나는 잔심부름이나 하는 막내 회원이었다. 선배들이 자꾸 글 쓰는 일을 시켰다. 제일 자주 시킨 선배가 두 사람 있었다. 김근태와 이범영. 안타깝게도 너무 일찍 세상을 떠난 두 선배는 내게 이런저런 성명서와 선언문을 쓰게 했으며 초안을 검토하고 수정 · 보완을 지시했다. 가끔은 문장을 고쳐주기도 했다.(*<유시민의 글쓰기 특강>, 유시민, 생각의길, p. 84)

하지만 이때에는 자기가 글쓰기 훈련을 받는 줄도 몰랐다. 까탈스러운 선배들의 지적을 받아가면서 그저 막내 회원이면 당연히 해야 하는 일을 하는 것으로만 생각했다. 그러다가 본격적으로 글을 쓰기 시작한 것은 "항소이유서"가 세상에 알려진 1985년 이후라고 본인은 말한다.

> 그리고 그때부터 1987년 말까지 약 2년 동안 숱한 성명서, 선언문, 홍보전단, 팸플릿, 리플릿을 썼다. 내가 속했던 모든 조직과 단체에서 글 쓰는 임무를 맡았다.(*<유시민의 글쓰기 특강>, p. 86.)

그리고 유인물 작성 때문에 수배 중이던 1987년 겨울에는 '서울 은평구 신사동에 있던 연립주택 반지하 방에 숨어 지내면서' 장차 베스트셀러가 되어서 유학 자금줄 역할을 해 줄 〈거꾸로 읽는 세계사〉와 단편소설 〈달〉을 썼다.

그리고 다음해인 1988년에는 제13대 국회의원 선거에서 당선된 이해찬 당시 평화민주당(평민당) 의원의 의원실에서 보좌관으로 한동안 일하다가 그만두고 유학을 떠났다.

그리고 유학에서 돌아와서는 1998년부터 2002년까지 〈유시민과 함께 읽는 문화이야기〉 시리즈 총 16종, 〈WHY NOT 불온한 자유주의자 유시민의 세상 읽기〉, 〈유시민의 경제학 카페〉를 냈다. 또 그는 활동 범위를 방송으로도 확대했다. 2000년 1월부터 2000년 10월까지 MBC 라디오에서 〈MBC 초대석〉을 진행했으며, 2000년 6월 초부터 2002년 1월까지 1년 반 동안 〈MBC 100분 토론〉의 진행을 맡았다. 당시 그는 진행자로서의 각오를 이렇게 밝혔다.

"토론 프로그램은 사회적 이슈에 대한 정보 서비스 기능과 함께 그 이슈를 바라보는 논리와 시각을 제공해 주는 기능을 가지고 있다고 생각합니다. 지금까지는 이중 두 번째 기능이 미흡했다고 봅니다. (…) 완전히 공정하고 객관적인 진행이란 사실 불가능하며 이는 정도의 문제라고 생각합니다. 필요하다면 적극적으로 개입해 논의돼야 할 모든 문제들이 나올 수 있도록 공세적인 진행을 펴나갈 것입니다."(*<연합뉴스>, "인터뷰-'MBC 100분 토론' 진행자 유시민 씨", 2000. 6. 26.)

2000년에 세상에 내놓은 책 〈WHY NOT? 불온한 자유주의자 유시민의 세상 읽기〉에서 유시민은 자기의 역할과 위상을 분명하게 정리한다.

먼저 이 책의 '책머리에'에서 이 책의 목표를 '우리 사회를 지배하는 권력자와 다수파의 횡포에 맞서 싸우는 것'으로 규정한다. 그리고 사회의 발전과 역사의 진보를 갈망하며, 또한 국민 개개인의 사상적 개안과 정신적 진보가 이루어지는 바로 그만큼 사회도 발전한다고 믿기에, 군사독재 시절이나 국민의 정부 시대에나 변함없이 존재하는, 다양성을 용납하지 않으려는 제도와 문화에 맞서 싸우겠다는 입장을 분명하게 표명한다.(*〈WHY NOT?〉, 책머리에.)

그리고 책날개의 저자 소개란에서는 "요즘에는 〈동아일보〉와 〈한국경제신문〉 같은 이른바 '제도언론'에 칼럼을 연재하고 있는데, 어떻게 하면 아웃사이더로 밀려나지 않고서도 인간의 상상력과 자유에 고삐를 채우고 있는 지배적인 사상과 이데올로기를 효과적으로 공격할 수 있을까, 좋지 않은 머리를 날마다 쥐어짜며 산다."라고 근황을 소개한다. 그리면서 '지식소매상'임을 당당하게 자처한다.

프리랜서 또는 시사평론가라는, 자격증도 필요 없고 등단 절차도 없어서 누구나 마음대로 '참칭'할 수 있는 편리한 직업을 가진 지금, 나는 어떤 조직에도 속해 있지 않으며 어떤 운동에도 참가하지 않고 산다. 책을 읽고 글을 쓰는 것이 내가 하는 일의 전부다. 20여 년의 고민과 방황과 시행착오 끝에 찾은 이 직업 아닌 직업은 몸에 잘 맞는 옷처럼 편안하다.(*<WHY NOT?>, p. 334.)

그가 서른 살이던 1989년에 썼던 자서전 "인간과 역사에 대한 희망을 갖기까지"에서 무엇을 위해서 싸워야 할지 그리고 무엇을 상대로 싸워야 할지 확신했지만, 그때까지는 아직 불확실하기만 하던 '어떻게 싸울까' 혹은 '무엇을 하면서 싸울까'에 대한 해답을 찾았다. 햇수로만 따지자면 정확하게 11년 만이다.

아닌 게 아니라 그는 2020년 11월의 〈알릴레오〉 시즌 3 〈알릴레오 북스〉 첫 번째 방송에서 존 스튜어트 밀의 〈자유론〉을 다루었는데, 이때 그는 '철이 좀 들기 시작한' 마흔 살 무렵에 가장 절실하게 읽히던 내용이라면서 다음 구절을 소개했다.

"누구든지 자신의 삶을 자기 방식대로 살아가는 것이 가장 바람직하다. 그 방식 자체가 최선이기 때문이 아니다. 그보다는 자기 방식대로 사는 길이기 때문에 바람직하다는 것이다."(*존 스튜어트 밀, <자유론>, 책세상. p. 145.)

그렇게 찾은 지식소매상이라는 직업은 몸에 잘 맞는 옷처럼 편안했다. 진보적인 자유주의자 지식소매상의 역할을 보다 비용 효율적으로 수행할 필요가 있었기에, 그는 '우리 사회를 지배하는 권력자와 다수파의 횡포에 맞서 싸우는' 활동의 장을 방송으로까지 확대했다.

하지만 그렇게 일찌감치 해피엔딩으로 끝나기에는 그의 욕망과 열정, 그의 슬픔과 노여움 및 부끄러움이 너무 컸다. 오랜 시행착오 끝에 찾은 몸에 잘 맞는 그 옷은 2년 만에 불편해졌다. 불편해서 도저히 입고 있을 수가 없었다. 벗어던져야만 했다.

이렇게 되고 말 상황에 대한 예감은 〈WHY NOT?〉의 에필로그 마지막 문단에 이미 녹아들어 있다.

> 나는 한국 사회의 기준으로 보자면 적잖이 '과격한' 지식인이다. 어떤 정치 결사나 기업에도 속해 있지 않기 때문에 좌충우돌 내키는 대로 쓴다. 내가 신문을 직접 팔아야 한다거나 인기를 얻어야 할 이유가 없기 때문에 다수 의견을 추종하기보다는 소수 의견을 대변하는 경우도 많다. 언론사가 대놓고 비판하기를 꺼리는 집단이나 개인에 대해서까지 독설을 늘어놓는다. 그러니 당연히 크고 작은 문제가 발생한다. (...) 이 책은 '비겁한 우회전략' 또는 현실적 타협의 산물이다. 지금까지 신문과 잡지에 발표한 글을 모으면서 나는 현실과 타협할 필요성 때문에 스스로 검열하고 수정하고 삭제했던 것들을 다시 살려냈다.(*<WHY NOT?>, p. 338, 339.)

프리랜서의 비애라고 할 수 있는 자기검열의 벽을 스스로 깨부수겠다는 것이었다. 그런데 그 벽을 깨부수기에는 지식소매상을 운영하는 작가라는 옷이 맞지 않았다. 다른 옷이 필요했다. 그것은 정치인이라는 옷이었다. 아닌 게 아니라 그는 위에서 인용한 바로 그 에필로그에서 이미, 자기가 언젠가는 투쟁의 현장으로 뛰어들 것임을 예감했다.

이 모든 슬픔과 노여움을 고작 글쓰기로밖에 표현하지 못하는 내가 부끄럽다. (...) 갈수록 부끄러움이 커지는 것은 아마도 내가 세상에서 느끼는 슬픔과 노여움을 제대로 터뜨리지 않는 탓이리라. (...) 나는 슬픔과 노여움의 부름에 더 충실히 응할 때가 왔음을 예감하면서, 이럴 때 힘이 되는 맹자의 말씀을 되뇌어본다. '부끄러움을 모르면 사람이 아니다.'(*<WHY NOT?>, p. 334-335. 강조는 저자.)

그리고 2년 반 뒤인 2002년 7월 말, 그는 절필 선언을 하고 정치인으로 나섰다. 정확하게 말하면, 민주당에서 국민후보로 뽑힌 노무현을 지키기 위해서 정치판에 뛰어들어야 했기에, 그동안 여러 지면에 써왔던 칼럼을 당분간 쓰지 않겠다고 했다. 절필 이유는 이랬다.

민주공화국의 시민으로서 의무를 다하기 위해서는 한가하게 칼럼을 쓰고 있을 수만은 없다. 그라운드(정치판)에서 선수들이 반칙을 하는데도 심판이 제지하지 않는 불공정한 게임이 진행되고 있어서, 이제 그만 중계석에서 하던 해설을 때려 치고 그라운드의 룰을 세우려 운동장에 뛰어들려고 한다. (...) 국민후보로 뽑힌 노무현을 아무런 이유 없이 낙마시키려고 하는 민주당 반노(反盧)·비노(非盧)그룹의 행동은 국민에 대한 배신행위이자 사기 행위이다. 이 같은 비민주적인 행위에 대해 규탄하고 항의하는 시민·지식인 사회의 목소리를 조직하는 일을 벌일 계획이다.(*<오마이뉴스>, "화염병 들고 바리케이드로", 2002. 8. 1.)

유시민의 이런 모습에서, 1980년 5월 17일 밤에 체포될 걸 뻔히 알면서 서울대학교 학생회장실을 혼자 지키던 스물두 살의 어린 대학생 유시민이 겹쳐지고, 또 조선의 등불이 꺼져가던 시점이던 1895년에 상투를 잘리느니 차라리 목이 잘리겠다며 도끼를 들고 광화문 앞에 엎드렸던 최익현의 모습이 떠오른다.

| 장면 4 |

2002년 7월,

다시 화염병을 들고

바리케이드로 뛰어들다

    2002년 7월 12일, 뮤지컬 〈레미제라블〉이 세종문화회관 대극장에서 화려한 막을 올렸다. 대대적인 사회적 반향을 이끌어낸 이 공연은 8월 4일까지 이어질 예정이었다. 2002년은 프랑스의 낭만주의 작가 빅토르 위고의 탄생 200주년이었고, 그의 동명 소설을 원작으로 한 이 뮤지컬은 1985년에 영국 런던에서 처음 공연을 한 이후로 전 세계에서 만난 관객의 수만 하더라도 5천만 명이 넘었다.

    프랑스 혁명을 배경으로 자유, 평등, 박애라는 혁명 정신을 녹여내는 감동적인 서사로 구성된 이 작품의 백미는 혁명을 지지하는 시민들이 바리케이드를 치고 "민중의 노래"를 부르는 장면이다.

너는 듣고 있는가, 분노한 민중의 노래

다시는 노예처럼 살 수 없다 외치는 소리

심장 박동 요동쳐, 북소리 되어 울리네

내일이 열려 밝은 아침이 오리라

모두 함께 싸우자 누가 나와 함께 하나

저 너머 장벽 지나서 오래 누릴 세상

자 우리가 싸우자 자유가 기다린다

너는 듣고 있는가, 분노한 민중의 노래

다시는 노예처럼 살 수 없다 외치는 소리

심장 박동 요동쳐, 북소리 되어 울리네

내일이 열려 밝은 아침이 오리라

너의 생명 바쳐서 깃발 세워 전진하라

살아도 죽어서도 앞을 향해 전진하라

저 순교의 피로써 조국을 물들이라

너는 듣고 있는가, 분노한 민중의 노래

다시는 노예처럼 살 수 없다 외치는 소리

심장 박동 요동쳐, 북소리 되어 울리네

내일이 열려 밝은 아침이 오리라

이 뮤지컬이 뜨거운 화제로 오르내리던 바로 그 시점에, 민주당 내부에서는 경선을 통해서 국민후보로 뽑힌 노무현 흔들기가 한창이었다. 노무현 후보에 반대하는 '반노(反盧)'와 노무현 후보로는 선거에서 이길 수 없다는 '비노(非盧)' 진영이었다. 그리고 이들에 대한 반발도 뜨거웠다. 유시민은 민주당 바깥에서 그 반발의 선두에 섰다. 이때 유시민은 〈레미제라블〉에 빗대서 '다시 화염병을 들고 바리케이드로 뛰어든다'는 표현을 썼다. 그의 이 행보는 〈레미제라블〉만큼이나 폭발력이 컸다.

* * *

노무현은 2001년 12월에 16대 대선 출마를 선언하고 경선 레이스에 참여했다. 노무현은 낮은 인지도에도 불구하고 바람을 일으키면서 경선을 통과해 새천년민주당의 대선 후보가 되었다. 그리고 선출 직후 대선 승리를 위한 계획으로 '민주세력 대통합론'을 내놓았다. 그러나 이 계획은 대선 승리를 위한 정략으로만 비춰지면서 국민에게 감동을 주지 못했다. 게다가 2002년 5월 들어서서는 김대중 대통령의 두 아들 비리가 불거지면서 지지율이 떨어지기 시작했다.

이 상황을 돌파하기 위해서 노무현은, 6월의 지방선거에서 영남권 광역 단체장을 한 명도 당선시키지 못할 경우 재신임을 받겠다고 말했다. 선거 결과는 참패였다. 호남과 제주의 4석만 건졌을 뿐이다. 노무현은 약속한 대로 후보 재신임을 물었고, 민주당의 당무 회의는 만장일치로 재신임을 의결했다.

그러나 친 이인제 성향의 반노 의원들과 노무현의 당선 가능성에 회의적이던 비노 의원들은 지방선거에 참패하자 집단으로 '노무현 흔들기'에 나섰다. 신당 창당과 노무현의 후보 사퇴를 주장한 것이다.

이런 상황에서 유시민이 중계석에서 뛰쳐나와 운동장으로 뛰어든 것이다. '절필 선언' 직후인 (그리고 〈레미제라블〉이 절찬리에 공연 중이던) 7월 31일에 있었던 〈오마이뉴스〉의 유시민 인터뷰를 보면, 그가 '화염병을 들고 바리케이드로 뛰어드는 심정'이라고 했던 절박함을 엿볼 수 있다.

> "정당 개혁의 출발점이라고 할 수 있는 국민 경선, 당ㆍ정 분리 등을 제도화했던 민주당에서 지금에 와서 국민경선을 짓밟고 훼손하고 있다. 언론들은 (…) 반칙을 하는 사람이나, 반칙을 당하는 사람을 똑같이 취급하며 중계방송한다."

> "국민 경선 후보가 아무런 잘못 없이 당 안에서 모욕을 당하고 배척당하고, 냉대받고, 훼손당하는 사태는 민주주의 기본 원칙에 비춰볼 때 용납할 수 없는 일이다. 누군가 나서서 이런 불공정을 바로 잡아야 한다. (…) 이를 위해 시민사회의 목소리를 조직하는 일에 뛰어들 것이다."

> "국민 경선을 통해 공당의 후보가 됐다면 그 후보에 대한 여러 가지 결함에 대한 지적이 안팎에서 쏟아져 나올 수 있다. 그럴 때 같은 당 소속이라면 당연히 밖에서 비난할 때 옹호하고 보완해 주려는 노력을 기울여야 한다. 그런데도 사상이 의심스럽다거나 저질이라는 둥 공격을 한다. (…) 현재의 민주당은 정당이 아니라, 상이한 이해관계를 가진 사람들이 임시로 동거하는 패거리 집단에 불과하다."(*〈오마이뉴스〉, "화염병 들고 바리케이드로", 2002. 8. 1.)(…)

유시민은 '국민후보 노무현 지키기 시민운동'을 벌였고 8월 13일에는 '국민후보 지키기 2500인 선언'을 발표했다.

우리 국민은 지난봄 민주당 국민 경선이 안겨준 기쁨을 가슴 깊이 간직하고 있다. 그것은 국민의 힘으로 낡은 부패정치와 패거리 정치를 청산할 수 있다는 희망이었으며, 국민과 더불어 망국적 지역 분열과 색깔론을 넘어섰다는 감동이었다. (...) 노무현 후보는 단순한 민주당 후보가 아니라 온 국민이 뜨거운 관심과 성원을 보내는 가운데 당원뿐만 아니라 200만 명의 국민이 함께 참여해 선출한 국민 후보임을 다시 한번 확인하고 천명한다. (...) 정당한 이유 없이 노무현 후보를 공격하고 후보 교체와 무원칙한 신당 창당 등 민주주의 기본원칙을 파괴하려는 행위를 즉각 중단할 것을 촉구한다.

또 2002년 8월 23일 오후, 유시민을 포함한 마흔 살 안팎의 '늙은 청년' 40여 명이 서울 YMCA 6층 지란방에 모여서 개혁적인 정당을 만들기로 결의했다. 다음은 유시민이 개혁국민정당(개혁당)을 창당한 뒤에 그 과정을 돌아보는 단상의 한 부분이다.

우리는 새로운 정당을 결성하기로 합의했다. 반부패, 국민 통합, 참여민주주의, 인터넷 정당이라는 네 가지 원칙만을 내세워 창당하기로 했다. 지도자는 없었다. 돈도 없었다. 강령과 당헌도 없었다. 국회의원은 고사하고 지방의원도 하나 없었다.(*<2007 대한민국, 유시민을 말하다>, p. 231.)

그러나 마침내 그들은 11월 16일에 개혁국민정당의 창당식을 여의도 국회헌정기념관에서 열었고, 개혁국민정당은 노무현 후보 지킴이를 자처하며 그의 당선을 위해서 뛰었다. 그리고 2002년 12월 대선에서 노무현 후보가 득표율 2.3퍼센트포인트 차이로 이회창 후보를 꺾고 16대 대통령으로 당선된다.

노무현 후보의 관점에서 보면 유시민의 도움은 특별했다.

> 당내 고립을 면할 길도 없어 보였다. 혹시 재경선을 해야 할지 모르는 상황이라 민주당 국민 경선 조직을 점검해 보니 모두 흩어져 버리고 없었다. (…) 7월 중순경이었다. 명색이 여당 대통령 후보인데도 그날 오후에는 아무 일정이 없었다. (…) 유시민 씨를 찾아갔다. (…) 또 경선을 해야 할지 모르니 다시 사람을 모아 보라고 부탁했다. 그는 7월 하순부터 노사모와 민주당 국민 경선 자원봉사자들을 다시 규합해 '국민 후보 지키기 서명운동'을 벌였다. 이 운동은 개혁국민정당이라는 인터넷정당 창당으로 이어졌다. (…) 개혁당은 정몽준 씨와의 단일화 경쟁에서 이기고 대통령 선거를 치르는 데 큰 힘이 되었다. 당선이 확정된 직후 민주당사에서 당선자 기자회견을 하고 곧바로 근처에 있던 개혁당 중앙당사를 방문해 특별한 고마움을 전했다.(*<운명이다>, p. 193.)

노무현은 당선 직후이던 밤 11시 20분에 여의도 대하빌딩 4층 개혁당 사무실을 찾아가서 당선사례를 했다.

> 노 당선자는 이 자리에서 "당원 동지 여러분, 수고하셨다"는 말로 인사를 시작해 개혁정당과의 연대를 과시했다. 아울러 노 당선자는 "지난 80년 아스팔

트 세대들에게 '우리 끊어지지 말자'고 말하며 '우리가 주역이 되면 한국사회가 바뀔 것'이라고 다짐했다"고 말하며 "이제 6월 항쟁 세대들이 역사에 대한 주도권을 주장하고 나섰다고 생각한다"고 밝혔다. 노 당선자는 또 "무엇보다 우리가 도덕적 우위를 가져야 한다"며 "성공하기 위해 자신을 가지고 함께 출발해보자"고 말했다."(*<오마이뉴스>, "'바보 노무현' 대통령 당선, 2002. 12. 23.)

또, 그로부터 오랜 시간이 지난 뒤인 2016년에, 당시의 상황을 노무현 후보 측근에서 지켜보았던 사람들의 구술을 정리한 책에서 안희정은 노무현 후보가 유시민에게 도움을 청하던 상황을 다음과 같이 증언했다.

> 노무현 후보가 나한테 '유시민 씨한테 갈 건데 같이 가세' 그러기에, 원래 그전에도 서로 한 얘기가 있어서 '그래 가죠. 유시민 씨한테 어떻든 간에 와서 좀 도와 달라고 하죠.' '오케이, 그래. 오케이.' 그래 가지고 그때 유시민 씨한테 가서 개혁당을 만들어 달라고 요청을 했던 거죠. 그래서 '구명보트를 좀 준비해 달라. 이 배(즉 새천년민주당)가 난파선이 됐을 때 갈아탈 수 있는 구명보트라도 하나 있어야 될 것 아니냐'(...) 유시민 씨한테 그 부탁을 했어요.(*<선택의 순간들>, 노무현재단, 생각의길, p. 122.)

노무현 후보가 대통령에 당선된 직후에 유시민은 한 매체와의 인터뷰에서 '다시 화염병을 들고 바리케이드로 뛰어들었던' 일곱 달 전의 자기 행동을 다음과 같이 평가했다.

"칼럼니스트로 방향을 잡았던 마흔 살 무렵의 계획이 완전히 망가진 것이다. 나로서는 어려운 일이었다. 참을 수 없었던 것은 노무현의 진정성이 국민 경선을 통해 대중의 승인을 받으며 승리를 거뒀는데 그것을 인정해야 하는 사람들이 인정하지 않는 상황이었다. 역사에서 지도자의 진정성이 짓밟히고 모욕당하고 훼손당한다는 것은 그 사람의 개인의 문제라기보다는 시대정신의 문제라고 생각했다.

결국 나는 인생 설계를 바꾸었다. 정말 화염병 하나 들고 바리케이드 앞에 서 서 있는 심정이었다. 나와 비슷하게 느낀 사람들, '이게 아닌데, 이게 아닌데.'라는 답답함을 느끼면서 상황을 주시하던 분이 많다는 걸 확인했다. 돌이켜 보면 개인적으로는 잘한 결정이 아니다. 그렇지만 더러 역사의 고비에서 살고 싶은 대로만 살 수는 없는 것이 인생인 것 같다. 지금 와서 생각해도 후회는 없다."(*<오마이뉴스>, "노무현 당선, 끝이 아니라 시작", 2003. 1. 6.)

그렇게 유시민은 노무현을 바라보며 정치판의 한가운데로 뛰어들었다. 그리고 이 인터뷰에서 그는 석 달 뒤로 예정되어 있던 보궐선거에 출마하겠다고 선언했고, 결국 당선된다. (그래서 저 유명한 '백바지 사건'이 일어나게 된다.)

2002년 뮤지컬 공연계를 뜨겁게 달구었던 〈레미제라블〉 작품 속에서 바리케이드를 지키던 파리의 시민들이 많은 피를 흘리며 결국 혁명에 성공했듯이, 6월항쟁 때처럼 다시 화염병을 들고 바리케이드로 뛰어드는 심정으로 정치판에 몸을 던진 유시민과 노무현 지지자들은 노무현을 지키는 데 성공했다. 얼마나 설레고 기뻤을까...

그러나 그도 깊은 상처를 입고 피를 흘려야 했다. 나중에 (2009년에 내놓은 〈청춘의 독서〉에서) 본인 스스로도 표현하게 하듯이 정치는 '위대한 사업'이긴 하지만'짐승의 비천함을 감수하면서 야수적 탐욕과 싸워야' 했기 때문이었다.(*〈청춘의 독서〉, p. 184.)

사람 사는

세상

사람 사는 세상이 돌아와

너와 내가 부둥켜안을 때

모순덩어리 억압과 착취

저 붉은 태양에 녹아내리네

사람 사는 세상이 돌아와

너와 나의 어깨동무 자유로울 때

우리의 다리 저절로 덩실

해방의 거리로 달려가누나

아아 우리의 승리

죽어간 동지의 뜨거운 눈물

아아 이글거리는 눈빛으로

두려움 없이 싸워나가리

어머니 해맑은 웃음의 그날 위해(*노래 "어머니". 작사 · 작곡 미상)

1987년 6월 18일이었다.

부산에서도 6월민주항쟁의 열기는 뜨거웠다. 특히 그날은 국민운동본부가 이한열 군의 죽음에 항의하기 위해 '최루탄 추방의 날'로 정한 날이었다.

성난 부산 시민들이 서면로터리 경찰 저지선을 무너뜨리고 범내골까지 진출했다. 드넓은 도로를 꽉 메운 수십 만 시민의 행진은 해운대의 거센 파도 같았다. 운동 노선을 두고 다투었던 모든 정파가 그 물결에 녹아들었다. 나도 거기 있었다. 이날 밤 부산 시위는 그 규모와 격렬함에서 서울 시위를 능가했다. 최루탄이 다 떨어져 경찰이 더는 시위를 진압할 수 없는 지경에 이르렀다. 전두환 정권은 계엄령 선포를 검토했다. AFKN에서 주한미군과 군속(軍屬)의 외출을 금지한다는 뉴스가 나왔다. 밤에 군 병력이 투입된다는 소문이 나돌았다. 그러나 아무도 두려워하지 않았다. 누군가 노래를 시작했다. "어머니"라는 노래였다. 노래를 부르면서 걸어가는 청년들의 뒷모습을 보면서 함께 걸었다. 왈칵 눈물이 쏟아졌다. 그들이 자랑스러웠다. 그들과 함께 이 거대한 민심의 폭발을 불러일으켰다는 자부심에 내 자신이 자랑스러웠다.(*<운명이다>, p. 92.)

1979년 10월에 부산과 마산 일대에서 박정희 유신독재에 반대하는 대규모 시위가 일어나고 수많은 학생과 재야인사가 영장도 없이 체포되어 고문을 당하고 끌려갈 때에도 변호사 노무현은 그저 그런가 보다하고 생각했었다. 그러다가 1981년 9월에 노무현은 운명을 바꾸어놓는 사건을 맡았다. 부산 지역 사상 최대의 용공조작 사건인 이른바 '부림사건'이었다. 우연히 이 사건의 변론을 맡은 게 계기가 되어서 노무현은 '운동권 전문 변호사'가 되었다.

내가 노동사건과 시국사건 변론에 몰두했던 1980년대 중반, 한국 현대사는 숨가쁜 고갯길을 넘는 중이었다. (...) 오랫동안 꿈꾸었던 '전문 변호사'가 되긴 되었는데, '운동권 전문 변호사'가 될 줄은 미처 몰랐다. 강연, 시위, 상담, 변론 등 할 수 있는 모든 일을 가리지 않고 다 했다. 1986년 9월에는 사건 수임을 모두 중단하고 민주화운동에만 전념했다.(*<운명이다>, p. 89, 90.)

경찰에 끌려가고 또 풀려나는 일이 한두 번이 아니었다. 짧은 기간이었지만 누구보다도 열심히 또 격렬하게 반독재 투쟁에 나섰던 노무현은 1987년 6월항쟁의 그 장엄하고 비장한 투쟁 대열의 한복판에서 노래 "어머니"를 들었고, 그 노래를 부르는 청년들의 든든한 뒷모습에서 또 그 노랫말과 곡조 하나하나에서 자기가 꿈꾸는 세상을 보았다.

'사람 사는 세상'이라는 말이 마음에 와 닿았다. 그래서 정치에 입문하면서부터 이 노래 첫 구절 '사람 사는 세상'을 꿈으로 삼았으며 1988년 13대 총선 선거구호로 썼다. 2002년 민주당 대통령 후보 국민경선 때에도 종종 이 노래를 불렀다.(*<운명이다>, p. 89, 92.)

2002년 11월 21일, 정몽준과의 후보 단일화 논의가 한창이던 무렵에 서울 대학로의 한 호프집에서 가졌던 간담회 자리에서도 노무현 당시 새천년민주당 대통령후보는 노래 "어머니"를 불렀다. 과격한 이미지로 국민에게 비칠 걸 우려한 보좌진이 "사랑으로"를 청했지만 굳이 그는 "어머니"를 불렀다. 그리고 나흘 뒤인 25일, 그는 여론조사에서 정몽준 후보를 앞서며 마침내 단일후보로 확정되었다.

(*노무현 사료관. http://archives.knowhow.or.kr/m/president/story/view/4587. 노래 가운데 '해방의' 부분 가사는 '음~음'으로 스스로 묵음 처리를 한다.)

대통령이 된 뒤에도 그는 지지자들에게 사인을 해줄 때에는 늘 '사람 사는 세상'이라고 썼다. 아닌 게 아니라 그가 죽은 뒤에 그를 기릴 목적으로 설립된 재단의 이름도 '사람사는세상 노무현재단'이다.

* * *

2002년 대선을 앞둔 시점, 노무현 후보의 지지율이 떨어지자 새천년민주당 국회의원 다수가 정몽준 당시 국민통합21 후보와의 단일화를 요구하며 사실상 정몽준으로 후보 교체를 주장했다. 이른바 '노무현 흔들기'였다. 그 와중에도 노무현 후보 곁을 묵묵히 지키고 선거대책본부 기획본부장을 맡아 승리에 기여한 사람이 이해찬 의원이었다.

노무현과 이해찬의 첫 만남은 1987년 6월 항쟁 무렵 시민사회단체 '민주통일민중운동연합(민통련)'에서 이뤄졌다. 그리고 두 사람은 1988년에 나란히 13대 국회의원이 되었고 함께 노동위원회를 선택했다. 그리고 노동위원회에서 두 사람은 상임위 좌석에 나란히 앉아 시간이 부족해 못다 한 질문이 있으면 대신 해 주기도 하고 첨예한 노동쟁의 현장도 함께 가는 등 최고의 팀워크를 보여주었다.(*이해찬 블로그, https://blog.naver.com/lhc21net) 당시 이해찬 의원의 보좌관이 유시민이었고, 이때 유시민은 노무현을 처음 가까이에서 보았다. 유시민은 2019년 4월에 텔레비전의 한 교양-예능 프로그램에 출연해서 당시를 회상하면서 "'저분은 대통령 하실 분'이라는 생각이 들었다."고 말했다.(*KBS2, "대화의 희열2", 2019. 4. 27.)

그리고 오랜 세월이 흐른 뒤 유학에서 돌아와 칼럼니스트 지식소매상으로 살던 유시민은 노무현이 새천년민주당에서 국민후보로 선출되는 것을 보고는 박수를 쳤고, 또 노무현이 고졸 출신의 비주류라고 혹은 대통령 당선 가망이 없다고 마땅찮게 여기는 사람들이 민주적인 절차까지 무시하면서 노무현을 후보에서 끌어내리려는 것을 보고는 울분을 참지 못해서 자리를 박차고 일어났다.

> 그는 자기 자신 말고는 아무것도 가진 게 없는 사람이었다. 물려받은 재산이 없었다. 화려한 학력도 없었다. 힘 있는 친구도 없었다. 고통받는 이웃에 대한 연민, 반칙을 자행하는 자에 대한 분노, 정의가 승리한다는 것을 증명해 보이려는 열정 말고는 아무것도 없었다. (...) 그런 그가, 나는 좋았다. 그가 혼자, 너무 외로워 보였기에 그에게 다가섰다.(*<운명이다>의 "에필로그", p. 346, 347. 강조는 저자.)

재산도 학력도 힘 있는 친구도 없었던 노무현이 가지고 있었던 연민과 분노와 열정은 유시민이 서른 살 무렵에 깨우쳤던 진리와 다르지 않다. 다시 한번 더 그 부분을 보자.

> 87년 6월의 거리, 남녀노소 각계각층이 한 덩이가 되어 외치는 독재타도의 구호를 들으며, 최루탄과 방망이로 무장한 전경의 벽을 육탄으로 부수고 그 독재의 흉기를 불사르는 매캐한 연기를 맡으면서, 나는 인간이 사회를 변혁한다는 진리를 확인했다. 사회와 역사의 주인은 인간이라는 것, 다수의 대중이 하나의 의지로 뭉쳤을 때 사회는 결정적으로 변화한다는 것, 이것은 교과서 속의 박제된 명제가 아니라 펄떡펄떡 살아 숨쉬는 진리였다.(*<2007 대한민국, 유시민을 말하다>, p. 229)

그랬다. 유시민과 노무현 두 사람의 미래 비전은 1987년 6월항쟁의 투쟁 현장에서 형성된 것이었다. 그랬기에 6월항쟁 20주년 기념사를 대통령 자격으로 읽는 노무현에게서 미완의 혁명에 대한 아쉬움과 책임과 투지를 읽을 수 있다.

> (...) 그러나 6 · 10항쟁은 아직 절반의 승리를 넘어서지 못하고 있습니다. 지난 20년 동안 우리는 정권교체를 이루고, 특권과 유착, 권위주의와 부정부패를 청산하고, 투명하고 공정한 사회를 만들어가고 있습니다. 뒤늦기는 하지만, 친일 잔재의 청산과 과거사 정리도 착실히 해 나가고 있습니다.
> (...) 그러나 아직 반민주 악법의 개혁은 미완의 상태에 머물러 있습니다. 지난날의 기득권 세력은 수구 언론과 결탁하여 끊임없이 개혁을 반대하고, 진보를 가로막고 있습니다.

심지어는 국민으로부터 정통성을 부여받은 민주 정부를 친북 좌파 정권으로 매도하고, 무능보다는 부패가 낫다는 망언까지 서슴지 않음으로써 지난날의 안보 독재와 부패 세력의 본색을 공공연히 드러내고 있습니다.

(...) 이 모양이 된 것은 6월항쟁 이후 지배 세력의 교체도, 정치적 주도권의 교체도 확실하게 하지 못했기 때문입니다.

(...) 20년 전 6월의 거리에서 하나가 되었던 것처럼 이제 우리의 민주주의를 완성하는 데 함께 힘을 모아나갑시다. 지역주의와 기회주의를 청산하고 명실상부한 민주국가, 명실상부한 국민 주권 시대를 열어갑시다.(*<그리하여 노무현이라는 사람은>, 노무현 · 노무현재단, 돌베개, pp. 287-290.)

그로부터 2년 뒤, 노무현은 갑작스러운 죽음을 선택했고, 유시민은 그의 죽음을 '6월항쟁 청년의 죽음'으로 바라보았다. 그 죽음을 바라보는 유시민의 마음은 아쉬움으로 절절하다.

2009년 5월 23일 아침 우리가 본 건은 전직 대통령의 서거가 아니라 꿈 많았던 청년의 죽음이었는지도 모른다. 1987년 6월 민주항쟁은 우리 민주주의의 청춘이었다. 양김 분열과 3당 합당, 정치인들의 기회주의와 시민들의 정치적 무관심을 거치며 모두가 중년으로 노년으로 늙어 가는 동안, 그는 홀로 그 뜨거웠던 6월의 기억과 사람 사는 세상의 꿈을 가슴에 품고 씩씩하게 살았다. 잃어버린 청춘의 꿈과 기억을 시민들의 마음속에 되살려냈기에 그는 대통령이 되었다. 대통령이던 시절에도 대통령을 마친 후에도 그는, 꿈을 안고 사는 청년이었다. (...) 그가 생명을 던진 그 자리에, 이제 '사람 사는 세상'의 꿈만 혼자 남았다.

'사람 사는 세상'의 꿈이 그렇게 살아 있는 한, 그를 영영 떠나보내지는 못

할 것 같다.(*<운명이다>, p. 350-351.)

유시민이 정리한, 노무현의 자서전 <운명이다>의 에필로그 마지

막 부분이다.

그랬다. 6월항쟁은 두 사람의 꿈이 구체적인 형상을 갖추고서 가슴

에 인생의 과제로 새겨진 사건이었다. 그렇게 두 사람은 그 미완의 혁

명을 완수하는 것, '사람 사는 세상'의 꿈을 이루는 것을 인생의 과제로

삼고 살았다. 이 두 사람을 두고 어떤 사람은 '영혼의 쌍둥이'라고 했고

또 어떤 사람은 '서로 사랑하고 보호하는 관계'라고 했다.

그렇다면 노무현과 유시민 두 사람은 대통령과 장관으로서 '사람 사

는 세상'의 꿈을 실현하려고 어떤 정책을 마련했을까?

그 정책은 이른바 "비전 2030"이었다.

네모난

동그라미

1997년 10월 27일 모건스탠리증권은 투자자들에게 긴급 전문을 날렸다.

"아시아 지역에 투자된 자금을 회수하라."

11월 5일에는 홍콩의 페레그린증권이 "한국을 떠나라, 지금 당장"이라는 제목의 보고서를 냈다. 이 보고서는 연초의 한보 부도에 이어 3월부터 7월까지 삼미, 진로, 기아 그리고 10월에 쌍방울이 무너지고 10월한 달에만 1조 원 이상의 외국 자본이 빠져나간 한국 경제에 내리는 사형선고나 다름없었다. 그리고 1997년 11월 21일 금요일, 이틀 전에 경제부총리로 임명된 임창렬이 IMF에 구제 금융을 공식적으로 신청한다고 발표했다. 이어서 12월 3일에 캉드쉬 아이엠에프 총재와 임창렬 부총리가 550억 달러의 구제금융 양해각서에 공식 서명한다. 이렇게 해서 IMF에서 빌린 돈을 모두 갚는 2001년 8월 23일까지 3년 8개월 동안 이어질 길고 긴 IMF 체제가 시작되었다.

10월 28일에는 주가 500선이 무너지고, 1997년 1월에 861원이었고 9월에도 902원이던 원달러 환율은 1997년 12월 23일에 2,000원대를 돌파한다. 이 공포 속에서 12월 18일에 국민은 국민회의의 김대중 후보를 대통령으로 선택하며, 헌정 사상 최초의 여야 정권교체를 이룬다. 그리고 12월 25일에는 국내의 주식시장과 채권시장이 완전히 개방되었다. 자본의 효율성 원칙에 기반을 둔 독점기업 감세와 사회복지예산의 감축, 자본 시장 개방, 탈규제화, 공공 부문의 민영화, 노동시장의 유연화 등을 경제 정책의 핵심으로 내세운 신자유주의가 마침내 한국에 뿌리 내리게 된 것이다.

1997년 말 200조 원이던 가계부채가 2008년 말 800조 원까지 늘어나는데, 이것은 아이엠에프 사태로 한국 사회의 경제 구조가 근본적으로 바뀌고 있음을 보여준다. 수치만 보더라도 분명 노무현이 (그리고 또 유시민이) 꿈꾸던 '사람 사는 세상'과 점점 멀어지고 있었다.

4년이 채 되지 않았던 아이엠에프 관리 체제는 36년 일본 식민 통치만큼이나 한국 사회를 근본적으로 바꾸어 놓았다. 아이엠에프 체제를 계기로 우리 사회는 '자본의 효율성'이 그 어떤 가치보다 높게 평가되는 사회로 본격적으로 바뀌기 시작했다. 돈이 최고라는 가치관은 사람들의 생각과 공동체 내의 문화와 제도를 근본적으로 바꾸었다. 결혼관과 가족관이 개인주의적으로 빠르게 바뀌었으며 비정규직이 일상화가 된 것도 바로 이 시점부터이다. 이렇게 해서 이제 한국 사회는 아이엠에프 사태 이전과 이후로 구분되게 되었다. 이 변화는 김대중 정부에서 시작되어 노무현 정부로까지 치닫고, 그 뒤로 이명박 정부와 박근혜 정부로 나아가면서 속도가 한층 빨라진다.(*IMF 관련 내용은 졸저 〈대한민국 깡통경제학〉의 "9장. 아이엠에프"에서 발췌한 것이다)

그 무서운 변화가 본격적으로 위세를 떨친 시점이던 2006년 8월에 노무현 정부는 "비전 2030-함께 가는 희망 한국"이라는 보고서를 발표했다. 주요 내용은 1인당 국민소득 4만9000달러(2030년), 삶의 질 세계 10위(2030년), 복지 분야 재정의 비중을 2005년 25.2퍼센트에서 2030년 약 40퍼센트 수준으로 향상, 국민연금 개혁 완료(2006년) 등이었다. 이 정책 비전을 한마디로 요약하면 "한국이 2010년대에 선진국에 진입하고 2020년대에 세계 일류국가로 도약해 2030년에는 '삶의 질' 세계 10위에 오른다."였다. 그야말로 '사람 사는 세상'의 완성을 위한 로드맵이었다.(http://archives.knowhow.or.kr/policy/publication/view/18634?-searchEnable=1&keyword=%EB%B9%84%EC%A0%84%202030&sorting=dtd&pm=by10&page=1. *노무현사료관)

그러나 이 제안은 보수 진영과 진보 진영 모두로부터 외면과 비웃음을 받았다. 여당 내부에서도 반발이 일어났다. 보수 진영에서는 2030년까지 마련해야 할 1,100조 원이 넘는 재원을 빌미로 '세금폭탄론'을 들고 나왔고, 진보 진영은 노무현 정부의 정체성을 의심하고 나섰다. 그렇잖아도 노동계와 시민단체에서는 한미 FTA 협상을 재개한 정부를 마땅찮게 바라보던 참이었다.

그러나 유시민은 검은 고양이든 흰 고양이든 쥐만 잘 잡으면 되지 않느냐고 세상에 물었다. 그 길이 '사람 사는 세상'으로 나아가는 길이라고 말했다.

검은 고양이든 흰 고양이든 쥐만 잘 잡으면 그만입니다. (...) 사회서비스 시장을 확대해 국민을 더 행복하게 하고 더 많은 일자리를 만드는 데 필요한 것이라면, 그 정책수단이 좌파적이든 우파적이든, 진보적이든 보수적이든 뭐 그리 큰 상관이 있겠습니까? (...) 고양이털이 흰색인지 검정색인지는 애완용을 기르는 사람에게나 중요합니다. 쥐 잘 잡는 고양이를 원하신다면, 털 색깔은 따지지 마시기 바랍니다.(*<대한민국 개조론>, pp. 264-265.)

문득 조선 정조 때의 북학파 개혁주의자 박제가가 떠오른다. 조선 백성이 모두 잘 살기 위해서는 사농공상의 신분 체계에 얽매이지 말고 양반에게도 상업을 권장해야 한다고 했으며, 더 나아가 실리와 실용을 취하기 위해서 우리말과 글을 버리고 중국과 같게 하자고 주장했던 극강의 진보주의자 박제가... 발상을 뒤엎는 (비판자들이 보기에는 '좌파라고 할 수도 없는') 그런 태도와 정신은 유시민을 유시민답게 만들어 주는 또 하나의 힘이었다.

그렇게 유시민은 <대한민국 개조론>을 들고 세상 사람들을 설득하려고 나섰다.

* * *

<대한민국 개조론>은 2007년 7월 초에 세상에 나왔다. "비전 2030"이 제시한 전략을 유시민은 그 정책이 제안된 다음해이자 그가 1년 4개월 동안 자리를 지켰던 보건복지부장관직에서 물러난 직후였다. 외면 받고 무시당한 노무현 정부의 국가발전전략 "비전 2030"의 진정성

을 다시 한번 설명하고자 함이었다. (그러나 그 시점은 이미 노무현 정부가 몇 달 남지 않은 2007년 여름이었다.)

"비전 2030" 및 〈대한민국 개조론〉의 핵심 내용은 세계화를 선도적으로 추진해서 대한민국을 선진 통상 국가로 만들자는 것과 사회적 자본을 확충해서 대한민국을 사회 투자 국가로 만들자는 것이다.

대한민국은 이미 통상 국가가 되어버렸다고 저는 생각합니다. 좋든 싫든 박정희 대통령이 선택했던 수출 주도형 불균형성장 전략의 유산을 안고 살아갈 수밖에 없다는 말입니다. 유산이라면, 정말 그렇다면 차라리 긍정적인 태도로 그것을 활용하고 더 발전시키는 편이 낫지 않을까요? 어떤 광고 카피가 우리에게 말합니다. '피할 수 없다면, 즐겨라!' 어떻게 하면 박정희 체제의 유산을 가지고 인생을 즐길 수 있을까요? 한마디로 말해서 대한민국을 크게 나쁘지 않은 통상 국가에서 크게 성공한 통상 국가로 밀어 올리자는 것입니다.(*<대한민국 개조론>, p. 39.)

사람이 희망이고 사람이 경쟁력입니다. 대한민국 국민 개개인의 인지적 · 신체적 · 정신적 · 정서적 능력이 더 커지고 국민들이 서로 믿고 협력하면서 살아갈수록 국가경쟁력은 그만큼 더 높아집니다. 모든 사람이 자기의 능력을 키우고 경제사회 활동에 참여할 기회를 가질 수 있을 때, 한번 실패해도 다시 도전할 기회를 얻을 수 있다고 느낄 때, 사람도 발전하고 국가도 발전합니다. 이런 일에 역량을 집중하는 국가가 제가 말하는 사회투자국가입니다.(*<대한민국 개조론>, p. 49.)

개방이 선진통상국가로 발전하는 데 불가결한 필요조건이라면, 사람에 대한 투자는 대한민국이 국제 경쟁에서 성공할 가능성을 높이는 충분조건이라는 주장이다.

유시민의 이런 주장을 놓고 진보 진영의 한쪽에서는 사람을 상품으로 바라보는 자본의 철학이라며 비판했다.

우선 경제학자 정태인의 비판을 들어보자. 그는 참여정부에서 청와대 경제보좌관실 소속비서관으로 지내다가 2005년 5월에 사직했는데, 2006년 2월에 정부가 한미 양국이 한미 FTA 협상 재개를 선언하자 부당하다고 비판하고 나섰다. 또 〈대한민국 개조론〉 출간 즈음에는 한미 FTA 반대 운동을 철저하게 할 목적으로 민주노동당에 입당했으며, (2008년 3월에는 민주노동당을 탈당한 후 진보신당의 창당 과정에 참여했다) 그 다음날 한 언론과 한 인터뷰에서 유시민의 책 및 그의 정책 전망을 비판했다. 매체에 게재된 인터뷰 내용은 인터뷰어의 의도에 따라서 가공되지 않은 날것 그대로여서 표현이 통렬하다.

"(...) 한미 FTA를 추진하면서 좌파라는 사람이 세상에 어딨어. 신자유주의야 정확히 얘기하면. 블레어 우파의 우파라 할 수 있지. (...) 한나라당 정책이야 정확하게. 재벌정책이고. 재벌, 재경부, 조중동의 정책이라고. 우리나라 지배계급의 정책이라고. 이렇게 되면 민주화세력이란 건 이제 없어요.(...) 사회정책은 조금 더 진보적인 것을 한다지만, 이것은 실효성이 없어요, 증세와 결합안 되면. (...) 표현하자면 강둑 무너뜨리고 양수기 보급하겠다는 거거든."(*<오마이뉴스>, "정태인, 왜 유시민과 헤어졌나", 2007. 7. 8.)

또 하나 더, 시민단체 '사회운동'(나중에 '사회진보연대')이 사회투자 국가론을 비판한 글의 결론 부분을 소개하면 다음과 같다.(*이 단체는 노동자, 농민, 빈민, 여성 등 전 세계 민중에 대한 착취와 억압, 폭력을 심화시키는 신자유주의 세계화에 반대하며, 노동조합운동을 비롯한 대중운동의 역량 강화와 노동자 민중의 단결과 연대의 힘에 기초하여 새로운 대안 세계를 건설하기 위해 활동한다고 홈페이지 http://www. pssp.org에서 자기를 소개한다.)

사회 투자 국가를 주장하는 이들은 이것이 신자유주의와 '복지국가'의 대안이라고 주장하지만 이는 시장과 경쟁, 개방과 성장 즉 시장의 역동성을 전제조건으로 한다는 점에서 터무니없는 말장난이다. 탈규제, 민영화, 자유화, 노동시장의 유연성 등 신자유주의 핵심 의제를 대폭 수용하고 있는 논리이기 때문이다. (...) 사회 투자 국가 전략은 신자유주의적 축적체제의 폐해를 보완하거나 관리하는 것을 넘어서지 못한다. 혹은 신자유주의 축적 체제를 가능케 하기 위한 조건을 창출하는 수단으로 기능할 가능성이 높다.

진정으로 빈곤과 불평등을 해결하기 위해는 문제의 원인을 정확히 인식하고 이를 바꾸려는 노력을 해야 한다. 이러한 인식이 전제되지 않은 사회투자국가론은 오히려 빈곤과 불평등을 더욱 가속화 할 것이다.(*<사회운동> 2007.11-12.79호의 "사회 투자 국가론 비판", 신진선, http://www.pssp.org/bbs/print.php?board=journal&id=1836)

사실 이런 비판은 이미 그 전부터 나왔었다. 노무현 대통령이 2005년 5월에 청와대에서 '대기업 · 중소기업 상생협력 대책회의'를 주재하면서 했던 발언 때문이었다. 삼성 이건희, 현대자동차 정몽구, LG 구본무, SK 최태원 등 대기업 회장이 8명, 중소 · 벤처기업 회장이 7명이 참석한 자리에서 했던 발언이다.

"우리 사회를 움직이는 힘의 원천이 시장에서 비롯되고 있다. 이미 권력은 시장으로 넘어간 것 같다. 정부가 시장을 공정하게 잘 관리하느냐가 중요하다."(*<서울신문>, "노대통령, '권력, 시장에 넘어갔다'", 2005. 5. 17.)

당시에 다수 언론은 이 부분을 대서특필했다. 민주노동당을 비롯한 진보 진영에서도 참여정부가 재벌에 항복 선언을 했다고 보도했다.(*대통령의 이 발언을 나중에 유시민은 '우리 사회에 국가가 직접 통제하기 어려운 영역이 생겨서 국가의 강제력만으로는 문제를 해결할 수 없으니, 중소기업 육성과 고용 확대와 관련해서 재계의 큰손들에게 우호적 협력을 요청하는 맥락'이었다고 해명한다. 〈국가란 무엇인가〉, p. 303.)

그러나 이런 비판에 대한 대답도 〈대한민국 개조론〉에 이미 준비되어 있었다.

개방도 하고 사회통합도 하자, 국가경쟁력도 강화하고 기회의 평등도 이루자. 이 둘을 다 하면 왜 안 되는지 저는 모르겠습니다. 각자 자기가 원하는 것을 하면서 상대방도 자기가 원하는 것을 할 수 있도록 타협하고 협력하는 편이 낫지 않은가요? (...) 국민이 행복해질 수 있다면 그것이 동그란 네모면 어떻고 네모난 동그라미면 또 어떻겠습니까? (...) 검은 고양이든 흰 고양이든 쥐만 잘 잡으면 그만입니다. (*<대한민국 개조론>, p. 51, 264.)

아닌 게 아니라 유시민은 IMF 체제가 시작된 직후인 2000년에 이미 일찌감치 한국 사회의 성격에 대한 자기 견해를 밝혔었다. 〈WHY NOT?〉에서였다.

나는 내가 자유주의자임을 의심하지 않는다. 첫째, 나는 시장경제가 고도 분업사회와 조화될 수 있는 유일한 경제적 기본 질서라고 확신한다. 우리가 과거 사회주의 국가에서 목격했던 중앙 통제식 계획경제는 자체의 비효율과 낭비 때문에 이미 무너졌으며 다시는 출현할 수 없을 것이다. 북한 경제 역시 예외가 될 수 없다.(*<WHY NOT?>, p. 14.)

진보 진영 일각에서 염두에 두고 있던 사회주의 혁명은 불가능하다고 못을 박고 있다. 그러니 네모도 아니고 동그라미도 아니지만 네모난 동그라미를 가지고서 어떻게든 대한민국을 꾸려나가야 하지 않느냐는 말이다. 자본주의 시장경제를 근본적인 극복 대상으로 바라보는 진보 진영 일각에서는 '네모난 동그라미'를 도저히 받아들일 수 없었고, 유시민은 그 사람들을 가리켜 '신념의 도구가 된 사람들'이라고 규정한다.(*〈어떻게 살 것인가〉, p. 266.)

그랬기에 진보 진영의 다수가 반대하는 네모난 동그라미를 국가 발전 전략으로 제시하는 책인 〈대한민국 개조론〉의 속표지 다음 쪽에, 면 하나를 전부 차지하고 있는 짧은 글귀가 의미심장하다. 굴원의 "어부사(漁父辭)"에 나오는 글귀이다.

"창랑의 물이 맑으면 갓끈을 씻고 / 창랑의 물이 흐리면 발을 씻으리라."

깨끗하면 깨끗한 대로 더러우면 더러운 대로 거기에 맞춰서 방도를 찾아야 하는 것 아니냐는 뜻으로 읽힌다. 이 짧은 글귀가 네모난 동그라미를 제안하는 배경 설명인 셈이다. 책 출간 직후에 했던 한 인터뷰에서 유시민은 그 구절을 쓴 특별한 의도가 있느냐는 질문에 이렇게 대답했다.

> "굴원은 (…) 물이 탁하면 발 씻는 기분으로 산다고, 굴신할 필요 없다고 했는데, 그마저 견딜 수가 없어서 자살합니다. 세상의 탁함이 발을 씻을 정도도 안 되었다는 겁니다. (…) 나는 지금까지 세상과 불화해 왔고, 마이너리티라고 생각해 왔습니다. 내가 세상과 부딪쳐 보는 거죠. (…) 그런데 세상이 발 씻을 물 정도도 안 된다면 굴원처럼 되겠죠. 죽는다는 이야기는 아니지만요, 버림받고 쓸쓸히 지내도 좋다는 그런 마음입니다."(*http://ch.yes24.com/Article/View/13436. 이 인터뷰 내용의 맥락에 대해서는 4장 "'시민광장'과 <대한민국 개조론>"에서 조금 더 자세하게 다룬다.)

유시민이 결국 세상으로부터 버림받고 쓸쓸히 지내게 될지 어떨지에 대한 판단은 먼 미래에 내려질 것이다. 그 결론이 나오기까지 그는 앞으로도 훨씬 더 큰 파도와 싸우며 시련에서 헤쳐 나와야 하기 때문이다.

그러나 그 시련의 파도들은 곧바로 연이어 그를 덮쳤다. 본인이 직접 대통령 선거에 후보로 나섰지만 경선 과정에서 물러서야 했고, 개혁의 엔진이 되어줄 것이라 믿었던 열린우리당이 대통령에 등을 돌렸으며, 또 한나라당 후보 이명박의 당선을 지켜보아야 했고, 대구에서 3선 국회의원에 도전했지만 실패했다. 그러나 그 어떤 것보다도 큰 시련 하나가 가장 빠르게, 전혀 예상치도 못하게, 무섭게, 슬프게, 분노하게, 그렇게 그에게 닥쳤다. 그에게 '단 하나였던 사람'이 죽었다.

　…누군가는 그랬다. 슬픔이라는 경험에서 가장 좋은 건 미처 알지 못했던 무언가를 배울 수 있다는 점이라고. 과연 유시민은 이 슬픔 속에서 무엇을 배울까?

2009년 5월 25일

노무현 전 대통령

서울역 분향소

유시민은 노무현을 좋아했다. 어느 매체에선가 인터뷰를 하면서는 '참 좋은 사람이었다.'고 했다. 그래서 그와 함께하려고 했다. 미완으로 끝났던 6월항쟁을 완수해서 '사람 사는 세상'의 꿈을 이루겠다는 목표가 같았기에, 유시민은 노무현이 대통령이 되는 길을 닦으려고 평온하던 지식소매상의 자리를 박차고 바리케이드 앞으로 뛰어들었고, 노무현은 유시민을 장관으로 임명하며 함께 2030년의 전망을 설계했다.

그러나 유시민과 노무현이 결정적으로 다른 점이 있었다. 정확하게 말하면, 노무현에게 있는 것이 유시민에게는 없었다. 그것은 '인생을 거는 것'이었다.

노무현 대통령은 2004년 5월 27일 연세대학교 초청 특별 강연에서 자기가 성공한 비결 몇 가지를 말하면서 가장 중요한 것으로 '확실하게 투자하는 것'을 꼽았다.

제가 성공한 비결, 확실하게 투자하라는 것입니다. 자기가 가진 것 그대로 다 가지고 더 가지겠다는 도전, 이것은 안전하긴 하지만 성공하는 데에는 큰 도움이 되지 않는 것 같습니다. 적어도 성공의 과정에서 투자하려거든 확실히 하십시오. 저는 제 인생을 걸었다, 이렇게 생각하면서 해 왔습니다.(*<그리하여 노무현이라는 사람은>, p. 175.)

그런데 자기가 가진 모든 것을 투자하는 것 즉 인생을 걸고 싸우는 것, 이것이 유시민에게는 없었다. 독일로 유학을 떠난 일도 그는 2004년 2월의 한 인터뷰에서 "3당 합당 (노동법) 날치기하니까 국회가 재미없어서, 그만두고 독일 유학 준비했지. (...) 우리도 좀 다른 사람 어떻게 사는지도 보고, 너무 놀던 물이 좁으니까 한번 멀리 나가 보면 어떠냐 해서. (...) 학비 안 내도 되는 데가 독일이어서" 라고 '쿨'하게 설명했다.(*<한겨레>, "닥터 김의 유시민 도발 인터뷰 전문", 2004. 2. 27.) 또 2011년에 출간된 <국가란 무엇인가>의 책날개 저자 자기소개에서는 독일 유학의 이유를 "민주화가 시작된 뒤 남들이 어떻게 사는지 보고 싶어서"라고 설명했다.

이런 특성은 그가 스스로도 밝혔듯이 태생적으로 '도시 프티부르주아'이고 또한 스스로 주장하며 또 지향하는 '자유주의자'이기 때문이다. 노무현이 가지고 있었던 강력한 강점이자 동시에 치명적인 약점인 '인생을 거는' 특성이 자기에게 없었기에, 즉 자기에게 없는 특성을 노무현이 채워 줄 수 있었기에, 유시민에게는 노무현이 소중했다.

노무현 역시 유시민을 각별하게 여겼다. 대통령직에서 물러나던 날이었다. 청와대를 떠난 뒤 봉하마을에 도착해서 연설을 하던 그는 청중 속에서 유시민을 발견했다. 그러자 굳이 연단으로 그를 불러올렸다.

"자기는 그렇게 생각하는지 안 하는지 모르지만 내가 보기엔 노무현 과에 속하는 정치인이 하나 있습니다. (...) 유시민은 가장 어려울 때 저를 지켜줬어요. 여러분이 그랬듯이 어려울 때 친구가 친구고 어려울 때 견디는 정치인이라야 진짜 정치인입니다."

그렇게 두 사람은 서로가 서로에게 고마웠고 의지하는 관계였다.

그랬던 두 사람 가운데 한 사람이, 자기가 소중하게 여기는 것에 늘 인생을 걸고 살았던 그 사람이, 갑작스럽게 가 버렸다.

* * *

이명박 정부는 자신의 지지율을 끌어올리려고 전 정권인 노무현 정부의 도덕성을 흠집 내고 싶었다. 그래서 노무현 전 대통령의 비위를 찾으려고 집요하게 캐들어 갔고, 이 실무를 맡은 검찰은 관련된 수사 내용의 의혹 사실을 부풀려서 언론에 흘렸다. 그래서 심지어 진보적인 매체로 인식되던 언론사들까지도 노무현 전 대통령이 박연차 태광실업 회장에게서 검은돈을 받았다는 검찰발 소식을 기정사실로 받아들여서 다음과 같이 썼다.

개혁 · 진보 진영은 새롭게 틀을 만들어야 할 상황에 놓였다. 노무현 전 대통령은 스스로 늘 '창조적 파괴'를 이야기했다. 지역 구도를 깨고, 구태정치를 깬다고 했다. 정작 자신이 창조할 수 있을 때는 만들지 못했다. 이제 '창조적 파괴'는 노무현을 지운 새로운 세력의 몫이다. 그들은 이렇게 말할 것이다. '굿바이 노무현.'<한겨레21>, "굿바이 노무현", 2009. 4. 14.)

민주화운동을 배경으로 집권한 그는 민주화운동의 인적 · 정신적 자원을 다 소진했다. 민주화운동의 원로부터 386까지 모조리 발언권을 잃었다. 그를 위해 일한 지식인들은 신뢰와 평판을 잃었다. 민주주의든 진보든 개혁이든 노무현이 함부로 쓰다 버리는 바람에 그런 것들은 이제 흘러간 유행가처럼 되었다. (...) 노무현 당선은 재앙의 시작이었다고 해야 옳다. 이제 그가 역사에 기여할 수 있는 일이란 자신이 뿌린 환멸의 씨앗을 모두 거두어 장엄한 낙조 속으로 사라지는 것이다.(*<경향신문>, "굿바이 노무현", 2009. 4. 15.)

무서운 저주였다, 결과적으로 보면. 그즈음에 유시민은 자기의 공식 팬클럽인 '시민광장' 회원게시판에 글을 하나 올렸다.

봄비가 내립니다.

농민들이 반기고, 산불 끄느라 고생하는 소방방재청 직원들이 반기고, 물 부족 걱정이 많은 수자원공사 임직원들도 반기고, 농민들을 걱정하는 모든 국민들이 함께 반기는, 그야말로 귀하고 고마운 단비입니다.

지난 주말, 봉하마을에 가기로 오래 전 약속이 되어 있었는데… 나중에 오는 게 좋겠다는 연락이 와서 가지 못했습니다.

제가 거기 나타나서 기자들에게 사진이 찍히고, 그 사진이 신문 방송에 나가고, 왜 왔는지 무슨 이야기를 했는지, 온갖 고약한 소설이 난무하는 것이 저에게 좋지 않겠다는 판단 때문에 못 오게 하신 것이겠지요.

(…)

대검찰청 중수부 밀실에서 진행되는 수사와 관련된 정보를 검찰이 공공연하게 또는 은밀하게 흘려 내보내면, 날마다 모든 신문방송이 달려들어 수 천개의 관련기사를 쏟아내는 광경을 본 지가 벌써 2주일이 되었습니다.

노무현 대통령께서 조금이라도 덜 상처받고 이 공작의 칼날에서 벗어나기를 기원합니다.(*"내 마음에도 비가 내립니다", 시민광장, 회원게시판, 2009. 4. 20.)

그때 이명박 정권이 검찰이 노무현에게 치명적인 모욕을 안긴 것은 이른바 '논두렁 명품 시계'였다.

권양숙 여사가 노무현 전 대통령의 회갑 선물로 받은 1억 원짜리 명품 시계 두 개를 논두렁에 버렸다고 노 전 대통령이 검찰에서 진술한 것으로 확인됐습니다.(*SBS 뉴스, "권 여사, 1억 원짜리 시계 2개 논두렁에 버렸다", 2009. 5. 13.)

SBS뉴스의 2009년 5월 13일자 검찰발 보도였다.

그러나 사건의 진실은 달랐다. 2006년 9월에 박연차 회장이 대통령의 친형인 노건평에게 대통령의 회갑 선물이라며 시계를 전달했다. 그런데 노건평이 영부인 권양숙에게 이 시계를 주자, 영부인은 돌려주든지 아니면 갖다버리든지 하라고 했다. 검찰은 이 진술을 부풀려서, 검찰 수사를 받는 전직 대통령이 수사를 피할 목적으로 뇌물로 받은 명품 시계를 논두렁에 버렸다는 식으로 가짜 정보를 흘렸고, SBS뉴스를 필두로 해서 모든 언론이 이 내용을 확대 재생산했다. '논두렁 시계' 기사를 맨 처음 쓴 SBS 기자는 2019년 9월 23일에 방송된 MBC "탐사기획 스트레이트"에서 그 말을 흘린 사람이 당시 중수부장으로 수사 책임자였던 이인규였음을 암시했다. 한편 이인규는 2020년 1월에 검찰에 제출한 서면질의서를 통해서 '노 전 대통령의 부인인 권양숙 여사가 명품 시계 2점을 논두렁에 버렸다고 진술했다는 내용의 보도에 국정원이 관여했다.'고 밝혔다.(*〈뉴시스〉, "이인규 '국정원, 논두렁 시계 보도 관여' 진술서 제출, 2020. 1. 14.)

'논두렁 시계'의 모욕이 거의 모든 매체에 도배되자 노무현은 자기 인생 전체와 자기가 사랑하는 사람에게 가해지는 모욕을 끊어내겠다는 선택을 했다.

> 2009년 5월 23일, 해가 떠오르는 시각. 그는 똑바로 앞을 보면서 뛰어내렸다. 그의 몸은 두 번 바위에 부딪치면서 부엉이바위 아래 솔숲에 떨어졌다. (...) 숨을 쉬지 못했다.(*〈운명이다〉, p. 345.)

노무현 서거 당일인 23일에도 언론은 악의적인 허위 사실로 노무현을 조롱하는 칼럼이 한 매체에 실렸다.

다가오는 방학 때에는 고생해서 몇 십만 원 벌려는 아르바이트 걱정을 하지 말고 애들에게 봉하마을 논둑길에 버렸다는 시계나 찾으러 가자고 했다.(*<경향신문>, "시계나 찾으러 가자!", 2009. 5. 23.)

지독한 모욕이었다.

노무현 서거 이틀 뒤인 25일에 장례위원회가 결성되었고, 장례는 29일까지 거행되었다. 유족들은 가족장을 추진하였으나 전직 대통령에 대한 예우와 전 국민적인 추모 열기로 장례는 국민장으로 치러졌다. 그리고 5월 29일 그날은 노무현의 노란색이 온 세상의 절반을 눈물로 뒤덮었다. 그러나 그 많은 언론 가운데에서 자기가 지난 몇 달 동안 고인을 어떻게 또 얼마나 지독하게 물어뜯었는지 고백하는 매체는 한 곳도 없었다.(*〈미디어오늘〉, "진보언론의 오래된 습관, 복잡한 반성", 2017. 5. 29.)

이런 상황에서 유시민은 25일부터 서울역 분향소에서 상주로서 조문 온 시민들을 맞이했으며, 고인을 떠나보내는 심경을 담은 시를 자신의 팬클럽 사이트인 '시민광장'에 올렸다.

"서울역 분향소에서"

연민의 실타래와 분노의 불덩이를 품었던 사람
모두가 이로움을 좇을 때 홀로 의로움을 따랐던 사람
시대가 짐 지운 운명을 거절하지 않고

자기 자신밖에는 가진 것이 없이도

가장 높은 곳까지 올라갔던 사람

그가 떠났다.

스무길 아래 바위덩이 온 몸으로 때려

뼈가 부서지고 살이 찢어지는 고통을 껴안고

한 아내의 남편

딸 아들의 아버지

아이들의 할아버지

나라의 대통령

그 모두의 존엄을 지켜낸 남자

그를 가슴에 묻는다.

내게는 영원히 대통령일

세상에 단 하나였던 사람

그 사람

노무현

유시민은 서울역 분향소에서 자기에게 속삭이는 낮지만 강한 분노의 목소리들을 들었다.

"복수합시다!"

정말 복수를 해야 할지, 그렇게 마음을 먹는다고 해서 과연 복수를 할 수 있을지, 또 어떻게 하는 것이 복수일지 유시민은 알지 못했다.

그러나 한 가지만은 분명했다. 노무현이 생명을 던진 그 자리에, 이제 '사람 사는 세상'의 꿈만 혼자 덩그러니 남았다는 것을. 그리고 '사람 사는 세상'의 꿈이 그렇게 살아 있는 한, 그를 영영 떠나보내지는 못할 것 같다는 예감을...(*〈운명이다〉, p. 351.) 그것은 '사람 사는 세상'의 꿈을 이루어야만 비로소 노무현을 온전하게 떠나보낼 수 있으리라는 그의 예감이며, '사람 사는 세상'의 꿈을 이루고야 말겠다는 그의 다짐이기도 하다.

과연 그 예감은 맞아떨어질까? 또 그 다짐은 어떻게 진행될까?

그에게 남은 무기라고는, 노무현이 그랬던 것과 마찬가지로 가슴에 담고 있는 '연민의 실타래와 분노의 불덩이'뿐인데...

노사모 활동을 할 때부터 유시민이 인터넷에서 사용한 닉네임 '첨맘(처음마음)'의 초심, 노무현 및 노무현의 '사람 사는 세상' 속에서 형성되었던 그의 정치적 초심은 어떻게 세상과 소통하며 대응할까?

4장

냉정과
열정 사이

코끼리와 시인

- 노무현 후보가 대통령에 당선됐는데, 지금은 화염병을 내려놓고 바리케이드를 치울 때라고 생각하는가?

"아직 그럴 시기는 아니다. 노무현 당선은 끝이 아니라 시작이다."(*<오마이뉴스>, "노무현 당선, 끝이 아니라 시작", 2003. 1. 6.)

노무현 후보가 제16대 대통령 선거에서 당선된 직후이던 2003년 1월 3일에 유시민이 했던 어느 언론 인터뷰의 한 대목이다.

그랬다. 노무현 국민 후보를 지키기 위해서 6월항쟁 그때처럼 화염병을 들고 바리케이드 앞으로 뛰어드는 절박한 심정으로 다시 정치판에 뛰어들었지만, 그에게 노무현 당선은 끝이 아니라 시작이었다. 거기까지 가는 길도 쉽지 않았지만, 그건 아직 멀고 먼 여정의 초입일 뿐이었다. 노무현은 국민의 지지를 받고 대통령이 되었지만, 자기가 원하는 개혁을 추진할 든든한 정당 기반이 없었다. 당(새천년민주당)에서 공식적으로 선출된 후보였음에도 자기를 낙마시키려고 그토록 뒤흔들어대던 비노·반노 인사들이 여전히 당을 장악하고 있었기 때문이다.

그 인터뷰를 하고 석 달 뒤인 4월 24일 재보궐선거에서 유시민은 경기도 고양시 덕양갑에서 국회의원으로 당선되었고, 닷새 뒤인 4월 29일에 베이지색 면바지에 라운드티를 입고 의원 선서를 하려고 국회 본회의장 연단에 섰다. 그리고 의원들의 야유를 들었다.

"국회를 뭐로 보는 거야?"

"여기 탁구 치러 왔어?"

한나라당 의원들이 대부분이었지만 여당이던 새천년민주당 소속 의원들도 떨떠름한 표정이긴 마찬가지였다. 유시민은 야유하는 의원들을 바라보면서 야릇한 미소를 지었다. 아마도 속으로는 이렇게 생각했을지도 모른다.

'당신들, 이제 나한테 다 죽었어!'

그건 정치판에서 파란을 일으키겠다는 무언의 선전포고인 셈이었다.

저는 똑같은 것보다 다 다른 것이 더 좋습니다. 제가 가진 생각과 행동방식, 저의 견해와 문화 양식이 마음에 들지 않는 분이 계실지도 모르겠습니다. 하지만 저는 그분들의 모든 것을 인정하고 존중하겠습니다. 그러니 저의 것도 이해하고 존중해 주십시오.

이것은 그날 공개된 유시민의 의원선서 예정 인사말의 일부였다.

그런데 사실 이 인사말은 딱히 틀린 말도 아니고 무례한 말도 아니었다.

그러나 의원들은 '개혁'국민정당(개혁당) 대표 유시민이 그날 아무런 거리낌도 없이 너무도 당당하게 입고 본회장의 연단에 선 '백바지'를 보고는 자기가 '개혁'의 대상으로 공격을 받는다고 느꼈을 것이다. 그래서 관행이라는 이름의 위선을 벗어던지자는 유시민의 너무도 당연한 그 주장과 행동을 '치기 어린 돌출행위'로 애써 폄훼하려 했다. 또 이런 노력의 연장선에서 유시민에게 '싸가지 없다'는 딱지를 붙였다. 그런데 이 딱지는 오랫동안 효과를 발휘했다. 유시민이 모난 돌멩이가 되어 개혁의 몸짓을 하면 할수록 그 딱지는 더욱 도드라지게 눈에 띄었다.

노무현의

구명보트

노무현 후보가 나[안희정]한테 '유시민 씨한테 갈 건데 같이 가세' (...) 그래 가지고 그때 유시민 씨한테 가서 개혁당을 만들어 달라고 요청을 했던 거죠. 그래서 '구명보트를 좀 준비해 달라. 이 배(즉 새천년민주당)가 난파선이 됐을 때 갈아탈 수 있는 구명보트라도 하나 있어야 될 것 아니냐'(...) 유시민 씨한테 그 부탁을 했어요.(*<선택의 순간들>, p. 122.)

노무현 대통령이 후보 시절에 예견했던 대로 그가 탄 배는 난파되었다. 그리고 그가 기대했던 대로 개혁국민정당은 그의 구명보트가 되어 주었다.

여당이던 새천년민주당 내에서 호남 지역에 대한 지분을 두고 구주류와 신주류가 갈등했고 여기에 친노 그룹을 바라보는 갈등도 포개져 있었다. 결국 당 내의 소수파와 김원웅과 유시민을 주축으로 하는 개혁국민정당 그리고 '독수리 오형제'로 불리던 한나라당의 개혁 성향 5명(김부겸, 김영춘, 이부영, 이우재, 안영근)이 뭉쳐서 2003년 11월에 여당인 열린우리당이 창당되었다. 노무현 대통령의 구명보트는 그렇게 완성되었다.

그러나 이 구명보트를 대통령 탄핵소추라는 커다란 파도가 덮쳤다. 발단은 노무현 대통령의 입이었다.

> "개헌 저지선까지 무너지면 그 뒤에 어떤 일이 생길지는 나도 정말 말씀드릴 수가 없다."(2004년 2월 18일. 경인지역 6개 언론사와 가진 합동회견에서)

> "국민들이 총선에서 열린우리당을 압도적으로 지지해 줄 것을 기대한다(...) 대통령이 뭘 잘해서 열린우리당이 표를 얻을 수만 있다면 합법적인 모든 것을 다하고 싶다.(2004년 2월 24일. 방송기자클럽 초청 대통령기자회견에서)

새천년민주당은 이 발언들이 대통령의 불법적인 선거운동이라고 문제 삼아서 탄핵소추안을 제출했다. 탄핵소추 사유는 다음과 같았다.

> 노 대통령은 국가 원수로서의 본분을 망각하고 특정 정당을 위한 불법 선거운동을 계속해 왔고, 본인과 측근들의 권력형 부정부패로 국정을 정상적으로 수행할 수 없는 국가적 위기 상황을 초래했으며, 국민 경제를 파탄시켰다.

한나라당과 자유민주연합이 여기에 동조했다. 결국 탄핵소추안은 열린우리당 의원들이 반발하는 가운데 통과되었다. 이때가 4월 15일로 예정된 16대 총선이 코앞이던 3월 12일이었다. 그런데 탄핵에 반대하는 시민들이 전국적으로 연일 촛불집회를 열고 시위를 벌이고 나섰고, 그 바람에 열린우리당을 견제하려던 탄핵은 역풍을 맞았고, 40석이던 열린우리당은 16대 총선에서 152석의 대승을 거두었다. 그리고 5월 14일에 헌법재판소가 탄핵 심판 기각 결정을 받은 노무현 대통령은 5월 20일에 열린우리당에 '수석당원'으로 입당했다. 이때부터 열린우리당은 명실상부한 공식 여당이 되었다.

애초에 노무현은 몸 하나 겨우 피할 수 있는 구명보트를 기대했지만, 그를 맞아준 것은 의원 과반수가 넘는 152석의 거대한 함선이었다. 그러나 이 함선의 항해는 순탄하지 않았다. FTA협상 문제 및 대연정 제안이라는 문제를 둘러싸고 연이었던 내부 분란과 외부 충격으로 이 함선은 침몰의 순간을 향해 갔다.

이라크전쟁 파병

아직은 새천년민주당 시절이었다.

2002년 말에 미국은 한국을 포함해 전 세계 60여 개국에 이라크전쟁에 파병 의사를 타진했다. 파병 반대 여론이 거셌지만 노무현 대통령은 취임 직후이던 2003년 3월에 비전투병 파병을 최종 결정했다. 대통령의 이런 결정에 참여연대가 노무현 대통령에게 보낸 공개서한의 비판 일부를 소개하면 다음과 같다.

노무현 대통령이 촛불시위 속에서 당선되고 취임사를 통해 '의존의 역사를 강요받아 왔다'며 '당당한 외교, 새로운 한미관계'를 약속했을 때 국민들은 무언가 다른 외교가 시작될 것을 기대했습니다. 그러나 '참여정부'의 '당당한 외교'가 이렇게 떳떳치 못한 부끄러운 거래로 시작될 줄은 꿈에도 몰랐습니다. 북한 핵문제의 평화적인 해결을 약속받는 대신 이라크전에 대해 지지 지원하기로 하였다는 미 부시대통령과의 전화통화 보도에 우리는 경악했습니다. 게다가 참여정부라는 말이 무색하게도 국민들의 여론수렴도 없이 정부는 안보리에서 이미 미국의 이라크 공격을 공개적으로 지지한 것으로 알려졌습니다. 외교당국은 이미 파병결정까지 공식화하였습니다. 부시대통령과의 통화는 단지 그것을 재확인하는 순서에 지나지 않았습니다.(*<프레시안>, "이러다 한국에 전쟁 위기 닥치면 누가...", 2003. 3. 17.)

6월이 되면서 상황은 한층 엄중해졌다. 미국이 사단 규모의 전투 병력 파병을 추가로 요청한 것이다. 반대 운동은 한층 더욱 거세게 일어났다. 수백 개나 되는 시민단체가 모여서 '이라크파병반대비상국민행동'을 결성했다. 이 단체는 이라크전쟁은 명분 없는 침략 전쟁이며 한국군 파병은 헌법과 국제법에 위배되고 이라크에 평화를 가져다줄 수도 없으며 한반도 평화를 근본적으로 위협한다는 내용 등의 "이라크 파병 반대 12가지 이유"를 발표했다.(*http://kfem.or.kr/?p=14179.) 그러나 정부는 결국 전투병 3천 명을 보내되 비전투 임무를 맡기는 것으로 미국과 최종적으로 합의했다.

이 일을 놓고 노무현 대통령은 퇴임 후에 이렇게 썼다.

이라크 파병은 옳지 않은 선택으로 역사에 기록될 것이다. 옳다고 믿어서가 아니라 대통령을 맡은 사람으로서는 회피할 수 없는 선택이라 파병한 것이다. 때로는 뻔히 알면서도 오류의 기록을 역사에 남겨야 하는 대통령 자리, 참으로 어렵고 무거웠다.(*<운명이다>, p. 245.)

한편 국민개혁당 대표이던 유시민은 국회 입성 직전인 2003년 3월 18일에 "이라크 다음은 북한입니다"라는 제목의 글을 발표하면서 파병을 반대했다. 그 글에서 유시민은 이렇게 말했다.

우리 국민들이 나서야 합니다. 노무현 대통령으로 하여금 우리 국민들이 원하지 않기 때문에 이라크 전쟁에 파병할 수 없다고 말할 수 있도록 확실한 명분을 쥐어주어야 합니다. 이라크 다음은 북한입니다. (...) 저마다 가슴속에 작은 소망의 촛불을 켭시다. 그 불빛을 모아 반전평화의 길을 밝히는 거대한 횃불을 만듭시다.(*<프레시안>, "'소신'과 맞바꾼 유시민 의원의 '충성심'", 2005. 11. 29.)

그 뒤 유시민은 당 내부적으로는 대통령에 대한 비난이 한창 들끓던 2차 추가 파병 논의 때 입장을 바꾸어 노무현 대통령의 파병을 옹호했다. 그러나 최종 투표 때에는 반대표를 던졌다. 개인 양심의 문제로 보고 그런 결정을 내렸다고 했다. 이명박 정부 시절이던 2009년에 <후불제 민주주의>를 출간한 직후, "돌아온 지식소매상 유시민, 대한민국 헌법을 말하다"라는 제목의 기념 강연회에서 그는 이라크 파병 문제를 두고 오락가락했던 당시의 행보와 관련된 질문을 받고 이렇게 대답했다.

보내기 싫었다. (...) 이라크전쟁은 최악의 전쟁 중 하나였다. (...) 그러나 전
투병은 못 보내고 최소 규모의 비전투요원을 보내 부시 대통령의 체면을 세워
줘야 했다. 그 파병 결정은 현실적 · 전략적 선택이었다. 사실 답이 없다. 각자
의 양심과 판단에 달린 문제다.(*http://ch.yes24.com/Article/View/14777.)

이라크전쟁 파병 문제로 대통령 및 여당이던 새천년민주당에 대한
지지도가 대폭 떨어졌고, 그 결과 새천년민주당은 내분에 휩싸여 분당
의 길을 걸었다. 그리고 노무현대통령은 2003년 11월에 창당된 열린우
리당이라는 152석 과반 의석의 든든한 배로 갈아탔다. 그러나 이 배의
침몰을 기다리는 사건들이 기다리고 있었다.

대연정 제안과 한미 자유무역협정(FTA)

2005년 7월, 그동안 간간이 연기만 피어오르던 노무현 대통령의 '야
당과의 연합 정부(연정)'구상이 본격적으로 수면 밖으로 나왔다. 대통
령은 7월 28일 청와대 홈페이지에 당원들에게 보내는 공개서한을 올
렸다. 이 서한에서 대통령은 한국 정치의 많은 문제가 지역주의에서
비롯된다면서, 이런 지역구도 하에서 정치인이 선거에서 이기는 길은
끊임없이 상대방 지역과 상대 당에 대한 불신과 적대감을 자극하고 지
역 이기주의를 부추기는 것뿐이라고 지적했다. 그리고 이런 문제를 해
결할 방안은 대연정이라고 했다.

문제는 대연정입니다. 열린우리당이 주도하고 한나라당이 참여하는 대연정이라면 한나라당이 응할 리가 없을 것입니다. 따라서 대연정이라면 당연히 한나라당이 주도하고 열린우리당이 참여하는 대연정을 말하는 것입니다. 물론 다른 야당도 함께 참여하는 대연정이 된다면 더욱 바람직할 것입니다.

그리고 이 연정은 대통령 권력하의 내각이 아니라 내각제 수준의 권력을 가지는 연정이라야 성립이 가능할 것입니다. 따라서 이 제안은 두 차례의 권력이양을 포함하는 것입니다. 대통령의 권력을 열린우리당에 이양하고, 동시에 열린우리당은 다시 이 권력을 한나라당에 이양하는 것입니다.

(*노무현사료관. 강조는 저자.

http://archives.knowhow.or.kr/search/4?searchEnable=1&keyword=
연정 제안&targetOnly=record..)

이 제안에 모두가 반대했다. 대통령의 소속당인 열린우리당이 청와대와 대립했고, 한나라당과 한나라당 지지자들은 어차피 다음 대선에서 정권 교체가 될 텐데 굳이 연정을 받을 필요가 없다는 입장이었다. 그리고 무엇보다 중요하게는, 참여정부를 지지했던 지지층은 권력을 한나라당에 넘겨준다는 말에 충격을 받았다.

대통령은 8월에 "국민과의 대화"에 나서서 국민을 직접 설득하려고 했다. 그러나 의도대로 되지 않았다. 정신과 의사이자 칼럼니스트인 정혜신은 한 일간지에 기고한 칼럼에서 이렇게 썼다.

지난주 "국민과의 대화"에 나선 대통령의 육성에는 착잡함과 답답함이 그대로 담겨 있다. 자신의 진정성을 몰라주는 국민들에 대해 답답함을 넘어서 억

울함이나 분노까지 생긴 듯했다.

(...) 나는 대통령 노무현의 진정성을 의심해 본 적이 없다. 지금도 마찬가지다. 하지만 민심을 정확하게 읽는 일과 진정성은 별개다.

(...) 민심과 동떨어진 대통령이란 비판에 대해 '역사적 책무' 같은 비장한 멘트로만 대응할 게 아니라 혹시 내 인식이나 사실 판단에 심각한 오류가 있는 것은 아닌지 심사숙고해 주길 청한다. 노대통령의 자기 인식은 대통령이 되기 전 정치인 노무현의 '선구자적 모습'에 무게중심을 두고 있지만 지금 국민들의 눈에 비친 노대통령은 선구자가 아닌 계몽군주에 가깝다.(*<한겨레>, "정신분석학으로 본 노 대통령", 2005. 8. 29. 이 칼럼은 "국민의 무의식은 언제나 옳다"라는 제목으로 <삼색공감>(개마고원)이라는 책에 실려 2006년 1월에 출간되었다.)

이렇게 지지자들까지 등을 돌렸다. 이로써 노무현 대통령과 열린우리당은 붕괴에 가까운 타격을 입었다. 대통령 본인도 정확하게 표현했듯이 한나라당을 향해 폭탄을 던졌는데 오히려 자기편 등 뒤에서 폭탄이 터져버렸던 것이다.

그게 다가 아니었다. 그 뒤에 또 하나의 폭탄이 기다리고 있었다. 한미 FTA 협상이었다.

대통령은 2006년 초에 한미 FTA 협상 개시를 선언했고, 이때의 기본적인 태도를 대통령은 나중에 다음과 같이 회상했다.

나는 우리 국민의 역량을 믿었다. 산업화와 민주화를 다 이루어낸 우리의 현대사를 볼 때 국민들이 FTA에 내포된 위험과 불확실성을 감당해 갈 수 있다고 믿었다. 이런 믿음이 없었다면 한미 FTA를 추진하기로 결심하지 못했을 것이다.(*<운명이다>, p. 257.)

한미 FTA 협상은 한국 사회가 안고 있는 구조적인 문제에 대한 인식이 진보 진영 내에서도 집단과 정당에 따라서 뚜렷하게 다르다는 사실을 새삼스럽게 드러났다. (민주노동당은 이런 차이를 강조하려고 이른바 '실개천과 한강론'을 내놓았다. 한나라당과 열린우리당 사이에는 실개천이 흐르지만 민주노동당과 다른 두 정당 사이에는 한강이 흐른다는 주장이었다.) 한 편에서는 협상 자체가 나라를 팔아먹는 제2의 을사늑약이라고 했고, 다른 편에서는 협상을 제대로 잘하기만 하면 나라가 새롭게 도약할 기회라고 했다. 이 논란과 의견 대립이 2007년에 청와대가 내놓은 "비전 2030"과 맞물려 참여정부 내내 이어지면서, 열린우리당과 노무현의 대한 지지도를 갉아먹었다.(*진보 진영 내부의 의견 대립은 3장의 "네모난 동그라미"를 참조하라.)

그렇게 해서 노무현의 구명보트는 탈당 러시 끝에 2007년 2월에 마침내 침몰한다. 하지만 노무현은 굳이 다시 배를 마련할 필요가 없었다. 그에게 별다른 선택권이 없었기 때문이다.

저렇게 옳은 소리를

저토록 싸가지 없이

말하는 재주

　사람이 가지고 있는 성향 가운데 체계화 능력과 공감 능력을 각각 엑스축과 와이축으로 설정하는 사분면이 있다고 치자. 체계화 능력은 어떤 체계 안의 변수들을 분석하는 능력, 더 나아가 어떤 체계 안에서 어떤 행동이 나타날 때 그 행동을 지배하는 숨은 규칙을 찾아내는 능력을 말하고, 공감 능력은 상대방이 어떤 감정과 생각을 가졌는지 알아내고 나아가 거기에 적절한 감정으로 대응하는 능력을 말한다. 이 두 가지가 모두 높은 사람일수록 문제를 파악하고 또 해결하는 능력이 뛰어날 것이다. 어차피 문제라는 것은 감정을 가진 사람들 사이에서 벌어지는 것이니만큼 그 문제를 해결하는 것도 사람들이 가지고 있는 온갖 감정을 염두에 두어야 (즉 그 감정들을 변수로 삼아서) 한다. 공감 능력이 떨어지는 사람은 자기가 생각하기에 아무리 훌륭한 해법을 제시했다고 하더라도, 그 해법을 제시하는 방식이 사회적인 공감을 얻지 못하거나 혹은 그 해법 자체에 이미 사회적인 공감이 부족할 수밖에 없다.

이 사분면에서 4사분면(왼편 위쪽)에 속하는 사람들은 체계화 능력은 높지만 공감 능력은 떨어지는 사람들이 된다. 심리학자인 사이먼 배런코언은 18세기 공리주의 철학자 제레미 벤담과 18세기 관념론 철학자 임마누엘 칸트가 4사분면에 속한다고 했다.(*〈바른마음〉, 조너선 하이트, 웅진지식하우스, p. 224.)

* * *

사람들은 노무현과 유시민을 두고 '영혼의 쌍둥이'라고도 했고 '서로 사랑하고 보호하는 관계'라고도 했다. 대연정을 놓고 여야 할 것 없이 노무현 대통령을 비난할 때 유시민은 노무현 대통령과의 정치적 '운명 공동체'를 다짐했다.

저는 끝까지 지지할 뿐 아니라, 성공이건 실패건 같이 할 겁니다. 우리가 뽑은 대통령 아닙니까. 설사 실패하는 한이 있더라도 대통령의 연정론 프로젝트가 무엇을 종국적으로 겨냥한 것이냐에 대해서, 가장 효과적이고 명료하게 문제 제기를 해나가야겠다는 생각을 하고 있죠. 이것이 대한민국 정치문화를 포함한 사회적 분위기의 혁신까지를 겨냥한 것이라는 성격 자체를 이해하는 사람이 거의 없기 때문에, 무엇을 위한 것이던가 만큼은 확실하게 이야기하고 더 많은 사람에게 이해받고 더 많은 사람이 참여하게 하기 위해서 말입니다.(*<

한겨레>, "한나라는 섬멸해야 할 적이 아니다", 2005. 9. 8.)

그로부터 넉 달이 지난 2006년 1월에 대통령은 유시민을 보건복지부 장관에 내정한다는 말이 돌았다. 그러자 열린우리당 의원 18명이 집단으로 성명을 내서 이 내정을 철회하라고 요구했다. 이 집단성명을 주도한 이종걸 의원은 반대 이유를 이렇게 말했다.

> 유의원의 장관 내정은 당의 정체성과도 안 맞는다. 열린우리당이 한나라
> 당과 정강 정책이 다를 게 없다거나 연정론에서도 보면 한나라당과 손잡아야
> 한다는 원색적인 얘기를 하고도, 그걸 따지면 '그게 무슨 문제가 되느냐'고 걷
> 잡을 수 없는 얘기들을 한다. (...) 국민도 싫어한다. 대통령의 고유한 인사권이
> 라는 게 독립적 인사권이란 뜻으로 들리는데, 그건 권위주의 정권 시절의 얘
> 기다. (...) 속으로 반대하는 사람들까지 다 합하면 144명의 의원 가운데 130
> 명은 넘을 것이다.(*<한겨레21>, "노무현은 유시민의 운명이다", 2006. 1. 9.)

유시민은 그렇게 미운털이 박혀 있었다. 어쩌면 이 미운털은 2003년 백바지를 입고 국회 본회의장에 들어서서 의원 선서를 하려고 했을 때부터 박혔던 것일지도 모른다. 또 어쩌면 열린우리당은 그렇게 반대함으로써 의도적으로 당청 관계에 거리를 둠으로써, 대통령에 대한 여론 악화에 따른 피해를 줄이려는 것인지도 몰랐다. '너무도 옳은 말을 너무도 싸가지 없게 하는' 원칙주의자에 대한 불가근불가원(不可近不可遠)의 거리두기 혹은 따돌림이었던 것만은 분명하다.

그 따돌림 소동은 이미 2005년에 한 차례 있었다.

열린우리당 전당대회를 앞두고 있던 3월 25일, 당의장 선거에 출마한 유시민 의원이 한 매체와의 인터뷰에서 '정동영계는 용서할 수 없고, 김근태계와는 연대할 수 있다'는 취지의 발언을 한 게 발단이었다. 유시민에게는 '분파주의'라는 비판이 쏟아졌다. 그 무렵 유시민은 한 매체와 인터뷰를 하면서 이렇게 말했다 .

- 동료 의원들은 유 의원을 가리켜 분파주의자로 비난하고 있는데?

"뒤로 남몰래 적대행위하고 다니면 문제가 안 되고, 공개적으로 대놓고 적대적이라고 서술하면 분파주의라고 본다. 예비 선거를 치를 때 어떤 의원들은 유시민이 3등만 해도 당이 깨진다며 국회 의원회관 방마다 찾아다녔다. 어떤 의원은 또 공개적으로 '유시민 의원을 지지하는 의원은 5명도 안 된다'고 말했다. 유시민이 당의장이 되면 국회의원들이 협력을 안 할 테니 찍지 말라는 얘기다. 대의원들에 대한 협박 아니냐."

- 동료 의원들 사이에서는 유 의원에 대한 원성이 자자하다. 이른바 '유시민 비토'로 불리는 정서적 거부감도 폭넓은데?

"(...) 나는 내 스스로의 정치적 진로를 '식탁 위의 소금'으로 정했다. 생채기 난 데 소금을 뿌려대는 역할이다. 나도 말할 때 '아' 다르고, '어' 다르다는 것 인정한다. 그런데 내 스스로 정한 역할 때문에 일부러 과장해서 얘기하고 극단적으로 말한 것이다. 그래야 당이 경각심을 갖기 때문이다. (...) 지금 받는 비난은 그 후과로서 업보를 받는 것이다. 내가 받아야 할 벌이다. 그 비난을 안고, 지고 가겠다."(*<한겨레>, "독선적 말에 대한 업보, 비난 지고 가겠다", 2005. 3. 25.)

이 인터뷰가 보도되자 같은 당의 김영춘 의원이 "세상을 변화시키는 가장 큰 힘은 진실이며 사랑입니다"라는 제목의 공개적인 비판 글을 자기 홈페이지에 올렸다.

김영춘 의원입니다.

(...) 작금에 젊은 386의원들이 형을 공개적으로 비판하고 나서는 것은 단순히 송영길 의원을 지지하는 선거운동의 차원은 아닙니다. 그간 오랫동안 가슴 속에 묻어 두었던 분노를 전당대회라는 열린 검증의 공간에서 터뜨리고 있는 것이 유시민 비판의 본질입니다.

그럼 그동안에는 왜 문제 제기를 안했냐고요? 사람들마다 다 사정이 조금씩 다르겠지만 가장 우선적인 이유는 형에 대한 한 가닥 애정 때문이었겠지요. 젊은 의원들 대부분이 학생운동과 사회운동을 경험한 사람들이라 동지로서, 선배로서 형에 대한 마지막 애정과 미련을 갖고 있었기 때문에 공개적인 비판에 주저했던 것이지요.

두 번째 이유는 설령 형의 언행에 문제가 있다 느끼더라도 형에 대한 공박이 대야전선을 흐트러뜨리고 언론에 의해 운동권 출신들끼리의 내분으로 비쳐지는 것도 거북했던 탓이지요.

(...) 형 말대로 전당대회가 아무리 다른 견해가 충돌하는 장이라 하더라도 잠재적 대선 후보군들, 그것도 정부에 나가 일하고 있는 장관들까지 끌어들여 이번 전당대회를 대선의 전초전으로 만들어버리고자 하는 형의 분별없음에 저는 경악했습니다.

(...) 그토록 솔직하게 말하는 버릇을 가진 사람이 거짓말쟁이인 경우는 별로 없습니다. (...) 다만 한가지 저도 "저렇게 옳은 소리를 저토록 X가지 없이(죄송) 말하는 재주는 어디서 배웠을까?"하고 속으로 생각했던 적이 있다는 것

만은 솔직하게 고백합니다.

(…) 형은 계파가 아닌 정파를 말합니다만 위에서 말한 저의 관찰대로라면 큰 차이 없는 말장난에 불과합니다. 이제 5년차 국회의원인 저의 정치적 경로는 이미 존재하던 계파정치로부터 끊임없이 탈출하는 과정이었습니다만 형은 왜 거꾸로 그 길로 들어서려 하십니까? 그건 형이 말해 오던 자유의지에 대한 배반의 길로 들어서는 것입니다. (…) 왜 유시민계를 만들어 권력의 합종연횡을 도모하려 합니까?

(…) 저는 진정 유시민 형이 가진 그 탁월한 정치적 달란트들이 우리당을 위해 그리고 이 나라를 위해 소중하게 쓰이기를 바랍니다. 그러자면 철학으로 돌아가고 속류의 정치관은 버리십시오. 그럴 때 오히려 형이 생각하는 가치들은 훨씬 더 위력적으로 관철되고 우리당은 백 년 가는 반석 위에 올라설 수 있게 될 것입니다. (…) 2005년 3월 25일 김영춘 올림 (*<오마이뉴스>, "김영춘ʼ유시민 형의 분별없음에 경악ʼ", 2005. 3. 25.)

'우리당은 백 년 가는 반석 위에 올라설 수 있게'라는 표현은, 2002년에 유시민이 개혁국민정당을 창당하면서 '백 년 가는 정당'을 기치로 내세웠다가 채 반년도 지나지 않아 당을 해산하고 나가서 새로 열린우리당을 창당했던 사실을 은연중에 상기시킴으로써, 유시민에게 정치 모사꾼이라는 이미지를 덧씌우고자 하는 표현임을 유시민이 그리고 또 다른 사람들이 몰랐을 리가 없다. 유시민에게는 개혁당과 관련된 그런 '말 바꾸기' 혹은 '정당 깨기'의 이미지가 원죄처럼 낙인되어 있었기에, 김영춘의 글은 유시민에게 모욕을 주는 독설인 동시에 자기 정파(계파)의 단결을 도모하기 위한 울타리치기였다.

민주노동당(민노당)의 노회찬 의원도 전날인 3월 24일에 유시민을 가리켜서 '대중매체를 통해 접한 사람들은 그의 달변과 개혁성을 높이 평가하겠지만 가까이서 직접 겪어 본 사람들의 평판은 대체로 좋지 않다. (...) 100미터 미인이다.'라고 가시 돋친 농담을 했다.(*〈조선일보〉, "노회찬 '유시민은 100m 미인' 또 독설", 2005. 3. 24.) 일반 당원이나 네티즌 등 대중적 인기가 높은 유 의원이 정작 동료 의원들 사이에선 인기가 없는 점을 지적한 것이었다. 2004년 총선 때 유시민이 '민노당에 주는 표는 사표(死票)'라고 했던 발언 때문에 노회찬으로서는 유시민이 견제의 대상이었을 것이다. 또 그해 6월에는 유 의원이 주요 쟁점마다 노무현 대통령을 변호하는 유시민을 보고 노회찬이 '노 대통령의 정치적 경호실장이냐?'고 공격할 때 유시민은 '그럼 노 의원이 대통령 경호실장을 임명하는 인사권자냐?'라고 응수하기도 했었다.

정동영 캠프에 몸을 담고 있던 정청래 의원도 유시민 비판에 독한 말을 보탰다. 2007년 9월에 한 웹사이트에 올린 글에서, 유시민과 함께 활동했던 내용을 언급하면서 "100m 미인이라는 말이 있다. 나는 유시민을 한 달 미인으로 생각한다. 한 달만 같이 활동해 보면 그의 언행 불일치를 경험할 수 있다."라고 썼던 것이다.

이런 평가들을 두고 유시민은 그로부터 4년쯤 지난 시점에 낸 책에서 정치인이 싸가지가 없거나 혹은 100미터 밖에서만 미인이라고 해서 그게 무슨 문제냐고 말한다.

...멀리서 보면 괜찮은 것 같지만 자세히 보면 시원치 않은 인물이라는 뜻이다. 같은 당에 있던 김영춘 의원이 나를 두고 "옳은 말도 싸가지 없이 한다"고

평한 것과 일맥상통한다. (...) 국회를 떠난 지 한참이 지난 지금까지도 기자들은 그 말을 써먹고 있다. (...) 나는 '여의도식 정치'를 경멸했으며 국회의원들이 정당 내에서 행사하는 부당한 특권을 비판하고 폐지하는 데 열심이었다. (...) 공인에 대한 평가는 사생활이 아니라 공적인 언행을 대상으로 하는 게 옳다고 나는 믿는다. (...) 게다가 당시 나는 열린우리당 당의장 후보로 출마한 사람으로서 다른 후보 선거참모들과 국회의원들로부터 집단 인신공격을 당하는 중이었다.(*<후불제 민주주의>, pp. 238-239.)

그는 싸가지 없는 것은 아무런 문제도 되지 않는다고 생각한다. '유권자들이 국회의원을 애인이나 배우자로 삼으려는 것도 아닌데 굳이 가까이 다가가서 얼굴에 잡티가 있는지 없는지 알아본들 무슨 의미가 있겠느냐'라고 말한다. 정치인을 포장한 이미지나 정치인이 유발하는 감정 혹은 정서와 같은 것들보다 그가 공식적으로 하는 말과 행동이 중요하다는 말이다. 후자가 달이라면 전자는 이 달을 가리키는 손가락이라는 말이다. 손가락을 보지 말고 달을 봐야 한다는 말이다. 껍데기를 보지 말고 내용을 봐야 한다는 말이고, 수사의 화려함이 아니라 논리의 정연함을 보아야 한다는 말이다.

그런데 여기에서 짚고 가야 할 질문이 있다.

과연 유시민의 이런 '싸가지 무관계론'이 올바른 인식 · 대응 태도일까?

언론에서 지속적으로 소환했던 '유시민 싸가지론'이, 유시민으로 대표되던 진보 진영 한 축의 혹은 진보 진영 전체의 도덕적 정당성을 효과적으로 깔아뭉개는 데 의도적으로 동원되었던 것은 아닐까? 이런 동원이 효과를 거두어 유시민에게 혹은 진보 진영에 도덕적 타격을 주었다면, '싸가지 무관계론'은 유시민이 틀린 게 된다. '싸가지 무관계론'은 그야말로 희망사항 '뇌피셜'이 아닐까?

바로 이 지점에서 떠오르는 장면이 있다. 2008년 4월에 있었던 국회의원 선거의 유세 장면이다, 유시민이 대구해서 했던...

2008년 3월 혹은 4월,

대구의 어느 초등학교 앞

문방구

이명박 정부 시절이던 2008년 4월에 제18대 국회의원 선거가 열렸다.

경기도 고양 덕양갑에서 두 번 연속으로 국회의원에 당선되었으며 (첫 번째는 보궐선거였다) 그 뒤에 보건복지부 장관을 역임했던 유시민은 3선을 노리며 대구 수성을에 나섰다. 이번에는 무소속이었다.

강력한 경쟁자는 한나라당의 주호영이었다. 주호영 후보는 '대구 경제 회생·교육 특구 지정'을 내세우며 대운하를 하겠다, 대운하가 안 된다면 낙동강 운하라도 하겠다고 주장했고, 유시민은 지역주의 타파의 기치를 내거는 한편 '대구·경북의 완전한 행정 통합과 한반도 대운하 반대'를 주장했다.

다음은 유시민이 〈후불제 민주주의〉에서 소개하는 그때의 한 장면이다.

대구에서 국회의원 선거를 할 때의 일이다. 어느 초등학교 앞 문방구에 인사를 갔는데 50대 중반쯤으로 보이는, 수수한 옷차림을 하고 역시 수수한 분위기를 지닌 여성 유권자 한 분이 나를 붙잡고 힐난을 했다. 지난 정권이 세금을 너무 올려놔서 힘들어 죽겠다는 것이다. 그래서 이런 대화가 이어졌다.

"아이구, 정말 힘드신가 봐요. 작년에 세금을 얼마나 내셨나요?"

"하여튼 많이 냈어요. 얼만지는 모르겠네."

"무슨 세금을 내셨죠?"

"글쎄, 그것도 기억이 안 나네..."

"법인세는 아닐 것이고, 소득세? 근로소득세나 종합소득세를 얼마나 내셨나요?"

"그런 건 안 냈어요."

"부가가치세는 따로 내는 게 아니니까? 혹시 주민세?"

"맞아요. 그거 냈어요."

"소득세를 따로 내지 않으셨으면 소득세할 주민세는 해당이 안 될 것이고... 지자체에서 걷는 주민세 말이군요. 그런데 그건 옛날부터 5,000원이고 지난 정부에서는 올리지 않았습니다."

잠시 당황한 기색을 보이던 그 여성은 확신에 찬 어조로 반격했다.

"그거 말고도 많이 냈어요. 수도세, 전기세... 아휴, 얼마나 많이 올랐는지 모른다니까, 세금 폭탄이야, 폭탄!"(*<후불제 민주주의>, 유시민, 돌베개, p. 195.)

보수 언론이 퍼트린 '잃어버린 10년론'과 '세금폭탄론'이 사람들에게 얼마나 큰 위력을 발휘하는지 설명하며 언론의 폐해를 지적하기 위해서 유시민이 동원한 일화였다.

여기에 등장하는 여성의 모습은 정말 슬픈 아이러니다. 그 여자가 수수한 옷차림 그대로 서민이라면, 정강정책적으로 상대적으로 반서민 정당인 한나라당을 비판해야 하지만, 오히려 한나당 편에서 서서 가자미눈을 뜨고서 유시민을 바라보았으니까 말이다. 그 여성 유권자를 바라보면서 유시민은 아마도 연민을 느꼈을 것이다. 그 모순은 그여성 개인의 문제가 아니라 구조적인 문제이니까.

그러나 반대로 그 50대 중반 여성 입장에서 보자. 이 여성은 유시민에게서 그런 논리적인 압박을 받았을 때 어떤 느낌이었을까, 또 무슨 생각을 했을까? 유시민이 생글생글 웃는 낯으로 그렇게 또박또박 따지면서 자기의 논리적인 허점을 파고들어 결국 두 손 두 발 다 들게 만들 때 어떤 느낌이었을까? 몰랐던 사실을 새롭게 깨닫는 즐거움을 느꼈을까? 그래서 자기를 새로운 각성의 장으로 이끌어준 유시민을 고맙게 생각했을까? 논리적으로뿐만 아니라 정서적으로, 혹은 인간적으로, 혹은 더 나아가 그 모든 것을 통틀어서 '전적으로' 유시민에게 공감했을까? 아니면, 무식함이라는 자기의 약점을 파헤쳐서 자존감을 무너뜨린 '싸가지 없는' 유시민을 생각하며 이를 갈까? 집에 돌아가서 그날 저녁에 혹은 제법 많은 나날이 지난 뒤의 어느 날에 설거지를 하다가 문득 유시민을 떠올릴 때 혹은 텔레비전에서 그의 얼굴을 보거나 이름을 들을 때, 그 여성은 과연 무슨 생각을 할까?

어느 초등학교 앞의 문방구에서 만난 그 여성 유권자가 제18대 국회의원 선거에서 유시민을 지지했을지 어쨌을지는 알 수 없다. 그러나 선거 결과는 유시민의 패배였다. 유시민이 33퍼센트 가까운 득표율밖에 기록하지 못했지만 주호영이 65퍼센트가 넘는 압도적인 득표율을 기록하며 당선된 것이다. 설령 그날 문방구 앞의 그 사람이 유시민을 지지하지 않았다고 하더라도, 패배를 그 여성 유권자의 탓으로 돌릴 수는 없는 일이다. 8년 뒤인 2016년에야 김부겸이 대구에서 민주당 소속으로는 31년 만에 국회의원이 될 정도로 대구는 보수당의 철옹성이었으니까 말이다.

* * *

사람이 어떤 결정을 내릴 때 이 사람이 의존하는 것은 논리일까, 감정(혹은 무의식, 이미지)일까? 반대로, 사람이 누군가를 설득하려고 할 때 논리와 감정 가운데 어느 쪽에 의존하는 게 효과가 있을까?

일단 분명한 사실은, 초등학교 앞에서 만난 유권자를 대할 때 유시민은 논리가 효과적이며 정확한(그래서 올바른) 방식이라고 믿고 또 그 믿음에 따라서 행동해 왔다는 점이다. 가까이 있는 미소나 친근한 감정보다 멀리 있는 논리에 의존했다.

그러나 이게 최선이었을까? '너무 오래 이래저래 살다 보니 이런 일도 생기는구나.'라는 특이한 묘비명으로 유명한 영국의 어떤 작가는 이렇게 썼다.

"이성적인 사람은 자신을 세상에 맞추지만, 이성적이지 않은 사람은 세상을 자기에게 맞추려고 노력한다. 그러므로 모든 발전은 이성적이지 않은 사람들에 의해서 좌우된다. 이성에 귀를 기울이는 사람은 길을 잃어버린다. 왜냐하면, 이성은 자기를 제어할 정도로 마음이 충분히 강하지 않은 사람은 모두 노예로 만들어버리기 때문이다."(*https://archive.org/details/mansuperman-comed00shawrich/page/238/mode/2up.)

아일랜드 출신의 극작가이자 사상가인 조지 버나드 쇼다. 희곡 〈사람과 초인(Man and Superman)〉이 실린 동명의 책(1903년)에는 (그가 40대 중후반에 낸 책이다) "혁명가들을 위한 잠언"이라는 20쪽 분량의 '책 속의 책'이 있다. 온갖 개념과 감정을 짤막하게 (가끔은 길게) 정의하는 이 잠언집에서 버나드 쇼는 이성을 그렇게 설명했다. 세상을 발전시키는 것은 비이성이니까 이성에 목을 매지 말라고, 그랬다가는 이성의 노예 신세를 면치 못한다고.

〈인간의 품격〉과 〈두 번째 산〉의 작가 데이비드 브룩스도 〈소셜 애니멀〉에서 합리주의의 실패를 다음과 같이 지적했다. 합리주의는 지식을 습득하거나 이 지식을 이용해서 어떤 판단을 할 때 이성적 추론 능력을 가장 중요시하고 신뢰하는 태도이다.

합리주의적 방법론은 인간의 의식적인 인식(2차적 인식)을 매우 높이 치면서 무의식적인 인식(1차적 인식)의 영향력을 전혀 깨닫지 못한다. 전자는 눈으로 보거나 양을 측정하거나 형식화하고 이해할 수 있는 것이고, 후자는 구름과 같아서 비선형적이며 보기 어렵고 형식화할 수 없는 것이다. 그런데 합리주의자는 자기가 가지고 있는 방법론으로 측정할 수 없는 정보는 모두 내쳐버리는 경향이 있다.(*<소셜애니멀>, 데이비드 브룩스, 흐름출판, p. 339.)

그래서 합리주의만으로는 세상을 올바르게 인식할 수 없다는 말이다.

현대의 심리학에서도 이런 태도가 틀리지 않음을 확인한다. 심리학자 조너선 하이트는 '직관이 먼저이고, 전략적 추론은 그다음이다.'라는 명제를 심리학의 첫 번째 원칙으로 설정한다. 도덕적 직관은 도덕적 추론보다도 훨씬 앞서 일어나며, 그 뒤에 일어나는 추론도 처음의 이 직관에 이끌리는 것으로 바라보았다. 그러면서 그는 어느 인지심리학자의 심리실험 결과의 요약정리를 인용한다.

인간은 판단이 내려지면 (이 판단 자체도 뇌 속의 비의식적인 인지 장치를 통해 일어나기 때문에 옳을 때도 있고 옳지 않을 때도 있다) 그 근거를 하나둘 만들어내 그것들이 자신이 내린 판단의 설명이 된다고 믿는다. 그러나 그 근거라는 것들은 사실(해당 주장에 대한) 사후 합리화에 지나지 않는다.(*<바른마음>, p. 97.)

그런데 이성적인 논리라면 벌컨족이 은하계에서 단연 최고이다. 물론 <스타트렉> 이야기이다. 벌컨족 출신인 스팍 부함장도 하이트의 인용을 지지한다.

〈스타트렉〉 시리즈에 등장하는 벌컨족은 감정을 최대한 자제하고 오로지 이성적인 논리로써만 문제를 바라보고 또 해결한다. 본래 매우 흉포하고 감정적이라 내전이 잦았던 종족이었으나 내전을 끝내고자 하는 선지자의 등장으로 어떤 극한의 상황에서도 냉정한 판단력을 가지게 되었다고 한다. 그런데 스팍 부함장은 어머니가 인간인 까닭에 가끔은 감정을 이성보다 앞세우기도 하지만, '비논리적이군'이라는 말을 입을 달고 다닐 정도로 논리적인 인물이다.

〈스타트렉 6 - 미지의 세계〉에서는 여성 벌컨인 발레리스가 등장한다. 반역의 음모가 진행되고 우주의 평화가 깨지며 일촉즉발의 전쟁 위기가 전개되는 가운데, 스팍의 휘하 장교인 발레리스가 스팍의 방으로 찾아오고, 두 사람은 대화를 나눈다. 스팍은 모르는 사실이지만, 발레리스는 이미 반역의 음모에 가담하고 있다.

발레리스 : (벽에 걸린 그림을 보고) 이 그림이 뭘 표현하는지 저는 모르겠습니다.

스팍 : 고대 지구의 신화를 묘사한 그림이야. 낙원에서의 추방이라고…

발레리스 : 왜 이걸 걸어두셨죠?

스팍 : 모든 것의 종말이 그럴 것 같아서.

발레리스 : 저도 종말에 대한 말씀을 드리려고 합니다.

스팍 : …

발레리스 : 저는 부함장님을 지식인이라고 생각합니다.

스팍 : …

발레리스 : 부함장님도 은하연방의 현 상황이 전환점에 이르렀단 걸 아시

죠?

　스팍 : 역사는 전환점에서 더욱 풍성해진다네 중위. 신념을 가지고 기다려.

　발레리스 : 신념이요?

　스팍 : 우주가, 정해진 자기 운명대로 전개되리라는 걸 말이야

　발레리스 : 하지만 그게 논리적인가요?

　스팍 : 논리, 논리, 논리... 논리는 지혜의 시작이지 끝이 아니야.

　그렇다. 논리는 지혜의 시작이지 끝이 아니다.

　그러나 노무현 대통령과 그의 동반자 유시민은 이 진리에 소홀했다. 두 사람을 공격하려고 벼르던 집단(정파, 계파)들은 논리적인 직설화법이 안고 있는 허점을 파고들어서 싸가지 없다고 또 천박하다고 공격했다. 한국 영화에서 신파조의 '장엄한' 말투가 실제 현실의 '천박한' 구어체로 바뀐 것이 1990년대 중반이었지만, 2000년대 중반의 정치권에서는 아직도 여전히 신파조의 세상에 머물러 있기에 가능한 일이었다.

합리주의가

계몽주의의

함정에 빠질 때

우선 피터 웨이슨이라는 심리학자가 1960년에 런던대학교에서 했던 실험 하나를 소개하겠다.

실험 진행자가 피실험자에게 '2, 4, 6.'이라는 세 개의 숫자 조합을 제시한다. 그리고는 이 세 숫자가 따르는 어떤 단순한 규칙을 알아내라고 말한다. 단, 확신을 가지고 최종적인 답을 말하기 전까지 피실험자는, 어떤 수의 조합이든 실험 진행자에게 제시해서 그 조합이 문제의 그 규칙에 맞는지 얼마든지 물어보고 확인할 수 있다. 시간제한도 없다.

자, 독자도 한 번 정답을 맞춰보기 바란다. '2, 4, 6.' 숫자 조합의 규칙은 무엇일까? 의외로 쉽다. 답은 뒤에서 말해 주겠다.

* * *

    이성의 힘과 인류의 무한한 진보를 믿으며 현존 질서를 타파하고 사회를 개혁하려는 데 목적을 두었던 시대적인 사조. 계몽주의를 사전에서는 이렇게 설명한다. 합리주의는 비합리적이거나 우연적인 것을 배척하고 이성적·논리적·필연적인 것을 중시하는 태도라는 말이다.

    노무현 대통령은 누구보다 토론과 절차를 중요하게 여겼다. 아무리 의견이 다른 집단이라고 하더라도 제대로 된 토론과 절차의 과정을 거치기만 하면 사회 전체 구성원이 만족하게 동의하는 결론이 도출될 것이고, 그만큼 사회는 성숙해지고 발전할 것이라고 믿었다. 그러나 한국 사회(정치권과 국민)는 그렇게 움직이지 않았고, 대통령은 임기 내내 좌절했다. 참여정부 시절에 청와대 정책실장을 역임했던 김병준이 2015년에 회고하는 노무현의 모습을 보자.

> 무엇이 그를 이토록 깊은 좌절로 몰아넣었을까? (...) 더 큰 문제는 오히려 시민사회로부터 왔다. 애초부터 그는 권력이 아닌 시민사회와의 합리적 교감을 통해 국정을 운영하고자 했다. 제대로 소통하면 시민들의 합리적 이성이 작동하리라 믿었다. 그러나 이게 잘되지 않았다. 여기저기 합리적 이성이 아닌 맹목적 지지와 맹목적인 반대가 난무했다. 그리고 정치는 이 맹목적인 사람들을 선동하고 동원하기에 바빴고, 언론과 지식인들 또한 의미 없는 질문과 답을 주고받으며 이러한 선동과 동원을 묵인하거나 받쳐 주었다. 어찌 보면 자괴감도 들었을 것이다. (...) 그러나 그는 어쩔 수 없는 계몽주의자였다. 시민들

의 합리적 이성에 대한 기대를 끝까지 버리지 않았다. 퇴임 전후에도 참여정부 평가포럼을 만들어 지지자들을 공부하는 사람들로 만들고 싶어 했고, 지식인과 시민들 간의 합리적 토론을 위한 '민주주의 2.0' 사이트 구축에 심혈을 기울이기도 했다.(*<동아일보> , "노무현의 좌절", 2015. 6. 9.)

지도자가 계몽주의자라고 해서 잘못될 이유는 없다. 그러나 지도자가 계몽주의에 빠지면 문제가 생긴다. 계몽주의는 기본적으로 불균형을 전제로 하기 때문이다. 소통이 균형적으로 진행되지 않고 일방적으로 진행되면 불통이 된다.

유시민도 2009년 3월에 〈후불제 민주주의〉를 낸 직후에 (이 시점은 노무현 전 대통령이 비극적인 선택을 하기 두 달 전이다) 한 언론과 가진 인터뷰에서, 노무현 대통령 임기 말을 회상하면서 대통령이 자기에게 "유 장관, 일부러 그러려고 했던 적은 없는데 어떻게 하다 보니 결과적으로 계몽주의에 빠지는 오류를 저질렀던 것 같아."라고 말했다고 했다.

이때 유시민은 "계몽주의란 국민이 원하는 것을 원하는 방식으로 해 주기보다는 지도자가 국민에게 필요하며 또 옳다고 생각하는 것을 하는 데 집착하는 것으로 해석한다."는 말도 덧붙였다. 이런 맥락에서 유시민은 참여정부와 노무현을 다음과 같이 평가했다.

참여정부는 다수 국민의 지지를 얻지 못했고, 참여정부의 노선을 계승할 수 있는 정당 또는 정치 세력을 남기지 못했다.

(...) 노무현 대통령은 자유주의자답게 권력의 힘이 아니라 말과 논리로 국

정을 운영하려 했다. 노 대통령은 '재래식 살상무기'를 버리고 스스로 무장을 해제한 가운데 전쟁에 나섰다. 검찰, 국정원, 감사원, 국세청을 모두 청와대에서 독립시켰고, 야당과 보수 세력의 거센 정치공세에 시달리면서도 '재래식 무기'를 사용하지 않았다. (...) 말에만 의존하는 대통령의 리더십 스타일은 정치적 적대세력의 집중적 타격목표가 되었고, 그러면서 국민과 정부의 커뮤니케이션이 이루어질 수 있는 정서적 토대가 파괴되었다. 국민과 직접 대화할 통로가 부족한 가운데 대통령의 모든 말이 거두절미 왜곡되어 보수 세력의 '정권살상용 실탄'으로 재활용되었다. 마치 변변한 방어용 무기 없이 전쟁에 나선 지휘관처럼 대통령은 보수 신문과의 '전쟁'에서 참패했고, 참여정부는 이로 인한 정서적 고립에서 벗어나는 길을 찾지 못한 가운데 끝이 났다."(*<한겨레>, "이명박 정권, 문명 역주행 슬프다", 2009. 3. 14. 강조는 저자.)

참여정부와 노무현 대통령이 (그리고 참여정부의 실세이자 '노무현의 정치적 경호실장'이었던 자기 자신이) 계몽주의의 함정에 빠지고 만 것을 보수 세력 특히 보수 언론의 문제라고 유시민은 지적한다. 맞는 말이긴 하지만, 전적으로 맞는 말은 아니다. 이성에만 의지하는 합리주의가 놓치는 부분이 분명 있기 때문이다. 유시민이 2008년 국회의원 선거 유세 때 대구의 한 초등학교 문방구 앞에서 만난 여성 유권자를 설득하지 못하게 만들었던 바로 그 부분이다.

최인훈의 시 "코끼리와 시인"이 일러주듯이, 유시민은 합리주의적 이성으로 무장한 철학자였지만 감성적으로 소통하는 시인이 아니었기 때문이다.

장님들이 코끼리를 만져보았다.

한 장님은 코끼리는 기둥같이 생겼다고 말했다.

다른 장님은 코끼리는 큰 배처럼 생겼다고 말했다.

나머지 장님은 코끼리는 가는 뱀처럼 생겼다고 말했다.

이 장님들은 저마다 코끼리의 다리, 배, 꼬리를 만져보고 그렇게 말한 것이다.

우리가 잘 아는 이야기다.

만일, 이 코끼리를 '삶'이라 부르기로 하자.

개별 과학이란 것은 저마다 자기가 택한 테두리 안에서 삶을 본다.

모든 것을 보지 않는다는 것이 개별 과학이 본질이다.

아무리 정밀할망정, 과학은 전체적인 접근을 스스로 삼간 데서 오는 부분성을 벗어나지 못한다. 만일 과학이 이 사실을 잊어버리고 그것 자체가 전체적인 인식인 것처럼 생각한다면 그 과학은 이 이야기의 장님들과 마찬가지로 지나친 것을 주장하는 것이 된다.

철학자라고 하는 사람을 코끼리 앞에 데려왔다고 하자.

그는 뜬눈으로 코끼리를 보는 사람에다 비유할 수 있다.

그는 덩치 큰 짐승이라고 볼 것이다.

철학자는 '삶'을 전체적으로 관련시켜서 본다.

그런데 또 한 사람이 와서 코끼리를 보았다고 하자.

그는 코끼리가 먼 나라에서 와서 먹이를 먹지 못하여 병들어 있고 눈물을 흘리고 있는 것을 보고 자기도 눈물을 흘렸다고 하자.

이 사람을 우리는 시인이라 부른다.

그는 코끼리를 관찰하거나 생각한 것이 아니고 느낀 것이다.

그는 코끼리가 되었던 것이다.

이것이 이 세상에서 시인이라 불리는 사람들이 하는 일이다.(*"코끼리와 시인" 전문. <바다의 편지>, 최인훈, pp. 490-491. 이 시는 2010년에 출간된 수필집 <유토피아의 꿈>에 실렸다. 강조는 저자.)

아주 오래전, 소규모 공장 밀집 지역이던 구로동의 한 야학에서 느꼈던 그 풋풋한 첫사랑, 끝내 짝사랑으로 끝나고 말았던 ('민중 속에서, 민중과 함께'라는) 그 첫사랑의 따뜻하던 마음이, 오랜 세월 그가 지식인으로서의 의무를 다하며 냉정한 이성의 칼날을 날카롭게 벼리는 동안, 온통 차가운 논리로 단단하게 굳어 버렸기 때문은 아니었을까?

* * *

앞서 제시한 '2, 4, 6.'이라는 숫자 조합의 규칙은 무엇일까?

이 실험에서 대부분의 피실험자가 다음 두 가지 방식 가운데 하나로 대응했다고 한다. 먼저 '4, 6, 8.'을 제시해서 실험 진행자는 규칙을 따르는 배열이 맞다고 하면 피실험자는 계속해서 '6, 8, 10.'이라고 말하고 다시 실험 진행자는 규칙을 따르는 배열이 맞는다고 하면 피실험자는 그 규칙은 "2씩 더해나가는 수의 배열"이라고 최종적인 답을 제시했다. 혹은 '3, 6, 9.'와 '4, 8, 12.' 등으로 "첫 숫자의 배수들의 배열"이라고 답을 제시했다.

그러나 실험 진행자가 설정했던 규칙은 "점점 커지는 숫자들"이었다. 피실험자 A와 피실험자 B가 제시한 숫자열들은 그 규칙에 맞았지만, A와 B가 제시한 규칙은 정답은 아니었다. 이 실험에서 정답을 찾아낸 사람은 다섯 명에 한 명꼴이었다고 한다.

이 단순한 규칙을 피실험자들은 왜 찾아내지 못했을까?

자기가 생각하던 것이 옳다고 판단하고 그 옳음을 입증하고자 했기 때문이다. 자기가 틀릴 수도 있음을 전제하고, 자기가 틀렸음을 입증하길 꺼렸기 때문이다. '2, 3, 4.'라는 숫자 조합이 규칙에 맞는지 물어보기만 했어도 규칙을 찾아낼 수 있었지만 그렇게 하지 않았던 것이다. 피터 웨이슨이 만든 용어로 말하면, 피실험자들이 확증 편향에 빠져 있었기 때문이다.(*피터 웨이슨의 실험 관련 내용은 〈문샷〉(오잔 바롤, RHK)에서 발췌했다.)

계몽주의의 함정은 자기가 틀렸음을 인정하지 않을 때 치명적으로 작동한다. 누군가가 말했듯이, 자기 주변에는 고양이가 없다는 믿음을 고집하는 쥐는 언젠가 고양이에게 잡아먹히고 만다.

'시민광장'과

<대한민국 개조론>

　　임기 말로 다가가면서 대통령이 보수 신문과의 '전쟁'에서 무참하게 깨지고, 거기에 따라서 참여정부가 정서적 고립에서 헤어나지 못하자, 노무현의 지지자들은 노무현의 영혼의 동반자로 불리던 유시민을 중심으로 강하게 결집하기 시작했고, 이 움직임은 그의 팬클럽 '시민광장' 결성으로 이어졌다. 유시민의 보건복지부 장관직 사임이 예상되던 때였다. 17대 대통령선거를 다섯 달 앞두었던 2007년 5월 7일에 인터넷에서 공개적으로 팬클럽 결성이 제안되었고, 5월 19일에 '참여시민광장을 준비하는 사람들' 발족모임이 이루어졌다.

　　유시민은 5월 22일에 보건복지부장관직에서 사임했다. 그리고 자신의 '인터넷진지'에 자기를 지지하는 네티즌에게 인사를 했다.

　　(*그의 인터넷 웹페이지였던 http://www.usimin.net는 지금 존재하지 않는다.)

네티즌 여러분, 안녕하십니까. 국회의원으로 돌아온 유시민입니다.

긴 출장에서 돌아온 느낌입니다. 보건복지부 장관으로서 국민을 섬길 수 있었던 지난날들, 때로는 힘들었지만 행복했습니다. 여러분을 실망시키지 않으려고 있는 힘을 다했습니다. (...) 당분간 책 쓰는 일에만 매달리겠습니다. 신문 정치면에서 등장하는 일은 아마도 없을 것입니다. 건강하십시오. 2007년 5월 22일 국회의원 유시민

그러면서 그는 도종환의 시 "슬픔에게"도 함께 올렸다.

> 슬픔이여 오늘은 가만히 있어라
> 머리칼을 풀어 헤치고
> 땅을 치며 울던 대숲도
> 오늘은 묵언으로 있지 않느냐
> 탄식이여 네 깊은 속으로
> 한 발만 더 내려가
> 깃발을 내리고 있어라 오늘은
> 나는 네게 기약 없는 인내를 구하려는 게 아니다
> 더 깊고 캄캄한 곳에서 삭고 삭아
> 다른 빛깔 다른 맛이 된 슬픔을
> 기다리는 것이다.(*<슬픔에게> 전문)

슬픔을 누르고 탄식조차 아껴서 패배의 수렁에게 빠져나오겠다는,

그래서 승리로 나아갈 반전의 계기를 마련하겠다는 다짐이었으리라.

그로부터 사흘 뒤인 5월 25일에 아직 정식으로 문패를 달지 않은 인터넷 '시민광장'에 유시민이 가입 인사를 올렸다. 이 웹페이지에는 6월 9일에 공식적으로 창립하는 '유시민을 믿고 지지하는 참여시민 네트워크 참여시민광장' 참여 및 행사 준비를 독려하는 안내문이 걸려 있었다.

> "열린 광장에서, 모든 관중이 스스로 작가, 감독, 배우로 뛰어들어 집단 창작, 집단 연출, 집단 연기하는 마당극을 서로 보는 곳, 참여민주주의의 모든 소비자가 스스로 생산자가 되어 생활과 참여의 담론을 공동 생산하고 공동 소비하는 직거래 장터, '참여시민광장'을 만들고 있습니다."

그때부터 창립 때까지 격문과 지지 글이 잇달아 '시민광장'으로 올라왔다. 그 가운데 하나를 소개하면 다음과 같다.

> (...) 유시민을 시민광장으로 올 수 있도록 우리가 그 판을 만들고 세력을 만들어야 합니다. 여러분들도 느끼고 있잖아요. 2007년 유시민이 아니라면 노무현의 시대정신을 따라갈 수 없다는 것을 아시잖아요. 그냥 속으로 생각만 하지 말고 발로 차고 가슴을 열고 나오세요. 우리의 동력으로 우리의 힘으로 첨맘(*유시민의 당 홈페이지 닉네임. 나중에 '시민광장'에서도 같은 닉네임을 쓴다)님을 광장으로 오게 해야 합니다.
>
> (...) 2002년에 노무현이 흔들릴 때 절필선언을 하고 유시민은 나왔습니다. 선봉에 섰습니다. 그리고 항상 돌팔매를 맞으면서 앞에서 노무현 대통령님의

대의를 따라갔습니다. 지금 이 시점에 유시민을 위해 화염병을 드는 마음으로 나갈 사람은 누구인가요?

(...) 노무현의 시대정신과 권력을 버릴 줄 아는 그런 용기는 아무나 있는 게 아닙니다. 대통령이 나이가 젊으면 하지 못합니까? (...) 다른 사람들은 캠프가 차려져 있다고 들려오는데, 첨맘 님은 혼자 외로이 칩거중입니다.

(...) 우리가 모여서 유시민의 마음을 움직여야 합니다. (...) 시작은 우리 마음속에 있습니다. 뜻을 따라서 우리 갑시다. 함께 갑시다.(*http://www.usimin.co.kr/5153.)

그리고 6월 9일을 기점으로 전국에서 지역별로 지부 광장이 속속 창립했다. 이들의 바람은 참여정부의 대의와 원칙을 '참여정부 실패론'을 외치는 사람들로부터 지켜내는 것이었다. '시민광장'에 집결한 지지자들이 유시민에게 대통령에 출마하라고 외치는 목소리는 점점 커졌다. 지지자들은 유시민의 대통령 출마가 참여정부의 대의와 원칙을 올바르게 지켜나가는 것이라고 보았다.

그리고 유시민이 장관직에서 사임한 직후부터 매달렸던 저술 작업이 〈대한민국 개조론〉이라는 이름으로 세상에 나왔다. 7월 초였다. 원고가 마감된 것은 6월 말이었다. 그러니까 유시민은 팬클럽 '시민광장'의 열기가 뜨겁게 달아오르는 것을 지켜보면서 이 책을 썼던 것이다. '다시 화염병을 들고 바리케이드로 뛰어든' 뒤로 5년 만이었다. 그리고 제17대 대통령선거일인 12월 19일을 다섯 달 앞둔 시점이었다. 바로 이 시점에서 그는 신간 출간 인터뷰를 하면서 인터뷰어와 이런 문답을 나누었다.

- 굴원의 <어부사>에 나오는 '창랑의 물이 맑으면 갓끈을 씻고 창랑의 물이 흐리면 발을 씻으리라'라는 구절을 (책 맨 앞의) 제사로 쓰셨는데요, 특별한 의도가 있었나요?

"굴원은 중국 문학사의 3대 거성인데, 나중에 돌덩어리를 껴안고 멱라수에서 자살합니다. 물이 탁하면 발 씻는 기분으로 산다고, 굴신할 필요 없다고 했는데, 그마저 견딜 수가 없어서 자살합니다. 세상의 탁함이 발을 씻을 정도도 안 되었다는 겁니다. 굴원이 어떤 심정이었을까요? 나는 지금까지 세상과 불화해 왔고, 마이너리티라고 생각해 왔습니다. 내가 세상과 부딪쳐 보는 거죠. 나는 내 소신대로 간다. 그런데 세상이 발 씻을 물 정도도 안 된다면 굴원처럼 되겠죠. 죽는다는 이야기는 아니지만요, 버림받고 쓸쓸히 지내도 좋다는 그런 마음입니다."

- 정치를 한다는 건 결국 실패할 가능성을 안고 가는 거 아닌가요?

"그렇죠. (...그러나) 바꾸는 것이 목표니까 리스크가 수반되지 않는 일은 나한테는 아무 의미가 없는 일이에요. 부딪쳐보는 거죠."(*http://ch.yes24.com/Article/View/13436)

이 시점에 이미 그는 (조건만 갖추어진다면) 대통령 후보 경선에 나서기로 마음을 굳히고 있었다. 아닌 게 아니라, 적어도 <대한민국 개조론>의 에필로그를 마무리하던 6월 말에는 이미 그렇게 결심했을 것이다. 그는 국가의 발전 전략을 담은 이 책이 현실성이 없다고 썼다. 이 전략을 관철할 수 있는 정치 세력이 있어야 하는데, 그게 없으니 그저 공론이 될 수밖에 없는 것 아니냐고 했다.

과거 열린우리당 지도부는 당과 미리 협의하지 않았다는 이유로 대통령이 만든 "비전 2030"을 거부했습니다. '세금폭탄론'을 펼친 보수 담론의 헤게모니에 싸워 보지도 않고 굴복한 것이죠. 오늘 현재, 선진통상국가론과 사회투자국가론을 양 날개로 하는 <대한민국 개조론>을 받아줄 독립적인 정치 세력은 존재하지 않습니다. (...) 민주노동당은 낡은 복지국가론을 고집하고 있습니다. 한나라당은 토목건설공사를 국가 비전으로 내세우는 철 지난 성장주의 이데올로기를 다시 들고 나왔습니다. 열린우리당은 흉가로 변해가는 중이고 (...) 궁하면 통한다는 말도 있으니, 무언가 통할 방법을 더 찾아보도록 하겠습니다.(*<대한민국 개조론>, pp. 264-265.)

바로 이 시점에 유시민의 전망과 사명감에 공감하는 사람들이 '시민광장'에 결집해서 스스로 정치 세력이 되겠다고 다짐하는 행렬이 이어졌고, '궁하던 가운데 통하는 방법'이 마련된 셈이었다. 그래서 유시민은 나섰다. 8월 18일 그는 대선 출마를 선언했다. 장소는 '시민광장'이 일산 국제무역전시장(킨텍스)에서 개최한 "1만 유티즌 전국 대번개" 행사에서였다. 당시의 현장 모습을 한 매체는 다음과 같이 보도했다.

그는 대선 출마의 전제조건으로 지지자들에게 5개 항목의 약속을 받아내는 이례적인 과정을 거쳐 출마선언을 했다. 그는 △저에 대한 출마요구가 여러분 자신의 이익이 아닌, 대한민국의 발전과 국민의 행복을 위해서인가 △정정당당한 선거운동만 할 것인가 △패배한 후보들의 견해를 수용해 정책을 수정할 권한을 줄 것인가 △1등을 못하면 정통성 있고 제대로 된 정책 노선을 가진 후보와 단일화를 해도 되겠는가 △대통령이 되면 패배한 후보의 정책을 수용할 수 있게 해 주겠는가, 라고 물은 뒤 지지자들이 환호로 답하자 "17대 대한민국 대통령 후보로 출마하겠다'고 말했다.

한편 이날 행사에선 20·30대 위주의 지지자 2,500여 명이 종이비행기를 날리며 분위기를 띄웠고 이날 창단한 '유빤(유시민 밴드)' 공연과 함께 행사장에서 박수치며 노래하는 등 '노사모' 행사와 흡사한 들뜬 분위기를 만들었다.(*<연합뉴스>, "유시민 대선 출마 선언", 2007. 8. 18.)

이 자리에서 유시민은 세 개의 정책 비전을 제시했다. 그것은 지구촌 전체를 무대 삼아 발전하는 선진 통상 국가, 국가가 국민 개인의 능력을 키우는 데 총력을 기울이는 사회 투자 국가 그리고 국제 사회의 존경을 받는 평화 선도 국가. 이 셋은 한 달 전에 출간했던 〈대한민국 개조론〉에서 주장한 바로 그 내용이었다. 참여정부에서 자기 오른쪽 진영 및 왼쪽 진영을 상대로 또 언론을 상대로 싸우면서 주장했던 바로 그 내용, 참여정부와 노무현 대통령의 가치와 원칙을 지키겠다는 '시민 광장'의 지지자들이 소리 높여 지지하던 바로 그 내용이었다. 그 열기를 동력 삼아서 유시민은 '대한민국 개조론'을 가슴에 품고 다시 한번 더 바리케이드 안으로 뛰어들었다.

아닌 게 아니라 그는 〈대한민국 개조론〉의 프롤로그에서, 조선시대 영남 사리의 거두였던 남명 조식이 목숨을 걸고 임금에게 정치의 바른 길을 제시했던 상소인 "단성소"를 올렸던 마음으로 대한민국의 발전 전략인 '대한민국 개조론'을 제안한다고 썼다. '창랑의 물이 맑으면 갓끈을 씻고 창랑의 물이 흐리면 발을 씻으리라'라는 "어부사" 구절을 책의 맨 앞에 내걸었던 이유도 바로 거기에 있었고, 그 결기가 지지자들을 결집시켰다. (그러나 어부사 구절을 받아들이는 이 태도는 나중에 정계 은퇴를 선언하는 무렵에 달라지는데, 이 내용은 5장의 "책임과 욕망 사이에서"에서 살펴본다.)

그러나 경선 과정은 쉽지 않았다. 유시민이 내놓은 정책 비전에 대해서 당 안팎에서 그리고 진보 진영 내에서도 비판의 목소리가 높았다.(*이 비판의 목소리에 대해서는 3장의 '네모난 동그라미'를 참조하라.) 특히 대한민국 발전 전략의 정책 비전의 일환으로 새만금에 골프장 100개를 짓겠다고 공약했을 때 그 비판의 목소리는 더욱 커졌다. 특히, 2002년에 비판적 지지의 한 축이 되어주었던 민주노동당의 노회찬 의원은 개인적으로 이런 논평을 냈다.

"유시민 의원의 개혁성과 읍소를 믿고 2002년 대선에서 민주노동당 지지를 철회하고 노무현 대통령을 선택했던 분들의 허탈함과 배신감을 유 후보는 어떻게 감당할 것인가?"

여당에서 대통령 후보가 정해지는 과정에서 기존의 당이 깨지고 새로운 당들이 생겨나고 다시 통합하는 등의 어지러운 과정이 이어졌고, 이 속에서 유시민은 이해찬을 지지하며 사퇴했다. (사퇴일은 출마 선언을 한 지 채 한 달이 되지 않던 9월 5일이었다.) 그리고 정동영과 손학규 그리고 이해찬 가운데에 정동영이 최종적으로 대통합민주신당의 후보로 선출되었다. 당시에 친노는 이미 훈장이 아니라 멍에였기 때문에, 이해찬의 패배는 일찌감치 예견되어 있었다.

1987년의 6월민주항쟁을 가능하게 만들었던 동력이 그로부터 20년이 지나자 갈기갈기 찢어진 채 흩어져 있었다. 지리멸렬... 그러나 이 것은 진보 진영의 덩치가 커지면서 그만큼 스펙트럼이 넓어지고 복잡해졌다는 뜻이기도 하다.

그리고 12월 19일의 대통령 선거는 이명박 후보의 압도적인 승리로 끝이 났다.

노무현 대통령의 측근이던 안희정은 12월 26일 자기 홈페이지에 "우리는 폐족(廢族)입니다"라는 제목의 글을 올렸다. 폐족은 조상이 큰 죄를 지어 벼슬을 할 수 없게 된 자손을 뜻한다.

> (...) 모든 권력자가 청와대에 들어가면 한 몫 챙기는 부패 세력이 되고, 모든 집권 여당이 부패한 정치자금으로 집권 정당 세력의 통치력을 확보하던 그 시절을 우리는 마감시켰습니다. 최선을 다해 밤을 낮 삼아 최선에 최선을 다해 21세기 대한민국의 새로운 길을 찾으려 노력했습니다.
>
> (...) 그러나 우리의 이 노력이 국민과 우리 세력 다수의 합의와 지지를 얻는 것에 실패했습니다. (...) 지금은 무엇이 실패이고 무엇이 잘못되었단 말씀입니까 하고 항변하기 전에 동의와 합의를 통해 힘을 모아내지 못한 것에 대해 반성하고 새로운 대안을 찾기 위해 노력해야 할 시간입니다.
>
> (...) 아직 우리는 실컷 울 여유가 없습니다. 우리는 폐족입니다.

유시민은 다음해 1월 16일에 국회정론관에서 대통합민주신당 탈당을 선언했다.

(…) 지금 신당에는 '좋은 정당'을 만들겠다는 꿈을 펼칠 공간이 남아 있지 않고 제가 꿈꾸었던 '진보적 가치'가 숨쉴 공간이 너무나 좁아 보인다. (…) 경직되고 낡고 독선적인 진보정당이 아니라, 정체성이 모호해 어떤 정치세력도 대변하지 못하는 중도 정당이 아니라, 국민과 눈높이를 맞추는 유연한 진보 정당을 만들고 싶다. (…) 저로 인해 상처받거나 손해를 보았다고 생각하시는 모든 분들께 너그러운 아량과 용서를 구한다. 저도 원망은 물에 흘려보내고 제가 받았던 은혜는 돌에 새기겠다.

개혁국민정당과 열린우리당에 이은 세 번째 탈당이었고, 유시민을 비판하는 사람들이 '정당 깨기 전문가(정당 브레이커)'라고 조롱하는 경력의 빌미가 쌓이기 시작했다.

한편 이명박 정부는, 폐족을 자처하며 반성하고 새로운 대안을 모색하는 참여정부 인사들을 '멸족'하려고 전방위적으로 사정의 칼을 들이댔다. 그 칼의 끝은 최종적으로 노무현을 겨누었다. 유시민에게는 길고 힘든 마이너리티의 길이 기다리고 있었다.

마이너리티의

길

　2008년 2월에 이명박 정부(실용정부)가 출범한 뒤로 유시민이 걸었던 정치 여정을 정리하면 다음과 같다.

　2008년, 제18대 국회의원 선거에 출마해서 낙선했다.
　2009년, 노무현 대통령을 떠나보냈다.

　〈후불제 민주주의〉를 출간한 직후이던 2009년 3월에 유시민은 한 매체와 인터뷰를 하면서, 이명박 정권의 천박한 속물적 행태에 '슬픔과 노여움'을 느껴서 그 책을 썼다고 말했다.

　　이명박 정권에 대한 유 씨의 평가는 신랄하다. "대한민국 헌법이 담고 있는 민주공화국 정신과 국민 기본권을 파괴"하는 "문명 역주행"을 감행하는 현 정권의 "암울했던 독재시대를 재현하는 정치 권력의 천박한 속물적 행태"에 "우울감"을 넘어 "슬픔과 노여움"을 느끼고 있고 그게 '유시민의 헌법 에세이'라는 부제가 붙은 이 책을 쓴 이유 가운데 하나이다.(*<한겨레신문>, "이명박 정권, 문명 역주행 슬프다", 2009. 3. 14.)

그런데 이 말을 한 지 정확하게 70일 뒤에 그가 느꼈던 '슬픔과 노여움'은 압도적인 현실로 나타났다. 노무현 전 대통령이 '논두렁 시계'라는 보수 정권의 덫에 걸려들었고, 그는 진보 진영이 져야 할 짐을 혼자 짊어지겠다며 갑작스럽게 목숨을 던졌다. 슬픔과 노여움이라는 유시민의 예감이 적중하고 만 것이다. (자세한 내용은 3장의 [장면 5]를 참조해라.)

2010년 1월, 국민참여당(유시민, 천호선, 이재정, 이병완)을 창당했다.
2010년 6월, 경기도지사 선거에 나섰다.

"대한민국은 민주공화국입니다. 대한민국의 주권은 국민에게 있고 모든 권력은 국민에게서 나옵니다. 이것이 대한민국 헌법 제1조입니다. (...) 수백만의 시민이 촛불을 들고 거리에 나와 외쳐도 듣지 않는 대통령, 시민을 불태워 죽이고도 사과하지 않는 정부, 국민이 압도적으로 반대하는 4대강 사업을 밀어붙이면서 국가 재정과 지방 재정을 파산으로 몰아넣고 있는 정권을 독재정권이라 하지 않고 뭐라 부르겠습니까. 이명박 한나라당 정권의 무도한 행태는 말로 고칠 수 없습니다. 오로지 표로 심판하여 국민이 맡겼던 권력을 회수함으로써만 이명박 정권의 폭주를 멈추게 할 수 있습니다. 이것이 국민의 요구이며, 저는 이 요구에 부응하기 위해 경기도지사 선거에 출마합니다."(*유시민의 "경기도지자 출마선언문" 중에서>)

그러나 유시민은 낙선했다.

유시민을 비롯한 친노 후보들의 패배를 두고 한 매체에서는 이들을 통렬하게 비판했다.

> 서해성 : 선거 기간 중 국참당 포함한 친노 인사들이 써 붙인 "노무현처럼 일하겠습니다"라는 플래카드를 보면서 쓴웃음이 나왔어요. 이명박이 가진 폭압성을 폭로하는 데에는 '놈현'이 유효하겠지만, 이제 관 장사는 그만둬야 해요. 국참당 실패는 관 장사밖에 안 했기 때문이에요. 그걸 뛰어넘는 비전과 힘을 보여주지 못한 거예요.(*<한겨레>, "[한홍구-서해성의 직설] DJ와 노무현의 유훈 통치를 넘어서라", 2010. 6. 10.)

고인이 된 지 1년 조금 지난 전직 대통령을 두고 '놈현'이니 '관장사'니 하는 표현에 녹아 있는 노골적인 멸시에 유시민은 '분노보다 슬픔을 느끼며' 해당 신문사의 구독을 끊겠다고 트위터에 공개적으로 말했다. 그가 언론사를 상대로 할 수 있는 저항은 그것뿐이었다.

2011년, 국민참여당에서 12월에 통합진보당(유시민, 노회찬, 이정희, 심상정, 이재정) 창당으로 외연 확장을 마무리했다. 통합진보당은 민주노동당과 국민참여당 그리고 새진보통합연대가 통합한 당이었다.

존경하는 국민 여러분, 이제 하나가 되려 합니다.

(...) 진보의 통합이야말로 시대적 소명일 것입니다.

(...) 대한민국을 옥죄고 있는 낡은 정치 · 경제 · 사회 질서를 청산하고 더불어 잘 사는 세상, 어떤 권력도 국민 위에 군림하지 않고 누구도 시민의 자유를 침해하지 않는 대한민국을 만들 것입니다. 모든 국민이 최소한의 인간적인 삶을 영위하며, 일하는 사람들이 정당하게 대우받는 희망찬 복지국가를 건설할 것입니다. 노동자, 농민, 서민의 인간다운 삶이 보장되고, 사회적 약자와 소수자가 배려되며, 환경과 생태가 보전되는 공동체를 만들 것입니다.(*"통합진보정당 건설 추진 공동기자회견문" 중에서.)

그러나 아주 오래전 그가 제대한 직후에 세상을 바라보는 눈이 확연하게 다름을 토론을 통해 확인했으며 또 나중에 '이념의 도구나 노예'라고 그가 지칭하게 될(*〈어떻게 살 것인가〉, P. 275.) NL 계열의 민주노동당과 함께하기로 한 이 선택은 (이 동맹은 '적(이명박 정부)의 적은 우리 편'이라는 단순한 원리에 따른 것이었다) 그에게 나중에 '선거 조작의 책임자'라는 뼈아픈 낙인 및 커다란 후회와 상처를 안기고 만다. 2012년, 총선 비례 후보로 나섰다가 낙선한 것도 아팠지만, 그 뒤 당내에서 '비례 대표 후보 선거 총체적 부정 부실' 문제를 둘러싸고 벌어진 이른바 '통진당 사태'를 거치면서 당권을 둘러싼 갈등이 법적인 차원으로 비화하면서, 정치인으로서의 대의명분까지 훼손되는 아픔을 겪어야 했다. 2013년의 책 〈어떻게 살 것인가〉에서 그는 이 통진당 사태 경험을 다음과 같이 회고했다.

부정 경선 의혹을 처음 인지한 순간 나는 먼저 당원들을 떠올렸다. 다른 당원에게서 인증번호를 전송받아 대리 투표를 하는 모습, 투표하지 않은 당원들이 오프라인 투표소에서 투표한 것처럼 가짜 서명을 하면서 선거인 명부를 조작하는 모습이었다. 그들은 나쁜 사람들이 아니다. (...) 그들은 선한 의지를 품고 더 훌륭한 세상을 만들기 위해 진보정당에 참여했다. 그런데 정파를 가리지 않고 모두 반칙을 했다. 당도, 후보도, 당원들도 모두 훌륭함과는 거리가 먼 행동을 한 것이다.

운동도 정치도 하다 보면 성과를 얻기도 하고 얻지 못하기도 한다. 그러나 참여하는 사람의 행위를 비루하게 만든다면 그런 운동, 그런 정치, 그런 정당은 목표를 달성하는 경우에도 성공했다고 할 수 없다. (...) 그것은 훌륭한 운동이 아니다. 그런 운동은 사람을 이념의 도구로 만들 뿐이다.(*<어떻게 살 것인가>, pp. 278-279. 강조는 .)

그리고 2012년 9월에 통합진보당에서 탈당했으며, 10월에 진보정의당(유시민, 심상정, 노회찬, 조준호, 천호선. 2013년에 정의당으로 개명)을 창당했다. 정의당은 그가 개혁국민정당에서부터 시작해서 열린우리당, 대통합민주신당, 무소속, 국민참여당, 통합진보당을 거친 뒤로 2013년에 정치 은퇴를 선언하는 과정에 이르기까지 마지막으로 몸을 담는 정당이 된다. 그리고 몇 달 뒤인 2012년 12월 19일, 한나라당의 박근혜 후보가 대통령에 당선되는 것을 지켜보았다. 그는 트위터에 이런 글을 올렸다.

"모두들 애쓰셨습니다. 원했던 것은 아니지만 국민이 선택한 결과를 존중하며 받아들입니다. 문재인 후보를 성원하셨던 모든 분께 위로를 드립니다. 내일은 또 내일의 태양이 뜰 것입니다. 저는 당분간 '동안거'에 들어갑니다. 이 겨울도 지나갈 것입니다"

대통령 선거일에 맞춰서 영화 〈레미제라블〉이 개봉되었다. 10년 전이던 2002년에 유시민에게 '다시 화염병을 들고 바리케이드 앞으로 뛰어드는' 사건의 영감을 주었던 바로 그 뮤지컬을 영화화한 것이었다. 이 영화는 개봉일부터 폭발적인 호응을 받으며 흥행에 성공했다. 한 매체는 이 현상을 다음과 같이 분석했다.

"대선 직후 인터넷과 소셜 네트워크 서비스(SNS)에서의 반응은 이 영화가 정치적 좌절을 맛본 이들에게 심리적 카타르시스를 제공하고 있다는 점을 또렷하게 보여준다."(*<주간경향>, "젊은 층은 왜 영화 레미제라블에 열광하는가", 2012. 1. 2.)

영화에 나오는 "민중의 노래"의 마지막 가사는 '내일이 열려 밝은 아침이 오리라'였다. 그러나 유시민에게 그 내일은 전혀 다른 의미의 새로운 삶이 시작되는 날이었다. 내일 또 뜬다고 그가 말했던 '내일의 태양'은 어제의 태양과 전혀 다른 태양이었다.

...두 달 뒤인 2013년 2월 19일, 유시민은 트위터로 정계 은퇴를 선언했다.

"너무 늦어버리기 전에, 내가 원하는 삶을 찾고 싶어서 '직업으로서의 정치'를 떠납니다. 지난 10년 동안 정치인 유시민을 성원해 주셨던 시민 여러분, 고맙습니다. 열에 하나도 보답하지 못한 채 떠나는 저를 용서해 주십시오. 2013. 2. 20. 유시민."(*그가 이 트윗을 올린 날짜는 2월 19일이지만, 트윗에는 2월 20일로 적었다.)

2002년 8월 이후로 10년 6개월 동안 사람들의 환호와 야유가 동시에 빗발치는 그 살벌한 콜로세움에서 수행했던 검투사 노릇을 이제는 그만하겠다고 한 것이다.

정계은퇴 선언 직후인 2013년 3월에 출간된 책 〈어떻게 살 것인가〉에서 유시민은 '짐승의 비천함과 야수적 탐욕'(*〈청춘의 독서〉, p. 184.)으로 치열하고 격렬했던, 그리고 지리멸렬했던, 또 슬픔과 노여움과 무기력의 눈물로 범벅이었던, 2009년 이후 자기가 걸어왔던 정치 여정을 이렇게 평가했다.

시민들이 자발적으로 참여하는 강력한 제3의 정당을 만들어 기존의 지역주의 정당 지형을 허물고 정책 경쟁이 이루어지는 새로운 정치 시대를 열어야 한다. 나는 그렇게 생각했다. 그래서 정치인으로 성공하려고 하기보다는 낡은 정치 그 자체를 상대로 싸웠다.

(...) 나는 이 목표를 이루지 못했다. 내가 몸담았던 정당은 모두 사라지거나 좌초했거나 어려움을 겪고 있다. 나는 한국 정치에 대한 내 진단과 처방이 옳다고 확신하지만 그것이 꼭 옳다는 증거가 있는 것은 아니다. 설령 그것이 옳다고 할지라도 다수의 국민은 인정하지 않았다.(*<어떻게 살 것인가>, pp.

184-185.)

그리고 사람들로부터 폭넓은 공감과 신뢰를 얻지 못한 기본적인 이유를 이렇게 들었다.

> 문제의 핵심은 내 마음이었다고 생각한다. 나는 왕왕 의견이 다른 사람에 대해 적대감을 느꼈다. 남이 나를 있는 그대로 인정하고 존중해 주기를 원하면서도 남을 이해하려는 노력은 적게 했다. (...) 뜻이 아무리 옳아도 사람을 얻지 못하면 그 뜻을 이룰 수 없다.(*<어떻게 살 것인가>, p. 186. 강조는 저자.)

사람을 얻는 것, 사람을 있는 그대로 인정하고 존중하고 또 그렇게 이해하는 것.

이것은 바로 최인훈이 말했던, 코끼리를 바라보는 시인의 눈이 아닐까?

> (...)
> 철학자라고 하는 사람을 코끼리 앞에 데려왔다고 하자.
> 그는 뜬눈으로 코끼리를 보는 사람에다 비유할 수 있다.
> 그는 덩치 큰 짐승이라고 볼 것이다.
> 철학자는 '삶'을 전체적으로 관련시켜서 본다.
> 그런데 또 한 사람이 와서 코끼리를 보았다고 하자.
> 그는 코끼리가 먼 나라에서 와서 먹이를 먹지 못하여 병들어 있고 눈물을 흘리고 있는 것을 보고 자기도 눈물을 흘렸다고 하자.

이 사람을 우리는 시인이라 부른다.

그는 코끼리를 관찰하거나 생각한 것이 아니고 느낀 것이다.

그는 코끼리가 되었던 것이다.

이것이 이 세상에서 시인이라 불리는 사람들이 하는 일이다.(*최인훈의 시 "코끼리와 시인" 중에서. 강조는 저자.)

유시민은 '철학자'보다 더 깊고 총체적인 '시인'의 눈을 찾아서 다시 한번 더 자기의 밀실로 들어간다. '시인'이 되려는 50대 중반의 유시민이 붙들었던 화두는 '어떻게 살 것인가?'였다.

유시민이 인터넷에서 사용하는 닉네임(아이디)은 '처음 마음(초심)'을 줄인 '첨맘'이다. 그는 '첨맘'이라는 닉네임을 노사모 활동 때부터 사용했는데, 그 뒤로 줄곧 '첨맘'을 자기 이름으로 내걸었다. 노무현 대통령 후보를 지키기 위해서 '화염병을 들고 바리케이트 앞으로' 뛰어들었던 개혁국민정당 때에도 그랬고, 그의 팬클럽 카페인 '시민광장'에서도 그랬으며, 또 노무현이 멀리 떠난 뒤 국민참여당에 참여하면서도 그랬다. 이제 '시인'이 되려는 '첨맘' 유시민에게 그의 초심인 '사람 사는 세상' 혹은 그보다 훨씬 더 이전인 구로동 야학 시절 '민중 속에서, 민중과 함께'라는 첫사랑은 과연 어떤 모습으로 세상과 소통할까?

5장

어떻게 살 것인가?

나는
피리 부는 사나이

나는 피리 부는 사나이

걱정 하나 없는 떠돌이

은빛 피리 하나 갖고 다닌다

모진 비바람을 맞아도

거센 눈보라가 닥쳐도

입에 피리 하나 물고서 언제나 웃고 다닌다

갈 길 멀어 우는 철부지 소녀야

나의 피리 소릴 들으려무나 삘릴리 삘릴리

나는 피리 부는 사나이

바람 따라 도는 떠돌이

은빛 피리하나 물고서 언제나 웃는 멋쟁이

갈 길 멀어 우는 철부지 소녀야

나의 피리소릴 들으려무나 삘릴리 삘릴리

나는 피리 부는 사나이

바람 따라 도는 떠돌이

은빛 피리 하나 물고서 언제나 웃는 멋쟁이

송창식이 스물여덟 살이던 1974년에 발표한 노래 "나는 피리 부는 사나이"의 가사이다.

이보다 더 자유로워서 부러울 수 있을까?

이보다 더 비장해서 아름다울 수 있을까?

이보다 더 희망적이어서 매력적일 수 있을까?

1947년생인 송창식은 네 살 때 6·25전쟁을 만났다. 이 전쟁으로 아버지를 잃고 가난하게 자랐다. 그러다가 재능을 인정받고 예고에 입학했다. 군경 유자녀 혜택을 받긴 했지만 가난해서 레슨을 받지 못했다. 얼마나 가난했던지 잠도 학교 창고에서 잤다. 그러다가 중퇴해서는 기타 하나 달랑 들고 여기저기에서 노래 불러주면서 밥을 얻어먹고 노숙 생활을 했다. 그러다가 탁월한 노래 솜씨를 대중으로부터 인정받았고, 그 뒤로 줄곧 음악만, 오로지 음악만 하며 살았다. '나는 피리 부는 사나이'라고 읊조리던 스물여덟 살의 청년은 어느새 70대 중반의 나이가 되어버린 2020년이라는 수상한 시절에서도 여전히 피리를 불며 바람 따라 떠돌며 언제나 웃고 다닌다.(*〈송창식에서 일주일을〉, 박재현, 가쎄.)

* * *

정계은퇴를 선언하며 지식소매상으로 살기로 결심했을 때 유시민은 이런 '피리 부는 사나이'가 되고 싶지 않았을까? 피리 대신 책을 들고, 모진 비바람과 거센 눈보라를 이기며, 갈 길 멀어 우는 철부지 소녀를 위로하고 미래의 희망을 심어주는 언제나 웃는 멋쟁이로 남은 인생을 살고 싶다는 생각을 하지 않았을까? 글을 쓰는 일이야말로 누구 못지않게 잘할 수 있다고 자신했고, 또 무엇보다 글을 쓸 때에는 그 어떤 일을 할 때보다 행복했으니까 말이다. ...그런 짐작을 해 본다.

- 언제나 웃는 멋쟁이 피리 부는 사나이로 살려면, 작가인 나는 어떻게 살아야 할까? 무슨 내용을 책에 담아야 할까? 나의 어떤 것을 사람들에게 드러내야 할까?

이것은 '어떻게 다른 사람을 이해할 것인가, 그래서 다른 사람과 어떻게 관계것224

맺을 것인가?' 하는 질문이기도 했다.

책임과 욕망

사이에서

송창식이 "나는 피리 부는 사나이"를 발표했던 바로 그 나이 무렵이던 스물일곱 살의 유시민은 거리에서 민주화를 외치며 기쁨을 느꼈다고, 서른 살 유시민이 서른 살의 자서전 〈인간과 역사에 대한 희망을 갖기까지〉(1989년)에서 썼다.

> 86년 이후 나는 다시 행동으로 나섰다. 어두운 밤거리, 박종철 군 고문살해 사건을 규탄하는 유인물을 집집마다 배달하면서도, (을지로) 인쇄 골목의 삼엄한 감시망을 뚫고 유인물 박스를 빼내오는 숨 막히는 순간에도, 인쇄비를 마련하기 위해 밤새워 영문 번역을 하면서도, 나는 기쁨을 느꼈다."(*<2007 대한민국, 유시민을 말하다>, pp.228-229. 강조는 저자.)

그러나 이 기쁨은 개인적인 욕망의 기쁨이 아니고 사회적인 관계

속의 기쁨 즉 사회적 책임을 다한 데 따르는 기쁨이었다. 2002년에 마흔네 살이던 유시민이 칼럼니스트의 자리를 박차고 나가서 바리케이드 앞으로 뛰어들 결심을 하던 무렵에 가졌던 한 매체와의 인터뷰에서 이렇게 말했다.

> 옛날 (학생운동 시절) 을지로에서 유인물을 만들고, 화염병 던지고 그럴 때…. 정말 하기 싫었다. 그런데 박정희 정권의 유신 치하, 5공화국 때 그런 일조차 하지 않고 그 시대를 통과하면 나중에 너무너무 후회할 것 같았다. 지금이 딱 그런 심정이다. 칼럼니스트는 사실 괜찮은 일이다. 그런데 다 집어던지고 이런 일을 굳이 해야 되느냐는 생각이 안 든 것도 아니지만, 이런 일을 한다고 해서 좀 망가지기는 하겠지만, 죽기야 하겠느냐.(*<오마이뉴스>, "화염병 들고 바리케이드로", 2002. 7. 31.)

학생운동을 하던 때나 2002년 정치판에 뛰어들 때, 그 일이 싫었지만 사회적 책임을 다하기 위해서, (죽지 않는 범위에서) 망가지는 걸 감수하고서, 그 일을 했던 것이다. 당시에 유시민에게는 욕망의 무게보다 책임의 무게가 더 무거웠다.

그렇게 살았던 그가 이제 쉰다섯 살의 나이에, 책임의 무게에 짓눌린 나머지 '죽을 것만 같아서' 그 짐을 내려놓았다. 2013년 2월 19일에 정계 은퇴를 선언하고 한 주 남짓 지난 시점이던 2월 27일에 한 매체와 인터뷰를 하면서 그는 이렇게 말했다.

> 창피한 일이지만 쉰다섯이 돼서야 내 삶의 원칙에 대해 진지하게 생각하는

시간을 갖게 됐다. 물론 이전에도 조금씩 생각은 했지만 차원이 달랐다. 과거에는 항상 그때그때 '이 일을 해야겠다', '이 일을 해야 한다'는 느낌에 의존해서 살았기 때문에 한 번도 '이렇게 살아야겠다'는 생각을 깊게 하지 못했다.(*<채널예스>, "이 책을 쓰지 않았더라면 은퇴하지 않았을 것이다", http://ch.yes24.com/Article/View/21582.)

그렇게 해서 그는 짐승의 비천함과 야수적 탐욕이 어지럽게 부딪히고 흩어지는 정치판을 떠나 '마음 가는 대로 살기'로 다짐했다. 그로부터 13년 전인 2000년에 세상에 내놓았던 책 〈WHY NOT?〉에서 '책을 읽고 글을 쓰는 것이 내가 하는 일의 전부다. 20여 년의 고민과 방황과 시행착오 끝에 찾은 이 직업 아닌 직업은 몸에 잘 맞는 옷처럼 편안하다.'(*〈WHY NOT?〉, p. 334.)고 했던 바로 그 지식소매상으로 다시 돌아가기로 한 것이다.

그러나 이번에는 이 '지식소매상'의 의미가 예전과 달라졌다. 예전에는 우리 사회를 지배하는 권력자와 다수파의 횡포에 맞서 싸우는 것'(*〈WHY NOT?〉, 책날개.)에 방점이 찍혀 있었다면, 이제는 하고 싶은 일을 하는 것에 방점이 찍혀 있었다. 그 자체로 실질적인 정계 은퇴 선언이었던 2013년 3월에 출간된 그의 책 〈어떻게 살 것인가〉의 책날개에서도 그는 다음과 같이 분명하게 말했다.

군 복무 시기와 유학 시절을 제외하면 성년이 된 후 인생의 절반은 운동(movement)과 글쓰기 사이에서, 나머지 절반은 정치와 글쓰기 사이에서 방황하며 살았습니다. 무엇이 줄기였고 무엇이 가지였는지 분명하게 나눌 수가 없습니다. 조금 늦었다 싶지만 이제부터라도, 해야 하는 일보다 하고 싶은 일을 하면서 살기로 마음먹었습니다.(*<어떻게 살 것인가>, 책날개)

사회적인 책임을 수행하는 쪽에서 개인적인 욕망을 추구하는 쪽으로 무게중심을 확실하게 옮기겠다는 말이다.

십여 년 전에는 분노를 참지 못해 정치의 바리케이드 안으로 뛰어들었지만, 지금은 원하는 삶을 살고 싶은 소망을 버릴 수 없어서 그 바리케이드를 떠납니다. 지식소매상으로서, 일상의 모든 순간마다 나름의 의미와 기쁨을 느끼며 살고 후회 없이 죽는 것이 저의 희망입니다.(*<어떻게 살 것인가>, 책날개)

본문에서도 이렇게 고백한다.

나는 정치의 일상이 요구하는 비루함을 참고 견디는 삶에서 벗어나 일상이 행복한 인생을 살고 싶다. 야수의 탐욕과 싸우면서 황폐해진 내면을 추스르려고 발버둥치는 사람이 아니라 내면이 의미와 기쁨으로 충만한 인간이 되기를 원한다.

(...) 정치를 하면서 너무나 많은 사람을 만났지만 정작 사랑하는 사람을 사랑할 시간은 언제나 부족했다. (...) 목적의식을 가지고 인간관계를 관리하는 것이 위선으로 보인다. 인간의 존엄을 보장하는 세상을 만들기 위해 내 삶의 존엄을 해치는 것이 정말 훌륭한 일인지 모르겠다.

(...) 나는 직업정치를 떠나 내가 원하는 삶을 살기로 했다. 이제는 다른 방식으로 사회적 선을 추구하는 사람들과 기쁘게 연대하기로 마음먹었다. 그렇

게 마음먹은 순간 눈앞을 가리던 두터운 먹구름이 걷혔다. 해방감으로 가슴이 터질 것만 같았다.(*<어떻게 살 것인가>, p.195.)

무게중심이 이렇게 이동함에 따라서, 그가 자처하는 지식소매상 개념이 과거에 내걸었던 개념과 달라졌다.

이 변화는 1988년에 썼던 <거꾸로 쓰는 세계사> 이후로 줄곧 가졌던 지식소매상이 할 일에 대한 정의 즉 '유용한 지식과 정보를 찾아 요약하고, 발췌하고, 해석하고, 가공해서 독자들이 편하게 읽을 수 있는 이야기로 만드는 것'이라는 규정이 부족하다는 깨달음의 결과였다. 온갖 반대 논리들과 싸우면서 한국의 발전 전략을 설파하던 때처럼 단순히 '새로운 정보와 지식을 대중적으로 전파하는 것'(*2007년 저서 <대한민국 개조론>의 책날개 저자 소개 중에서)에 머물러서는 안 된다는 것을 그는 느꼈다.

이 책을 쓰면서 나는, 오래 덮어두었던 내 자신의 내면을 직시할 기회를 가졌고 그것을 드러낼 용기를 냈다. 정치적 올바름을 위해 감추거나 꾸미는 습관과 결별했다. 내 자신의 욕망을 더 긍정적으로 대하게 되었다. 마음이 내는 소리를 들었다. 삶을 얽어맸던 관념의 속박을 풀어버렸다. (...) 내 삶에 단단한 자부심을 느끼고 싶다.(*<어떻게 살 것인가>, p.10.)

유시민은 2016년에 낸 책 <표현의 기술>에서는 2013년에 내렸던 그 결단의 내밀한 과정을 한 겹 더 벗겨 보인다.

직업으로서의 정치를 그만두는 문제를 고민하던 시기에는 무려 2천 500년 전에 살았던 중국사람 굴원(屈原)의 <어부사>에 나오는 문장에서 큰 위로를 받았습니다.

창랑의 물이 맑으면 갓끈을 씻고, 창랑의 물이 흐리면 발을 씻으리라.

저는 혼탁한 강물을 맑게 하고 싶어서 운동을 했고 정치도 했습니다. 그런데 힘껏 노력했지만 만족할 만한 결과를 얻지 못했습니다. 창랑의 물이 여전히 흐렸던 것이죠. 이것을 내 책임이라 생각하니 자꾸만 죄책감이 들었습니다. 그런데 굴원은 어부의 입을 빌려 다른 이야기를 했습니다. 창랑의 물이 맑거나 흐린 것을 주어진 환경으로 받아들이고 그에 맞추어 살아도 괜찮다는 겁니다. 적당한 거리를 두고 세상을 대한다고 해서 반드시 비난받을 일은 아니라고 생각하니 마음의 짐이 줄어들더군요.(*<표현의 기술>, 유시민, 생각의 길, pp.168-169. 강조는 저자.)

유시민은 <어부사>의 그 구절을 과거와는 전혀 다른 뜻으로 해석하고 받아들인다.(*본문 83쪽 참조) 그러면서 이렇게 덧붙였다.

어린 시절에는 무엇을 배우려고 책을 읽었습니다. 그러나 날이 갈수록 귀하게 다가오는 것은 배움보다 느낌이었어요. 여러분도 '배우는 책 읽기'를 넘어 '느끼는 책 읽기'에 도전해 보시기 바랍니다. 넓고 깊고 섬세하게 느끼다 보면, 자신도 모르는 사이에 문자 텍스트로 타인과 소통하고 교감하는 능력이 생길 겁니다.(*<표현의 기술>, p. 169. 강조는 저자.)

배움보다 느낌...

사람과 세상을 바라보는 태도의 이런 변화는 '어떻게 살 것인가?' 하는 고민이 낳은 결과였고, '논리'가 아닌 '감정(사람)'을 찾아 나선 결과이기도 했다. 최인훈의 표현으로는 '철학자'가 아닌 '시인'의 마음과 눈을 찾아 나선 결과였다.

그 뒤로 그는 보수-진보의 싸움에서 일어나는 많은 사건을 지켜보았다. 박근혜 대통령이 탄핵을 받아서 대통령직에서 물러나는 것을 보았고, 참여정부 시절 노무현 대통령의 가장 믿음직한 동지이자 친구였던 문재인 비서실장이 대통령에 당선되는 것을 보았다. 또 오랜 친구이자 가까운 선배이며 진보 진영의 든든한 축이었던 노회찬이 허망하게 목숨을 던진 것도 보았다.(*노회찬의 죽음에 대해서는 본문 122쪽을 참조하라.)

이런 터질 듯한 기쁨과 찢어질 듯한 슬픔 속에서도 그는 다시 광장으로 나서려 하지 않았다. 정계에 몸을 던지기 2년 전에 썼던 책 〈WHY NOT?〉의 에필로그에 썼던 표현을 뒤집어서 말하면, '모든 슬픔과 노여움을 고작 글쓰기로밖에 표현하지 못하는 자신을 부끄러워하는 마음이 점점 커지고'있었지만, 아직은 그가 '세상에서 느끼는 슬픔과 노여움의 부름에 충실히 응할 때'가 아니었다.(*〈WHY NOT?〉, p. 334-335.) 아직은 슬픔과 노여움이 그를 행동으로 일으켜 세우기에 충분한 힘으로 숙성되지 않았다.

출간하는 책의 '저자 자기소개'에서도 '국회의원, 장관 등의 여러 직업을 거쳤다'(*〈유시민의 글쓰기 특강〉(2015)·〈표현의 기술〉

(2016).), 거나 '한때 정치와 행정에 몸담았다가 2013년부터 전업 작가로 복귀했다'(*〈국가란 무엇인가〉(2017 개정신판).)라고만 썼다. 2019년 들어서서 차기 대통령 후보 지지율을 묻는 여론조사에서 이름이 빠지지 않았고, 게다가 상당히 높은 지지율을 받고 있었음에도, 그는 정치를 하지 않겠다는 태도를 바꾸지 않았다.

2019년 5월에도 그는 한 텔레비전 방송에 출연해서 다시는 정치를 하지 않겠다는 다짐을 한 번 더 확인시켰는데, 이 프로그램에서 그는 2000년 총선 당시에 부산에 출마했던 노무현 전 대통령이 아무도 없는 공터에서 힘겹게 유세하는 영상을 소개한 다음에 이렇게 말했다.

"저렇게 쓸쓸하게 빈 공터에서 유세하시던 분이 2년 반 뒤에 대통령이 됐다. 그러나 나는 저런 것을 정말 못 견딘다. 내가 왜 대통령이 꼭 돼야 하나? 사회에 대해 내가 그렇게 전적인 책임을 느껴야 하는 이유가 뭔가. 이런 남루한 일상을 견디려고 세상에 온 것은 아니지 않나. 즐겁게 살고 싶은 욕망이 계속 올라온다. 그래서 정치를 그만뒀다."(*KBS "오늘밤 김제동", 2019. 5. 22. 강조는 저자.)

그렇게 유시민은 다시 예전처럼 지식소매상이라는 옷을 입긴 했지만 예전과 다르게 사회적 책임보다 개인적인 욕망에 충실했다. 예전보다 훨씬 더 다양한 매체와 다양한 공간에서 자유롭게 살았다. 그렇게 그는 작가로, 강연자로, 방송인으로 활동하면서 행복했다. 적어도, 들끓는 분노의 마음으로 커다란 스피커를 들고 다시 광장으로 나서기 전까지는…

정치적

올바름의 과잉

1980년대 혹은 1990년대의 미국이고, 어느 미술 실기 강의실이다. 강의실에는 사람들이 앉아 있고, 교수가 강의를 시작한다.

"오늘 우리는 가장 기본적이며 가장 쓰임새가 많은 드로잉 테크닉 하나를 배울 겁니다. 이 테크닉은 숙련된 화가라면 반드시 가지고 있는 것입니다."

그러면서 여성의 나체를 그릴 것이라면서, 스케치를 할 때에는 누드모델의 선과 그림자 그리고 자세에 집중해서 그리는 게 중요하다고 강조한다.

교수가 모델을 부르자, 가운을 걸친 금발의 백인 여성 모델이 강의실로 들어온다. 그런데 강의실에 앉아 있던 한 남자가 손을 들고 다급하게 교수를 부른다. 그리고는, 정색을 하고서 이렇게 말한다. 자기는 스케치를 배우려고 이 강좌에 등록했지 가난한 여성의 벌거벗은 몸을 바라보며 킬킬거리러 온 것이 아니라고…

그러자 교수는 이 강의는 선과 그림자 그리고 인체의 자세를 관찰하는 훈련 과정이라고 설명한다. 그러나 남자는 냉소적으로 반박한다.

"또한, 여성의 경제적 어려움을 이용해서 여성의 몸을 착취하는 것이겠죠!"

교수는 이 자리는 그런 걸 논할 자리가 아닌 것 같다며 묵살하지만, 남자는 다시 반박을 이어가는데, 이번에는 모델에게 묻는다.

"저기요, 돈을 받았죠?"

"네."

"거 봐, 내 말이 맞았지!"

그러자 교수는, 누드모델이 직업이니까 돈을 받는 것 당연한 것 아니냐고 말한다. 그러면서 이렇게 덧붙인다.

"정당한 대가를 지불했는데, 우리가 모델을 쓰면(use) 안 될 이유가 어디 있습니까?"

그러자 강의실에 있던 모든 사람이 경악한다. (영어에서 'use'는 '부당하게 착취한다'는 뜻이 포함되어 있기 때문이다.)

그러자 이번에는 동성애자인 다른 남자가 성차별을 해서는 안 된다며 왜 동성애자를 모델로 쓰지 않느냐고 따진다. 교수가 제발 스케치 연습을 하자고, 수업을 시작하자고 말하지만, 처음의 그 남자가 화제를 다른 데로 돌리지 말라고 발끈한다.

이 남자는 모델 여자를 가리키며 가부장제 사회의 또 다른 희생자라고 말한다. 모델은 난데없이 '희생자'로 지목당하자 영문을 몰라서 어리둥절하고…

"내가요? 내가 왜요?"

그런데 이번에는 흑인 여성이 인종차별이라고 주장하고 나선다. 그 모델이 지난 세기 동안 여성을 억압해 왔던 백인들의 미녀상을 대표한다는 게 이유이다. 그러면서 왜 누드모델로 유색 인종을 쓰지 않느냐고 목소리를 높인다.

그러자 첫 번째 남자가 다시 나서서 뚱뚱한 모델, 장애인 모델, 노인 모델은 왜 없느냐고 묻는다. 차별이 명백하게 존재한다는 것이다. 다른 남자가 일어나서 동성애자 모델이 있어야 한다고 덧붙인다. 그러자 교수가 뚱뚱한 흑인 레즈비언 모델을 찾을 수 없었다고 난처해한다.

처음 문제를 제기했던 남자는 이런 현실을 자기는 도저히 받아들일 수 없다며, 그리고 자기에게 주어진 선택권은 하나밖에 없다며, 강의실을 박차고 나간다. 흑인 여성도 강의실에서 나간다. 그 강의실에 계속 남는 사람은 인종차별주의자라는 말을 남기고… 다른 사람들도 우르르 따라나간다.

그렇게 해서 강의실에 수강생은 단 세 사람만 남는다. 이제 교수는 진지하게 스케치를 배울 사람들만 남았다며 수업을 시작하자고 한다. 그런데 모델이 가운을 벗으려는 순간, 강의실에 남아 있던 남자들은 책상을 두드리며 좋아서 죽으려고 한다. 모델에게 빨리 옷을 벗으라고 난리를 친다. 이 사람들의 관심은 스케치 연습이 아니라 여성의 나체를 보는 것이었다. 그렇게 해서 결국 누드 스케치 미술 실기 강의는 엉망이 되고 만다.(*유튜브 "정치적 올바름이 지나칠 때 벌어지는 일", https://www.youtube.com/watch?v=SDQ8CVZ51fM)

수십 년 전의 미국 코미디이다. 이 코미디에 어떤 사람이 정치적 올바름(political correctness, PC)의 과잉을 풍자 · 경계하겠다는 의도로 "정치적 올바름이 지나칠 때 벌어지는 일"이라는 제목을 붙여서 유튜브에 올렸다.

* * *

정치적 올바름은 말의 표현이나 용어의 사용에서, 인종 · 민족 · 언어 · 종교 · 성차별 등의 편견이 포함되지 않도록 하자는 주장이다. 예컨대 맹인을 시각장애인으로, 절름발이를 지체장애인으로, 실업계 고등학교를 특성화 고등학교로, 생활보호대상자를 기초생활수급자로, 지방을 비서울 지역으로 부르는 것이 옳다는 것이다.

애초에 이 개념은 소수자 · 약자를 배려하자는 진보적인 발상에서 비롯되었다. 그러나 보수 진영도 진보 진영의 '정치적 올바름' 공세에 맞서서, 파편적인 '팩트'를 동원해 또 다른 '정치적 올바름'을 주장함으로써 진보 진영이 의존하는 '정치적 올바름'의 명분을 허물고 나선다. 이렇게 되면 끝내 중구난방의 '누드 스케치 미술 실기 강의실'이 되고 만다. 애초에 '윤리적 · 도덕적'이라는 의미를 담는 이 용어에 '정치적인'이라는 단어가 사용되면서 비롯된 혼란도 상황을 이렇게 만드는 데 일조했다.

아닌 게 아니라 정치적 올바름의 강요가 지나치면 모든 사람의 표현의 자유가 위협받을 뿐만 아니라 한 사회, 한 공동체가 수행해야 할 온갖 과제들의 우선순위를 매길 수 없게 된다. 위에 인용한 코미디와 같은 상황이 벌어진다. 더 나아가 정치적 올바름은 정략적인 수단으로 이용되기도 한다. 그래서 어느 순간엔가 누드 스케치 강의실은 '개판'이 되어버린다.

정치적 올바름을 다투는 문제는 기본적으로 논리 싸움이다. 논리적인 전제에서 논지 전개 및 결론으로 이어지는 과정이 누가 더 논리적으로 올바른가를 따지는 문제이다. 그러나 논자들마다 전제가 다를 수있다. 설령 같다고 해도 해석이 다르고, 또 각각의 개별적인 가치에 부여하는 가중치도 제각기 다르다. 논증 과정에서 곁가지로 들었던 비유가 전략적인 의도 아래 '정치적 올바름'의 표적이 되고, 이것을 놓고 논쟁이 진행되고, 그러다 보면 어느새 본래의 논지는 실종되고 만다. 논리적인 다툼의 과정은 끝없이 복잡하게 얽히고설키며 차곡차곡 쌓여올라가는 탑이 된다. (이 과정을 '논의가 풍성해진다'고 표현하기도 한다.) 하지만 이 탑을 높이 쌓을수록 어느 순간엔가 과연 이렇게 탑을 쌓는 목적이 무엇인지조차 모호해진다. 최인훈이 "코끼리와 시인"이라는 시에서 말했던 '철학자'가 맞닥뜨리는 궁극적인 한계이다.

이럴 때 배움보다 느낌, '논리'가 아닌 '감정(사람)'에 대한 바람이 커질 수밖에 없다.

논리의 탑을 쌓는 일이라면 누구 못지않게 앞장섰던 유시민이 논리의 탑에 결정적으로 회의를 느낀 사건이 있다. 이른바 '아메리카노 커피 사건'이다.

통진당 사태 속의 아메리카노 커피 사건

2012년 8월 17일 이른 아침, 통합진보당(통진당)의 백승우가 당원 게시판에, 전 공동대표이던 유시민을 비난하는 글로부터 아메리카노 커피 사건이 시작되었다. (당시에 통진당은 부정 경선 사건의 수습을 놓고 내분이 일어나서 NL 계열의 당권파를 제외한 나머지 세력(즉 유시민 등의 국민참여당계열, 노회찬과 심상정 등의 PD 계열, 박원석 등의 시민사회·노동계)이 탈당을 하거나 탈당을 앞둔 상황이었다. 이른바 '통진당 사태'라는 내홍을 겪고 있었다.)

"유시민 전 대표의 부도덕한 패악질 도를 넘고 있습니다"라는 그 글은 유시민이 하는 발언과 행동이 앞뒤가 맞지 않으며, 그에게는 사람에 대한 최소한의 예의와 도덕이 없다고 판단한다며 짧은 일화를 소개한다.

> 유시민 전 공동대표는 사람에 대한 예의가 없습니다. 권력에 가까이 있어본 경험이 있어서인지는 모르겠으나 참으로 이해할 수 없는 행동을 많이 하셨습니다.(...) 유시민 전 공동대표와 심상정 의원의 공통점 하나는 대표단 회의 전에 아메리카노 커피를 먹는다는 것입니다. 그런데 문제는 아메리카노 커피를 비서실장이나 비서가 항상 회의 중 밖에 커피숍에 나가 종이 포장해 사온다는 것입니다.(...) 아메리카노 커피를 먹어야 회의를 할 수 있는 이분들을 보면서 노동자 민중과 무슨 인연이 있는지 의아할 뿐입니다.(*나무위키 "통합진보당 아메리카노 커피 사건")

요컨대 자본주의에 물들어 노동자와 농민의 삶을 이해하지 못하는 자유주의자들인 유시민과 심상정이 진보의 탈을 쓰고서 통합진보당을 깨려고 한다는 것이었다. 믹스커피가 아닌 아메리카노 커피를 마시는 행위 그리고 대표라는 신분을 앞세워서 자기가 마실 커피 심부름을 비서에게 시키는 두 사람의 행위가 노동자와 농민을 비롯한 사회적 약자를 배려하는 당의 기본적인 철학인 '정치적 올바름'에 어긋난다는 것이다.

백승우의 글은 당 내부뿐만 아니라 당 바깥으로도 커다란 화제가 되었다. 기사를 내지 않은 신문이 거의 없을 정도로 대중의 관심을 끈 사건이 되었다. (사실 언론에서는 이보다 더 '장사가 되는' 기삿감이 어디 있었겠는가!) 그러자 유시민은 당원게시판에 반박·해명 글을 올려서 커피 심부름에 대해서 해명했다.

커피를 사다 준 제 비서는 2003년 4월 제가 처음 국회의원이 되었을 때부터 10년째 함께 일하고 있습니다. 바로 이웃에 살지요. 함께 낚시도 가고, 같이 밥도 먹고, 함께 담배도 피우고, 당구도 같이 치고, 아이들끼리 자주 어울려 놀고, 가끔은 두 집 가족이 함께 외식도 하고(밥값은 당근 제가 내지요.^^), 뭐 그러는 사이입니다. (...) 대표단 회의를 할 때에는 혹시 회의 도중에 제가 도움이 필요한 일이 있을까 싶어서 늘 근처에 대기하고 있습니다. 제가 아메리카노를 즐겨 마신다는 걸 잘 알기 때문에 특별히 다른 말을 하지 않으면 아메리카노를 사다 줍니다.

그러나 반박-해명-재반박이 이어지면서 통진당 부정 경선 사건 수습이라는 원래의 논지(누드 모델 스케치 연습)는 사라지고 유시민이 진보의 탈을 쓴 위선자인 권위주의자이냐 아니냐 하는 것(인종차별 이데올로기 주입 거부라는 정치적 올바름)이 주된 논지가 되어버렸다. 유시민은 그 해명 글에서 또 이렇게 썼다.

그래도 아메리카노 커피를 포기하지는 않을 겁니다. 그거 사실 이름이 그래서 그렇지 미국하고는 별 관계가 없는 싱거운 물커피입니다. (...) 너무 심각한 논쟁은 하지 않았으면 좋겠습니다. 이런 일로 언론에 오르내리는 것이 좀 부끄럽게 느껴집니다. 지난 10여 년, 정치인으로서 정당인으로서 저는 성공하지 못했습니다. (...) 저의 실패가 어디에서 온 것인지 성찰하면서 시간을 보내고 있습니다.(*강조는 저자.)

그 성찰은 여섯 달 뒤의 정계 은퇴 선언으로 이어졌다. 사실 그 성찰 과정은 〈나는 어떻게 살 것인가〉의 원고 집필 과정이었고, 그 성찰은 이 책에 다음 구절을 낳았다.

(유시민이 이 책 출간 직전에 가졌던 한 매체와의 인터뷰에 따르면, 이 책의 원고 집필은 2012년 6월부터였고 11월쯤에 초고를 완성했고, 선거가 끝난 뒤에 2013년 1월 말까지 원고를 많이 고쳤다.)(*〈채널예스〉, "이 책을 쓰지 않았더라면 은퇴하지 않았을 것이다", http://ch.yes24.com/Article/View/21582.)

정치적 올바름을 위해 감추거나 꾸미는 습관과 결별했다. (...) 삶을 얽어맸던 관념의 속박을 풀어버렸다.(*<어떻게 살 것인가>, p.10. 강조는 저자.)

그렇게 해서 유시민은 원하던 대로 자유를 얻었다. 자유주의자 '피리 부는 사나이'로서 방송국과 강연장과 집필실을 오가면서 언제나 웃고 다녔다. 하지만 그로부터 6년 뒤에 유시민은 정치적 올바름을 다투는 전쟁의 한가운데로 다시 뛰어든다. 이 이야기는 6장에서 다시 하기로 하고...

여기에서는 정치적 올바름을 둘러싼 갈등이 현재의 한국 사회를 집어삼킬 수밖에 없는 사정을 조금만 더 자세하게 살펴보자.

'20년 집권론'의 이해찬과 '반일 종족주의'의 이영훈

정치적 올바름을 놓고 한국 현실을 바라보는 두 개의 시각이 있다. 하나는, 아직도 정치적 올바름이 부족하니까 주류 권력에 억눌려 온 소수자들을 위해서 한층 더 의식적으로 정치적 올바름을 추구해야 한다는 것이다. 다른 하나는, 정치적 올바름으로 인해서 좌파적 이념이 극단으로 치달아 모든 것에 대한 (모든 사람의) '결과의 평등'을 옹호하는 우를 범하게 되므로, 혹은 거꾸로 극우주의자들이 준동할 근거와 땔감을 제공하므로, 정치적 올바름을 지양해야 한다는 것이다.(*〈정치적 올바름에 대하여〉, 조던 피터슨 외, 프시케의 숲, 한국어판 부록 "왜 지금 '정치적 올바름'이 문제인가", 임형묵, p. 193)

구체적으로 한국 사회를 놓고 예를 들어서 보자.

전자의 태도를 가진 이해찬은 2020년 8월에 더불어민주당 대표 임기를 마치는 동시에 정계에서 은퇴했는데, 그는 진보 진영이 앞으로 적어도 20년은 집권해야 한다는 말을 2017년 대선 때부터 줄곧 해 왔다. 이 '20년 집권론'에 대해서 그는 당대표직에서 물러난 뒤에 했던 한 매체와의 인터뷰에서 다음과 같이 말했다.

"우리 역사의 지형을 보면 정조 대왕이 1800년에 돌아가십니다. 그 이후로

220년 동안 개혁 세력이 집권한 적이 없어요. 조선 말기에는 수구 쇄국 세력이 집권했고, 일제강점기 거쳤지, 분단됐지, 4·19는 바로 뒤집어졌지, 군사독재 했지, 김대중 노무현 10년 빼면 210년을 전부 수구보수 세력이 집권한 역사입니다. 그 결과로 우리 경제나 사회가 굉장히 불균형 성장을 해요. 우리 사회를 크게 규정하는 몇 가지 영역이 있습니다. 분단 구조, 계층간·지역간 균형발전 문제, 부동산 문제, 또 요즘 이슈인 검찰개혁 문제 등이 그렇죠. 이런 영역들이 다 규모는 커졌는데 구조는 굉장히 편향된 사회로 흘러온 겁니다."

— 편향을 복원하려면 20년은 집권해야 한다는 뜻이군요.

"복원도 아니고, 복원을 시도해 볼 틈새. 그 틈새 정도만 만들려고 해도 20년은 노력해야 한다는 뜻입니다. 김대중 노무현 정부가 분단 구조에 틈새를 만들어 보려고 했는데, 그게 이명박·박근혜 정부 들어와서 5·24 조치(천안함 침몰 이후 이명박 대통령이 내놓은 대북 교류 단절 및 봉쇄 조치) 하고 개성공단 폐쇄하고 하면서 다 무너지지 않습니까?"(*<시사인>, "나는 왜 20년 집권을 말했나", 2020. 9. 14.)

그러니까 정치적 올바름을 한층 줄기차게 추구해야 한다는 말이다. 그러나 정치적 올바름은 진보 진영만의 무기가 아니다. 보수 진영에서도 역시 다른 전제와 다른 원칙에 입각해서 정치적 올바름을 주장한다. 예를 들어서 〈반일 종족주의〉 및 〈반일 종족주의와의 투쟁〉의 저자 이영훈 이승만학당 교장은, 한국이 봉건제 사회에서 벗어나서 지금처럼 경제적·정치적으로 지금처럼 성장할 수 있었던 원동력은 일제로부터 식민지 지배를 받은 덕분이라는 식민지근대화론을 이야기하면서 '재판 과정의 공정함'이라는 정치적 올바름을 내세운다.

총독부 권력의 성립과 더불어 조선인의 사회생활에 초래된 또 하나의 중대한 변화는 자의적이며 폭압적인 재판 권력으로부터 해방되었다는 점입니다. 종래의 재판은 범죄자와 피해자의 신분 관계나 친소(親疏) 관계에 따라 형량을 달리하였습니다. 범죄자의 신분에 따라 재판의 절차나 담당 기관도 달랐습니다. 법 앞에서 만민평등은 조선의 재판제도와 무관하였습니다. 행정과 사법은 분리되지 않았습니다. 재판은 일반적으로 재판을 담당한 관리의 축재행위로 이루어졌습니다. 전술한 대로 증거주의는 미비되었으며, 자백을 받아내기 위한 고문은 재판의 정상 절차로 간주되었습니다. 형사와 민사의 구분이 뚜렷하지 않은 가운데 고문은 민사재판에서도 행해졌습니다.(*<반일 종족주의와의 투쟁>, 이영훈 외, 미래사, p. 53.)

요컨대 일제의 식민지 지배 덕분에 근대적인 사법제도가 도입되었고, 그 결과 조선 사람들은 공정한 재판을 받게 되었다는 말이다.

한편 정치적 올바름을 지양하자는 주장을 보자. 소수자·약자에 대한 진보 진영의 지원과 배려는 궁극적으로 '결과의 평등'을 주장하는 공산주의적인 발상으로 이어진다는 이유로 정치적 올바름을 부정적으로 바라보는 사람들이 있고, 또 '문재인 대통령은 간첩이다'라거나 '질병관리청이 의도적으로 국민에게 코로나 바이러스를 퍼뜨린다'라는 가짜 뉴스의 원천들도 따지고 보면 저 나름의 정치적 올바름을 전제로 하기 때문에 나타나는 폐해이므로 정치적 올바름을 지양해야 한다고 바라보는 사람들도 있다.

1980년대 이후 신자유주의가 세계 시장을 압도하면서 양극화가 빠르게 진행되었고, 이 과정에 과학 기술 특히 미디어의 발전으로 다양한 형태의 수많은 미디어 및 대안 미디어가 등장해 전통적인 미디어들과 경쟁하게 되었다. 우리나라도 당연히 예외가 아니다. 초등학생들에게 장래 희망을 물을 때 유튜브 크리에이터라는 대답을 흔히 듣는 것도 바로 이런 현상이 반영된 것이다.

이런 기술적 기반으로 온라인 커뮤니티는 우리 사회에서 다른 어떤 오프라인 커뮤니티 못지않게 주요한 단위가 되었다. 또 온라인 커뮤니티는 오프라인 커뮤니티와 다르게 만들기도 쉽고 떠나기도 쉽다. 그렇기에 다양한 의견이 존재하던 하나의 커뮤니티가 단일한 의견만을 가진 복수의 커뮤니티로 분화하는 게 일반적인 경향이다.(*〈정치적 올바름에 대하여〉, p. 199)

이처럼 우리 사회에서는 분화 혹은 파편화가 매우 빠르게 진행되고 있지만 기존의 사회적인 제도와 문화는 이런 속도를 따라잡지 못한다. 우리나라는 전 세계의 그 어떤 나라와 비교하더라도 경제 성장 측면에서나 민주화 측면에서 속도가 빠르고 역동적이므로 특히 더 그렇다. (게다가 한국은 세계에서 1, 2위를 다투는 인터넷강국이 아닌가!)

그러니 복수의 다양한 정답이 존재하는 이런 상황에서 이미 정해져 있는 몇 개의 선택지 가운데에서 하나를 선택하기를 강요하고 '정치적 올바름'을 설교하는 사람은 '꼰대'로 치부되기 십상이다. 전통적으로 진보주의 성향을 가진 연령층으로 분류되던 2, 30대 청년이 정치적 올바름에 거부감을 느끼는 것은 '꼰대'에 대한 거부감이기도 하다.

우리 사회에 이런 정치적 올바름 과잉 꼰대는 많다. '무조건 반공 꼰대', '무조건 애국 꼰대', '무조건 민주 꼰대', '무조건 공정 꼰대', '무조건

내로남불 꼰대' '무조건 평등 꼰대'... 또 있다. '반공 무조건 반대 꼰대', '애국 무조건 반대 꼰대', '민주 무조건 반대 꼰대', '공정 무조건 반대 꼰대', '내로남불 무조건 반대 꼰대' '평등 무조건 반대 꼰대'...

그런데 문제는, 과연 정치적 올바름이 적정하냐 혹은 과도하냐의 잣대가 객관성을 띨 수 없다는 점이다. 저마다 자기가 중심이고 기준점이라고 생각한다. (사실 이런 인식과 태도는 인간 심리의 보편적인 특징이다.) 모든 국민의 시사평론가화, 모든 국민의 전문가화가 실현된다. 이런 상태에서는 적당한 계기가 나타나기만 하면 정치적 올바름을 둘러싼 사회적 갈등은 언제라도 폭발할 수 있다. 사회의 근본적인 변화가 이미 저변에서 진행되고 있을 때는 역사적으로 동서고금을 막론하고 어떤 사회에서든 다 그랬듯이 말이다.

생존 전략 –
거리 두기

2013년에 은퇴를 선언하고 정치권을 떠날 때 유시민은 만신창이였다. 당시 유시민의 상태를 2020년 8월에 한 매체는 이렇게 묘사했다.

2002년 개혁당 창당으로 시작된 그의 정치 인생 10년은 짧은 성공과 긴 패배의 시간이었다. 국회의원, 장관을 지내고 노무현 대통령의 정치적 경호실장이라고 불리기도 했지만 그는 행복하지 않았다. (...) 선거에서 세 번이나 실패했고 그가 추구한 정당 개혁은 모양 사납게 좌초했다. 2009년 노무현 대통령 타계, 그다음 해 경기도지사 선거에서 낙선, 또 2012년 통진당 사태까지 겪으면서 그는 피폐해졌다. 계속 정치권에 있겠다고 해도 그가 설 자리는 없었다. 어찌 보면 그는 정치권을 자의로 떠난 것이 아니라 정치권에서 추방당했다.(*SBS뉴스, "바람 속의 먼지 같은 존재, 유시민", 윤춘호, 2020. 8. 1.)

같은 기사에서 유시민의 누나 유시춘도 동생이 얼마나 힘들어 했는지 증언한다.

"정치적 좌절과 공격으로 시민이의 삶이 너무 힘들어 보였어요. 옆에서 지켜보기에도 힘들 정도였어요. 그래서 제가 개인적으로 친한 정신과 의사 정혜신 박사에게 한 번 심리 상담을 해 줬으면 좋겠다고 부탁을 했습니다. (그래서 정혜신 박사를 만났습니까?) 그런 걸로 압니다. 누군들 상처가 없겠습니까마는 굉장히 아프게 5~6년을 보낸 거 같아요."

유시민 본인도 그 시절을 암담하던 시간으로 기억한다.

… 복수해서 안 된다고 생각한다면, 또는 하고 싶어도 복수할 수 없다면, 그렇다면 그들과 화해해야 하는가? (…) 과연 어떻게 해야 화해할 수 있을까? 이 질문에 대해서도 아직 대답할 수 없다. 얼마나 더 시간이 흘러야 대답을 찾을 수 있을지도 지금으로서는 알 수 없다. (2010년 <운명이다>의 에필로그에서, p. 350.)

… 나는 요즈음 죽음에 대해서 예전보다 자주 생각한다. 앞으로 어떻게 살아야 할지 고민하다 보니 그렇게 된 것인지, 아니면 자꾸 죽음이 생각나서 더 깊게 삶을 고민하게 된 것인지 선후를 알 수는 없다.(2013년 <어떻게 살 것인가>에서, p. 70.)

… 나에게 정치는 내면을 채우는 일이 아니라 소모하는 일이었다. 이성

과 감정, 둘 모두 끝없이 소모되는 가운데 나의 인간성이 마모되고 인격이 파괴되고 있음을 날마다 절감했다.(2013년 <어떻게 살 것인가>에서, p. 238.)

… 제가 아주 좋아하고 존경했던 분이 갑자기 세상을 떠났습니다. 슬픔을 감당하기 어려웠고, 죽이고 싶을 정도로 누군가를 미워하게 되었습니다.(2016년 <표현의 기술>에서, p. 167)

아닌 게 아니라 〈어떻게 살 것인가〉의 원래 제목도 "어떻게 죽을 것인가"였다고 유시민은 한 인터뷰에서 말했다. 그렇게 그는 깜깜한 시간에 갇혀 있었다. 하지만 그에게는 탈출구가 있었다. 그것은 바로 '거리 두기'라는 생존 전략이었다. 다음은 그 책에서 "나도 죽고 싶었던 때가 있었다"는 제목을 단 글 가운데 한 부분이다.

내 나름의 비법이 있기는 있다. 한마디로 표현하면 '거리감'이다. 세상에 대해서, 타인에 대해서, 내가 하는 일에 대해서, 그리고 내 자신에 대해서도 일정한 거리감을 유지하는 것이다. (...) 삶이 사랑과 환희와 성취감으로 채워져야 마땅하다고 생각하지만 좌절과 슬픔, 상실과 이별 역시 피할 수 없는 삶의 한 요소임을 받아들인다.(*<어떻게 살 것인가>, pp. 88-89.)

이런 사실은 〈표현의 기술〉(2016년)에서도 확인할 수 있다.

창랑의 물이 맑거나 흐린 것을 주어진 환경으로 받아들이고 그에 맞추어 살아도 괜찮다는 겁니다. 적당한 거리를 두고 세상을 대한다고 해서 반드시 비난받을 일은 아니라고 생각하니 마음의 짐이 줄어들더군요.(*<표현의 기술>, p.169. 강조는 저자.)

거리 두기라는 생존 전략은 그가 벌써 네 번째로 구사하는 익숙한 전략이다.

첫 번째는 군대에서 맞았던 스물두 살이던 1980년 겨울이었다. 철책선 근무에 투입되었던 그는 대대본부에 가서 부식을 수령하느라 날마다 눈 덮인 계곡의 낭떠러지를 지나다니면서 종종 뛰어내리고 싶은 충동을 느꼈다. 휴교령이 내리면 모든 도시에서 동시에 민중 봉기를 일으키자고 한 약속을 지키지 못하고, 광주에서 수많은 사람이 학살당하게 만들어놓고선, 학살을 저지른 자들의 훈계를 들으면서 구차하게 살던 자기의 모습은 견디기 힘든 절망감이었기 때문이다.(*<어떻게 살 것인가>, pp. 80-81.) 그때 처음 거리 두기 비법을 시전했다. 그 비법은 '세상에 대해서, 타인에 대해서, 내가 하는 일에 대해서, 그리고 나 자신에게도 일정한 거리감을 유지하는 것'이었다.(*<어떻게 살 것인가>, p. 89.)

두 번째는 1989년이었다 서른 살의 자서전을 썼던 해이자 평민당의 이해찬 의원의 보좌관으로 일할 때였다. 또한 6월항쟁의 열매가 기대했던 것만큼 달콤하지 않을 뿐만 아니라 앞으로도 더 큰 시련과 수난이 기다리고 있음이, 노태우 정부 아래에서의 운동권 전반에 예감되던 바로 그 시기이기도 했다. (1990년 1월에는 노태우 대통령 중심의 3당합당이 이루어졌다.) 유시민은 어느 날엔가 지인을 따라 2박 3일 동안 안동호로 낚시하러 갔는데, 거기에서 처음 손맛을 본 뒤로는 자려고 누우면 천장에 찌가 오르락내리락하는 게 보였다. 그때부터 그는 낚시인이 되었다. 낚시에 이끌린 이유를 그는 '낚시하는 동안에는 아무런 생각이 안 나서'라고 밝혔다. 그날 이후로 낚시는 그의 가장 소중한 취미가 되었다. '거리 두기'의 일상화인 셈이다.

> "낚시를 가서 하룻밤 찌가 안 올라오면 별을 보고 찌가 올라오면 물을 보면서 머릿속을 비우고 올라와서 한숨 자고 나면 새로운 생각이 비로소 공간을 얻어요."(*YTN, "최대어 붕어 낚고 낚시잡지 표지모델", 2017. 4. 17.)

세 번째는 서른세 살이던 1992년이었다. 그때 그는 독일 유학을 떠나기로 결심했다. 1987년 6월항쟁의 결과가 서글플 정도로 보잘것없어지고 (적어도 그렇게 보였다) 군사독재정권의 종식이 3당 합당에 의해서 또다시 무산될 게 뻔해 보이던 그 시점에 그는 '운동'에서 도망치고 싶었다. 더는 의무감에 이끌려서 인생을 소비하고 싶지 않았다. 그래서 그는 만류하던 선배에게 이렇게 말했다.

"형, 나도 살고 싶은 대로 살아보고 싶어요. 한 번 사는 인생인데 이대로 이렇게만 살기는 억울하잖아요. 넓은 세상을 보고 싶어요."(*〈어떻게 살 것인가〉, p. 106.)

그렇게 그는 도망쳤다. 멀리 거리를 두었다.

그리고 2013년, 그때가 네 번째였다. 이 네 번째 거리 두기에서 그는 자신을 직업정치인 세계의 바깥에 위치하게 한다는 원칙을 내세웠다. 은퇴 선언 직후에 '시민 유시민'으로서는 어떤 방식으로 정치에 참여하겠느냐는 질문을 받고 이렇게 대답했다.

"정치 참여는 모든 시민의 권리고 동시에 의무라고 생각한다. (...) 직업인으로서의 정치는 그만뒀지만 민주공화국의 시민으로서 나에게 주어진 헌법적 권리를 가지고 대한민국 국가 권력의 기능과 작동방식에 좋은 영향을 주기 위한 정치는 다른 사람들이 하는 것처럼 할 거다. 구체적인 그림은 아직 그려지지 않았지만 여러 사람이 하는 다양한 활동을 할 수 있을 거라 생각한다."(*<채널예스>, "이 책을 쓰지 않았더라면 은퇴하지 않았을 것이다", http://ch.yes24.com/Article/View/21582.)

본인도 나중에 가서야 알게 되는 그 '다양한 활동'에는 저술 활동이나 강연 활동 외에도 시사토론 프로그램의 진행자 혹은 패널로서 그리고 예능 프로그램의 고정 진행자 혹은 게스트로서 방송에 출연하는 것까지도 들어간다. 심지어 팟캐스트와 유튜브 활동까지 하게 된다. 선수(정치인)가 아니라 해설자(시사평론가)의 위치를 철저하게 지키는 범위 안에서 마음껏 '놀고 일하고 사랑하고 연대하려고' 노력했다. (*〈어떻게 살 것인가〉, p. 57)

그러나 언제나 그렇듯이 거리 두기는 다시 돌아오기 위한 준비 단계이다. 최인훈이 말했듯이, 어떤 밀실도 광장의 함성이 들리지 않을 만큼 떨어져 있지 못하고 어떤 광장도 밀실의 평화가 그리워지지 않을 만큼 오붓하지는 못하니까 말이다.(*〈바다의 편지〉 가운데 "감정이 흐르는 하상", p. 315.) 그렇게 유시민은 다시 살벌한 정치 무대로 다시 돌아온다. 이 얘기는 6장에서 하자.

| 장면 7 |

2017년,

"요즘 가장 즐겨 보는

TV 프로그램이 무엇입니까?"

〈어떻게 살 것인가〉를 출간하고 1년 반이 넘게 지난 시점인 2014년 10월에 유시민은 한 매체와 인터뷰를 하면서, 야권에서는 대통령 후보로 최고 지지율을 유지했다면서 (아닌 게 아니라 유시민은 노무현 전 대통령 사후, 약 2년 동안 야권에서 지지율이 가장 높은 대선 예비후보자였다) 정치를 다시 해 보는 건 어떠냐는 질문에 이렇게 대답했다.

"아니, 눈치 보여. 그냥 내 팔자대로 살래. (웃음) 정치하면 어딜 가든 전 국민을 사장 대하듯 해야 되는데 피곤하고 고달프잖아요. (...) 나한테 대통령이 되는 데 필요한 건 없는 것 같아요. (...) 나는 사람을 전적으로 신뢰하지 않아요. 세상에 대해서도 전적인 책임감을 느끼지 않아요. 누구를 사랑해도 무조건적으로 사랑하지 않고 절대적으로 신뢰하지 않아요. 세상에 보탬이 되고 다른 사람에게 보탬이 되어야 되겠다는 생각은 하지만 그것이 내가 사는 목적은 아니라고 생각해요. 내겐 내 삶이 있지요."(*BOOK DB, "유시민의 욕망은 유시민이라, 좋다", 2014. 10. 15.)

그렇게 유시민은 '자기의' 삶을 살았다, '자유롭게'. 그것도 나쁘지 않았다. 아니, 무척 만족스러웠다. 2017년 4월에는 인생 최대의 붕어 월척을 낚아 올렸고, 〈낚시춘추〉 2017년 5월호에 활짝 웃는 얼굴로 표지 모델이 되는 즐거움도 누렸다.

* * *

"요즘 가장 즐겨 보는 TV 프로그램이 무엇입니까?"

한국갤럽이 2017년 7월 18일부터 20일까지 3일간 전국 만 19세 이상 남녀 1,012명에게 물은 질문이다. 응답은 두 개까지 허용했다. 이 질문 결과 1위는 〈무한도전〉(9.2%)이었고, 2위와 3위는 각각 JTBC의 시사 토크쇼 〈썰전〉(6.7%)과 tvN의 교양 예능 〈알쓸신잡(알아두면 쓸데없는 신비한 잡학사전)〉(6.6%)이었다. 그런데 2위와 3위는 모두 유시민이 출연하는 프로그램이었고, 특히 〈썰전〉은 9개월째 최상위권을 유지하고 있었다.(*〈스포츠조선〉, "무도-썰전-알쓸신잡, 한국인이 사랑하는 프로 1·2·3위", 2017. 7. 26.)

〈시사저널〉은 해마다 "누가 한국을 움직이는가"라는 제목의 여론 조사를 한다. 우리나라에서 10개 분야 전문가 각 100명씩 모두 1000명을 대상으로 해서 각 질문마다 3명씩을 복수로 응답받는 방식으로 진행된 2017년 조사에서, '가장 영향력 있는 인물' 분야에서 1위는 압도적인 비율(97.3%)로 문재인 대통령이 차지했고, 2위는 이낙연(2.9%) 국무총리였고 3위는 유시민(2.6%)이었다.(*〈시사저널〉, "'절대 반지' 끼고 있는 '최고 권력자' 문재인", 2017. 9. 28.) 또 같은 조사에서 '한국에서 가장 영향력 있는 문화 예술인'을 묻는 질문에서도 유시민(9.9%)은 조수미(10.8%)에 이어서 2위를 차지했다.(*〈시사저널〉, "조수미, 11년 만에 다시 '문화 예술 대통령'에", 2017. 9. 28.)

유시민은 텔레비전과 라디오 그리고 팟캐스트를 넘나드는 방송인으로서 작가로서 강연자로서 그야말로 날아다녔다. 피리를 불면서, 언제나 웃는 멋쟁이로 최고의 주가를 올렸다.

어느 날

고궁을

나오면서

왜 나는 조그마한 일에만 분개하는가
저 왕궁 대신에 왕궁의 음탕 대신에
50원짜리 갈비가 기름 덩어리만 나왔다고 분개하고
옹졸하게 분개하고 설렁탕집 돼지 같은 주인년한테 욕을 하고
옹졸하게 욕을 하고

한번 정정당당하게
붙잡혀간 소설가를 위해서
언론의 자유를 요구하고 월남 파병에 반대하는

자유를 이행하지 못하고

20원을 받으러 세 번씩 네 번씩

찾아오는 야경꾼들만 증오하고 있는가

(…)

아무래도 나는 비켜서 있다 절정 위에는 서 있지

않고 암만해도 조금쯤 비켜서 있다

그리고 조금쯤 옆에 서 있는 것이 조금쯤

비겁한 것이라고 알고 있다!

그러니까 이렇게 옹졸하게 반항한다.

이발쟁이에게

땅주인에게는 못하고 이발쟁이에게

구청 직원에게는 못 하고 동회 직원에게도 못 하고

야경꾼에게 20원 때문에 10원 때문에

우습지 않으냐 1원 때문에

모래야 나는 얼마큼 작으냐

바람아 먼지야 풀아 나는 얼마큼 작으냐

정말 얼마큼 작으냐…….

1965년에 발표된 김수영의 시 "어느 날 고궁을 나오면서"이다.

김수영은 어느 문학 전문기자가 말했듯이 "껍데기는 가라"의 시인 신동엽과 함께 4·19혁명의 적자이다.

김수영에게 4월혁명은 시 세계의 전면적인 변모를 가져올 정도로 충격적이었다. 1950년대를 철저한 모더니스트로 통과한 김수영은 1960년 4월 19일을 기점으로 참여적인 사실주의 시인으로 변모한다.(*<한겨레>, "김수영과 4·19묘지", 최재봉, 1996. 7. 6.)

불의에 맞서서 정의의 목소리를 당당하게 말하지 못한 채 일상의 타성에 매몰된 소시민의 현실적인 치부를 자책하는 내용의 "어느 날 고궁을 나오면서"도 4·19혁명을 계기로 한 자각의 연장선에 있다.

1965년에 발표된 이 시를 유시민은 무려 50년이나 지난 2014년 12월 17일에 뜬금없이 소환했다. 노회찬 및 진중권과 함께 방송했던 팟캐스트 〈노유진의 정치카페〉 29편에서였다. (*이 팟캐스트는 당시 통합진보당 당원이던 세 사람이 당 활동의 일환으로 2014년 5월에 첫 방송을 했으며, 2016년 4월의 100회 방송이 마지막이었다. 나중에 재개된 시즌2에서는 출연진이 교체되었다.)

그 무렵 한국 사회에서는 특별한 사건 두 개가 일어났다. 하나는 12월 5일에 발생한 이른바 '땅콩회항 사건'이다. 조양호 전 한진그룹 회장의 장녀인 조현아 대한항공 부사장이 승무원과 사무장을 모욕하고 구타하고 나중에는 활주로로 나가던 비행기를 회항시키기까지 한 사건이다. 또 하나는 12월 13일에, 2009년에 쌍용자동차에서 정리 해고된 뒤에 복직 투쟁을 해 왔던 노동자 한 명이 병마에 시달리다가 사망한 사건이다. 당시에 해고되었던 200여 명 가운데 26번째 사망자였다.

(*쌍용자동차 노사가 그때까지 남아 있던 해고자 119명을 전원 복직시키기로 합의했던 2018년 9월 14일 기준으로, 2009년에 해고되었던 노동자 가운데 사망한 사람은 총 30명이었다.) 이 일이 있은 직후에 해고 노동자 두 명은 자기들의 억울함을 세상에 알리려고 엄동설한에 70미터 높이의 굴뚝에 올라가서 농성을 벌였다.

유시민은 이 두 가지 사건을 대하는 사람들의 반응에 슬퍼했다.

(유시민) 모두들 조현아 씨 사건을 보면서 엄청나게 분개하잖아요? 승무원을 비인간적으로 대한 것은 잘못이지만, 수백 명을 단칼에 정리한 것에 비하면 훨씬 작은 악덕이에요. 그런데 왜 상대적으로 작은 악덕에 대해서는 흥분하고 분개하면서, 수백 명의 가장을 한꺼번에 해고한 이 사건에는 분개하지 않을까요?

(노회찬) 수면 위에 드러난 걸 보면 서로 다른 빙산의 봉우리처럼 보이나, 이 두 사건은 물밑에서는 연결돼 있습니다. 일하는 사람이 제대로 대접 못 받고 차별받거나 인간 이하의 처분을 받는 것, 이게 두 사건을 관통하는 맥입니다. (...)

(유시민) 우리가 어떻게 된 건가요? 우리 가치관 말입니다.(*<생각해 봤어?>, 노회찬 외, 웅진지식하우스, p. 91.)

그러면서 유시민은 "어느 날 고궁을 나오면서"를 인용한 다음에 이렇게 덧붙였다.

(유시민) 무너지고 있는 게 뭘까요? 저는 우리 각자의 가치관, 마음, 감정이 무너지고 있다는 생각이 듭니다. 크게 화내야 할 때에는 화도 좀 내고 그렇게 살면 좋겠습니다. 안 그러면 너무 슬프잖아요.(*<생각해 봤어?>, p. 92.)

사람들이 마땅히 크게 화를 내어야 하는 일에 화를 내지 않는 사회현실이 슬프다고 했다. 1965년에 발표된 김수영의 시를 무려 50년 가까이 지난 시점에 소환했다는 사실이 생뚱맞다. 사람들의 일상에 스며 있는 굴종의 타성이 또 그런 타성에 대한 자책이 그렇게나 오랜 역사를 가지고 있음이 새삼스럽기도 하다. 왕궁에서 벌어지는 음탕한 사건에는 입술도 달싹하지 못하면서, 식당에서 먹는 갈비에 기름 덩어리가 나왔다고 만만한 식당 주인여자에게 돼지 같은 년이니 어쩌니저쩌니하면서 욕은 잘도 해대는 현실이 슬프다고 했다. 50원이던 갈비탕이 200배나 올라 10,000원이 될 정도로 오랜 세월이 흘렀음에도 불구하고 부패하고 타락하고 정의롭지 못한 정권에 대한 비판의 목소리는 감히 겁이 나서 내지 못하는 현실이 슬프다고 했다.

그 50년 세월의 흐름을 잠깐 돌아보면...

이승만 독재에 항거한 시민들의 혁명인 4·19혁명의 민주주의 정신을 5·16쿠데타로 짓밟은 박정희가 10년 가까운 세월 동안 군사독재를 이어갔다. 그 뒤 잠깐 '민주화의 봄'이 있긴 했다. 그러나 다시 군부 집단이 시민 학살로 민주화의 꿈을 뭉개고 군사독재의 세월을 이어갔다. 그 사이에 6월항쟁으로 아주 잠깐 민주화의 꿈이 이루어지는가 싶었다. 그러나 그 항쟁도 미완의 혁명으로 끝났다. 일제강점기에 이어서 해방 이후 줄곧 기득권을 누리던 집단이 이번에는 군사독재 대신 '문민'이라는 모습으로 정권을 이어갔다. 그러나 무능한 정부는 세계 경제의 흐름을 읽지 못하고 '아이엠에프 위기'를 초래했다. 그 뒤에 비로소 민주화를 열망하던 시민의 꿈대로, 보수 정권 대신 진보 정권이 들어서서 10년 동안 그동안의 비뚤어진 세상을 바로잡으려고 했다. 그러나 진보 정권은 국민의 뜻을 제대로 읽지 못했고, 그 혼란 속에서 권력은 10년 만에 다시 보수 진영으로 넘어갔다. 그렇게 해서, 누군가는 '불세출의 성군'이라고 떠받들지만 누군가는 '돈만 밝히는 사이코패스'라고 침을 뱉는 대통령의 집권 5년이 이어졌고, 그 뒤에는 지난 50년 한국 사회의 '영광이자 비극'의 뿌리인 박정희의 딸 박근혜가 대통령이 되어서, 청소년기를 보냈던 청와대에 다시 주인으로 들어갔다.

박근혜 대통령이 집권한 지 2년째였으며 유시민이 정계 은퇴를 선언한 지 2년째였던 2014년에 있었던 국내외의 주요 사건들을 잠깐 살펴보자.

1월 17일. 미국의 오바마 대통령이, 일본 정부가 위안부 결의안을 준수하도록 촉구하는 법안에 공식 서명했다.

2월 6일. 김용판 전 서울경찰청장이, 박근혜 당선을 위한 '국정원 댓글 사건'에 대해서 1심 무죄 선고를 받았다.

2월 20일. 김연아 선수가 러시아 소치 동계올림픽 피겨스케이팅 여자 싱글에서 은메달을 땄다.

3월 23일. 허재호 전 대주 회장이 벌금 254억 원을 구치소 노역 49일 만에 탕감한 일이 알려지면서 논란이 일었다. 하루 일당이 5억 원이었다.

4월 16일. 전남 진도군에서 청해진해운 여객선 세월호가 침몰해서 수학여행 중이던 안산 단원고 학생 250명을 포함한 승선객 304명이 죽거나 실종되었다. 정부의 무능과 무책임에 대한 질타가 이어졌다.

5월 16일. 일본 정부가 집단자위권을 공식 선언했다.

9월 16일. 1981년의 간첩조작 사건이었던 '부림사건' 피해자 가운데 다섯 명이 재심을 청구해 최종 무죄 확정판결을 받았다.

11월 9일. 박근혜 대통령과 시진핑 주석이 한중정상회담을 하고, 한중자유무역협정에 서명했다.

12월 5일. 조양호 한진그룹회장 장녀 조현아 대한항공 부사장이 이른바 '땅콩 회항' 사건이 일어났다.

사람들이 마땅히 크게 화를 내어야 하는 일에 화를 내지 않는 사회현실이 슬프다,라고 유시민은 말했다. 이 슬픔은 (이해찬이 말한 것처럼 조선시대 정조 시점까지는 아니라고 하더라도) 적어도 1965년의 김수영에게까지 거슬러 올라가는 슬픔이다. 그만큼 뿌리가 깊다. 그런데 이 슬픔은 도무지 줄어들 기미가 보이지 않는다. 이 슬픔이 쌓이고 쌓이면 어떻게 될까?

가나다라마바사 아자차카타파하, 에헤~헤 으헤으헤 으허허!

하고 싶은 말들은 너무너무 많은데 내 노래가 너무너무 짧을 때,
하고 싶은 일들은 너무너무 많은데 내 두 팔로는 너무 모자랄 때,
알고 싶은 진리는 너무너무 많은데 내 머리가 너무너무 작을 때,

좇고 싶은 인물은 너무너무 많은데 내 다리가 너무너무 짧을 때,

잡고 싶은 순간은 너무너무 많은데 내 세월이 너무너무 빠를 때,

하늘 보고 땅 보고 이리저리 보아도 세상만사 너무너무 깊을 때,

… 피리 부는 멋쟁이 사나이는 일엽편주에 자기 마음 띄우고 '허허!' 하고 웃음 한 번 웃고 만다.(*송창식의 "가나다라마바사"에서)

슬픔이 쌓이고 쌓여 임계점을 넘으면 바깥으로 흘러넘칠 수밖에 없다. 송창식의 '언제나 웃는 멋쟁이'로 살기는 정말 어렵다. 그건 실현 가능성이 희박한 도피의 환타지이다. (스물여덟 살에 세운 '피리 부는 사나이'의 뜻을 최소 일흔네 살까지 한결같이 지키고 살기란 얼마나 어려운 일인가!)

유시민은 〈국가란 무엇인가〉에서 진보주의자는 바람을 거슬러 나는 새 혹은 물살을 거슬러 헤엄치는 물고기와 같은 운명이라서, 열정과 신념이 무너지면 바람에 날리고 물살에 휩쓸려 떠내려간다고 했다. 그래서 평생 진보주의자로 사는 게 쉬운 일이 아니라고 했다.(*〈국가란 무엇인가〉, p. 212.) 그러나 하늘을 나는 새는 평생 바람이 부는 대로 바람에 날리며 살 수도 없고, 물에서 헤엄치는 물고기는 평생 물이 흐르는 대로 떠내려가며 살 수는 없다. 아무리 피리를 불며 웃는다 하더라도, 또 낚시를 하며 머릿속을 비운다 하더라도, 평생 슬픔과 분노를 누르며 살 수는 없는 일이다. 계속 불어나기만 하는 강물은 언젠가는 강둑을 넘는다. 슬픔도 마찬가지다. 슬픔이 목구멍으로 치밀어 바깥으로 나올 때, 그 슬픔은 분노가 되고, 분노는 행동이 된다. 그리고 언제나 그렇듯이 행동은 운동이고, 운동은 힘이 세서 때로는 세상을 바꾸기도 한다. 뉴턴의 운동법칙과 역사가 증명했듯이.

6장

촛불혁명의
파도 속에서

보수와 진보

2007년 6월 10일, 6 · 10 민주항쟁 20주년 기념식이 열렸다.

노무현 대통령은 기념사에서 6 · 10항쟁은 국민이 승리한 소중한 역사이지만, 이 승리가 절반의 승리를 넘어서지 못하고 있다고 말했다.

지난날의 기득권 세력은 수구 언론과 결탁하여 끊임없이 개혁을 반대하고, 진보를 가로막고 있습니다. 심지어는 국민으로부터 정통성을 부여받은 민주 정부를 친북 좌파 정권으로 매도하고, 무능보다는 부패가 낫다는 망언까지 서슴지 않음으로써 지난날의 안보 독재와 부패 세력의 본색을 공공연히 드러내고 있습니다.(*<그리하여 노무현이라는 사람은>, pp. 287-288.)

이런 상황에서 주권자의 참여가 우리 사회의 민주주의 수준을 결정할 것이라면서 깨어 있는 시민의식을 강조했다.

정치적 선택에 능동적으로 참여해서 주권을 행사하는 시민, 지도자를 만들고 이끌어 가는 시민, 나아가 스스로 지도자가 되고자 하는 창조적이고 능동적인 시민이 우리 민주주의의 미래입니다.(*<그리하여 노무현이라는 사람은>, p. 290.)

이 기념사에서 노무현 대통령은 6·10항쟁이라는 승리한 역사는 국민에게 자신감을 심어 주고, 이 자신감이 새로운 역사를 만드는 힘이 될 것이라고 했다.

그로부터 9년 뒤인 2016년에 그 자신감의 역사가 시작되었다.

최순실의

태블릿컴퓨터와

촛불집회

국정원 댓글 사건의 증거는 넘쳤지만 박근혜의 대통령 당선은 되돌릴 수 없었다. 박근혜 정부 2년차이던 2014년 4월에 세월호 침몰로 304명이 목숨을 잃었다. 사고 수습 및 책임자 규명 및 처벌 과정에서 박근혜 정부를 향한 비판이 쏟아졌지만, 제대로 된 설명은 없었다. 박근혜 정부를 지키겠다고 작심한 언론들은 세모그룹 회장이자 구원파 교주이던 유병언에만 초점을 맞추었다. 유병언이 백골화된 시신으로 발견되자 모든 게 다 끝난 것처럼 혹은 모든 진실이 수수께끼의 미궁 속에 영원히 묻혀 버린 것처럼 보도했다. 사람들은 분노했지만, 박근혜 정부는 건재했다.

하늘은 메말랐고 사람들의 얼굴은 핼쑥했다. 분노는 과거로 뒷걸음질 쳐 누추한 욕망으로 흐른 지 오래였다. 뜨겁던 함성은 과녁을 잃어 휘황한 네온 불빛 아래 가벼운 먼지로 흩어져 버려 들리지 않았다. 메마른 역사의 세월은 이명박 대통령에 이어서 박근혜 대통령으로까지 그렇게 무심하게 흐르고 있었다.

그러다가 결국 그 일이 터져 나왔다. 아무리 숨겨도 언젠가는 드러날 수밖에 없었다, 박근혜 정부의 민낯은...

* * *

2016년 7월까지만 하더라도 최순실은 박근혜 대통령 퇴임 이후를 대비한 비자금 조성과 관련된 책임자일지도 모른다는 의혹으로만 둘러싸여 있었다. 그러나 그것은 빙산의 일각이었다. 미르재단 및 K스포츠재단을 매개로 한 대규모 국정농단의 의혹이 드러났다. 최순실의 딸 정유라가 이화여대에 부정한 방법으로 입학했던 일이 알려지면서 국민의 공분은 화산이 터지듯 뿜어 나왔다.

그 와중에 10월 24일에 JTBC의 뉴스룸이 그야말로 메가톤급 폭탄을 터트렸다. 최순실이 사무실로 쓰던 곳에서 최순실의 컴퓨터를 찾아내서, 이 컴퓨터에 들어 있던 충격적인 내용을 폭로한 것이다. 박근혜 대통령이 2014년 3월 독일 드레스덴에서 했던 연설문을 최순실이 사전에 미리 받아보고 수정했으며, 또 대통령은 이 수정 내용대로 연설했음을 알 수 있는 내용이었다. 이 연설문에는 남북관계의 핵심적인 로드맵이 담겨 있었는데, 이 내용까지도 붉은 글씨로 수정한 흔적이 있었다.

그러자 곧바로 탄핵 관련 키워드가 각 포털 사이트에서 실시간 검색
어를 장악했다. 전국의 민심이 들끓었다. 그러자 박근혜 대통령은 바
로 다음날인 25일 오후 서너 시경에 서둘러 대국민 사과 방송을 했다.
1분 30초 남짓의 짧은 녹화 방송이었고, 질의응답도 없었다.

> 존경하는 국민 여러분. 최근 일부 언론 보도에 대해 제 입장을 진솔하게
> 말씀드리기 위해 이 자리에 섰습니다. 아시다시피 선거 때에는 다양한 사람
> 의 의견을 많이 듣습니다. 최순실 씨는 과거 제가 어려움을 겪을 때 도와준 인
> 연으로 지난 대선 때 주로 연설, 홍보 분야에서 저의 선거운동이 국민에게 어
> 떻게 전달되는지에 대해 개인적 의견이나 소감을 전달해 주는 역할을 했습니
> 다. 일부 연설문이나 홍보물도 같은 맥락에서 표현 등에서 도움을 받은 적이
> 있습니다.
>
> 취임 후에도 일정 기간에는 일부 자료에 대해 의견을 들은 적도 있으나,
> 청와대 및 보좌 체제가 완비된 이후에는 그만뒀습니다. 저로서는 좀 더 꼼꼼
> 하게 챙겨 보고자 하는 순수한 마음으로 한 일인데 이유 여하를 막론하고 국
> 민 여러분께 심려를 끼치고, 놀라고, 마음 아프게 해 드린 점을 송구스럽게 생
> 각합니다.
>
> 국민 여러분께 깊이 사과드립니다.(*<연합뉴스>, "<전문> 朴대통령 '연설
> 문 사전 유출' 대국민사과", 2016. 10. 25.)

대통령의 사과는 연설문 수정을 최순실에게 맡긴 것에 한정되어 있
었다. 그러나 JTBC는 그날 추가 폭로를 해서, 최순실이 단순히 연설문

에만 관여한 게 아니라고 했다. 외교 및 안보 관련 기밀문서까지 최순실의 태블릿컴퓨터에 들어 있었다고 보도한 것이다. (이날의 JTBC 뉴스룸은 이례적으로 MBC와 SBS의 뉴스 방송들을 모두 시청률에서 압도했다.) 추가 폭로는 26일에도 이어져서, 최순실이 박근혜 대통령의 의상을 준비하는 신사동의 모처에서 김한수 행정관과 윤전추 행정관을 지휘하는 모습까지 방송했다.

10월 29일, 분노한 시민이 서울 청계광장에 집결했다. 진보 진영의 시민단체들로 구성된 민중총궐기투쟁본부가 주최한 "모이자! 분노하자! #내려와라_박근혜 시민 촛불" 집회였다. 최순실이 박근혜 정부의 '비선 실세'라는 사실이 드러난 뒤 서울 도심에서 열리는 첫 주말 집회였다. 2017년 4월 29일의 23차까지 이어질 촛불집회의 첫 번째 장이 그렇게 열렸다.

시민들은 청계천광장을 빽빽하게 메웠다. 집회를 마친 시민은 "박근혜 퇴진!"을 외치며 청와대를 향해 행진했다. 경찰 차벽과 병력이 필사적으로 저지했지만 소용없었다. 시위대는 경찰 저지선을 뚫고 종로로 행진했고, 마침내 세종대로까지 진격했다. 전국에서 동원한 경찰 병력이 세종대로 중간에서 시위대를 저지하는 동안에 광화문 앞으로는 일자로 길게 경찰 차벽이 설치됐다. 세종문화회관 앞에서는 시위 군중과 경찰 군중이 한 덩어리로 뒤엉켰다. 이날 시민은 자정이 지나도록 "박근혜 퇴진!"을 외쳤다.(*〈딴지일보〉, "[현장스케치]10월 29일 촛불집회", 2016. 10. 31.) 이날 집회에 참가한 인원은 주최 측 추산으로 5만 명(경찰 추산으로는 12,000명)이었다.

11월 4일, 다음날에 제2차 촛불집회가 열리기로 예고된 가운데 박근혜 대통령은 다시 방송 카메라 앞에 서서 국민에게 사과했다.

　　존경하는 국민 여러분, 먼저 이번 최순실 씨 관련 사건으로 이루 말할 수 없
는 큰 실망과 염려를 끼쳐드린 점 다시 한번 진심으로 사과드립니다. (...) 국가
경제와 국민의 삶에 도움이 될 것이라는 바람에서 추진된 일이었는데 그 과정
에서 특정 개인이 이권을 챙기고 여러 위법 행위까지 저질렀다고 하니 너무나
안타깝고 참담한 심정입니다. (...) 앞으로 검찰은 어떠한 것에도 구애받지 않
고 명명백백하게 진실을 밝히고 이를 토대로 엄정한 사법 처리가 이뤄져야 할
것입니다. (...) 필요하다면 저 역시 검찰의 조사에 성실하게 임할 각오이며 특
별검사에 의한 수사까지도 수용하겠습니다.

　　국민 여러분, 저는 청와대에 들어온 이후 혹여 불미스러운 일이 생기진 않
을까 염려하여 가족 간의 교류마저 끊고 외롭게 지내왔습니다. 홀로 살면서
챙겨야 할 여러 개인사들을 도와줄 사람조차 마땅치 않아서 오랜 인연을 갖고
있었던 최순실 씨로부터 도움을 받게 되었고 왕래하게 되었습니다. (...) 무엇
으로도 국민의 마음을 달래드리기 어렵다는 생각을 하면 내가 이러려고 대통
령을 했나 하는 자괴감이 들 정도로 괴롭기만 합니다. (...)

　　우리나라의 미래 성장 동력을 만들기 위해 정성을 기울여온 국정과제들까
지도 모두 비리로 낙인찍히고 있는 현실도 참으로 안타깝습니다. 일부의 잘못
이 있었다고 해도 대한민국의 성장 동력만큼은 꺼뜨리지 말아 주실 것을 호
소 드립니다. (...)

　　국민 여러분, 지금 우리 안보가 매우 큰 위기에 직면해 있고 우리 경제도 어
려운 상황입니다. (...) 더 큰 국정 혼란과 공백 상태를 막기 위해 진상규명과
책임추궁은 검찰에 맡기고 정부는 본연의 기능을 하루속히 회복해야만 합니

다.(*<한국일보>, " 朴 '이러려고 대통령 했나 자괴감도'", 2016. 11. 4.)

한 매체는 이 사과를 놓고, 대통령은 국민에게 말로만 사과할 뿐 그 어떤 책임도 지지 않겠다는 의지를 분명히 했으며, 사태 수습은 청와대 휘하의 검찰이나 자기가 뽑은 특별검찰에게 맡겨서 최순실과 안종범을 구속하는 선에서 끝내자는 메시지를 주었고, 또 부분 개각이 자기가 할 수 있는 최대치이니, 재벌과 공직사회는 동요하지 말라고 언질을 준 셈이라고 평가했다.(*<오마이뉴스> "검찰 수사 협조?", 2016. 11. 4.)

그 무렵 대통령 직무 긍정률은 5퍼센트로 떨어졌는데,(*한국갤럽의 2016년 11월 첫째 주 정례 주간 여론조사) 이 수치는 IMF 외환위기 때 김영삼 대통령의 6퍼센트 기록을 깬 것이다.

그리고 대통령의 사과가 나온 다음날인 11월 5일의 제2차 촛불집회 참석 인원은 무려 30만 명이었다. 한 주 전보다 여섯 배나 많은 사람이 거리로 달려 나와서 '박근혜 탄핵!'을 외친 것이다. 그리고 11월 7일 월요일 JTBC의 뉴스룸 앵커인 손석희는 뉴스룸의 마지막 꼭지 '앵커브리핑'에서 이렇게 말했다.

뉴스룸 앵커브리핑을 시작하겠습니다.

자살률 1위, 노인 빈곤율 1위, 남녀 임금 격차 1위, 그리고 출산율, 노동자 평균 근속기간, 사회적 관계 최하위. (…) 이쯤에서 생겨나는 의문. 국가는 왜 존재하며 좋은 국가란 어떤 것인가. 학교에서 배운 홉스의 사회계약론은 이랬습니다. 인간은 자연에서 개인으로 살아갈 수도 있지만 고독과 불안을 피할 수 없어서 자연인으로 남는 것을 포기하고 사회적으로 계약을 한 것이라고 말이지요. 그래서 국가라는 공동체에 개인의 자유와 권리를 양도해서 자신의 생명과 안전을 보장받는다고 말입니다. 국가의 존재 이유입니다. 그리고 그 국가를 좋은 국가로 만들기 위해서 우리가 택한 것이 헌법을 기초로 한 민주주의 공화국이었습니다. 지난 한 달 동안 우리를 괴롭혀 왔던 것들, 자괴감과 수치심, 분노와 허탈감 들이었습니다. 일일이 다 열거하는 것을 포기해야 할 정도의 최순실 국정농단의 증거들. (…) 이 모든 것이 그저 잘 알고 지낸 지인의 도움일 뿐이라는 대통령의 해명은 허허롭고, 쏟아지는 의혹의 근거들은 그 허허로움을 국가의 미래에 대한 두려움으로 바꿔놨습니다. 정치권은 이번 주가 고비라고 이야기하고 있죠, 언론은 그 이야기들을 옮겨 놓지만 그것은 정치 공학적 접근일 뿐, 근본적으로 훼손되어 버린 우리의 민주주의에 대한 치유와 비전을 제시하는 것이야말로 지금의 정치가 해야 할 일은 아니냐고 거리의 시민들은 외치고 있습니다. (…) 그래서 우리가 마지막으로 희망을 걸 수밖에 없는 그 이름. 다시 민주주의. (…) 오늘의 앵커브리핑이었습니다.

그리고 다시 그 주의 주말인 11월 12일, 제3차 촛불집회가 열리는 날이었다.

지하철 5호선 광화문역으로 진입하는 전철에서 기관사의 안내방송이 나왔다.

"촛불로 켜져 있는 광화문역입니다. 이번 역에서 내리시는 분들은 몸조심하시고 대한민국을 위해 힘써 주시기 바랍니다."

지하철에서 이 방송을 들은 시민들은 박수와 함성을 터트렸다.

(*〈촛불혁명〉, 김예슬, 느린걸음, p. 72.)

제3차 촛불집회에 참석한 시민은 106만 명(경찰 추산 28만 명)이었다. 대통령 퇴진을 외치는 국민의 목소리는 전국에서 걷잡을 수 없이 뜨겁게 타올랐다. 10월 29일에 처음 시작한 촛불집회는 설 합동 차례로 대체된 2017년 1월 28일을 제외하고 2017년 4월 29일 23차까지 매주 토요일 열렸다. 특히 대통령 탄핵소추안 의결을 앞두고 있던 주말인 12월 3일 6차 촛불집회에서는 무려 232만 명(경찰 추산 43만 명)이 참가했다. 또 대학교 교수, 대학교 학생회, 고등학생, 법조계, 노동조합, 종교인, 체육인 등 각계각층에서 시국선언이 잇달았다.

촛불집회는 박근혜 대통령에 대한 탄핵이 결정된 뒤로도 네 차례 더 열렸는데, 4월 29일 제23차 집회를 마지막으로 촛불집회는 막을 내렸다.

그로부터 40여 일 뒤인 6월 10일 서울광장에서 6월 민주항쟁 30주년을 기념하는 국민대회 공연 〈6월의 노래, 다시 광장에서〉가 펼쳐졌다. 이 공연에서는 지난겨울 동안 쉬지 않고 진행되었던 촛불집회 투쟁의 소망과 의지를 다음과 같이 노래했다.

촛불을 들어 파도가 되었다
촛불을 들어 함성이 되었다
촛불을 들어 화살이 되었다
촛불을 들어 광장이 되었다

깃발 들어라 우린 인간이다 우리는 노예가 아니다
깃발 들어라 미래를 열어갈 우리는 사랑 연민이다

부패한 독재의 검은 눈 검은 손

타락한 재벌의 달콤한 속삭임

너희는 돈이 사는 세상을 원하지만

우리가 원하는 건 사람 사는 세상

우리의 풍자는 너희의 가면을 벗기고

우리의 함성은 너희의 가슴에 꽂히고

우리의 노래는 저 차벽을 넘어 자유를 향하리

우리의 행진은 반란을 넘어 해방을 향하리(*"촛불의 합창", 이경식 작

사·이현관 작곡)

| 장면 8 |

2016년 11월 26일

광화문광장의

"민중의 노래"

전국적으로 190만 명이 모인 제5차 촛불집회였다. 미국의 〈워싱턴포스트〉가 "한국인들은 대중의 시위가 강력하고 평화적이며 심지어 정중하면서도 여전히 효과적일 수 있음을 보여주었다."라고 보도하게 되는 바로 그 촛불집회였다.

이날의 광화문 무대는 '시민과 함께하는 뮤지컬 배우들'의 무대로 시작되었다. 32명의 배우들이 〈레미제라블〉의 "민중의 노래"를 합창했다.

너는 듣고 있는가, 분노한 민중의 노래

다시는 노예처럼 살 수 없다 외치는 소리

심장 박동 요동쳐, 북소리 되어 울리네

내일이 열려 밝은 아침이 오리라

2002년에 민주당에서 국민후보로 뽑힌 노무현 대통령 후보를 당 안팎에서 흔들어대던 바로 그 무렵에 예술의전당에서 공연되었던 그 노래였다. 그때 유시민은 평온한 칼럼니스트의 삶을 벗어던지고 검투사가 되어 정치라는 살벌한 콜로세움의 경기장으로 뛰어들었는데, 노무현 후보를 지키겠다는 '화염병을 들고 바리케이드 앞으로' 뛰어들겠다고 선언할 때의 절박한 심정을 실었던 바로 그 노래였다.

그리고 그로부터 10년이 지난 2012년 12월 19일에는, 그 뮤지컬을 영화화한 영화 〈레미제라블〉이 대통령 선거일에 맞춰서 개봉되었다. 그리고 그 선거에서 박근혜가 당선되었고, 그때 유시민은 '전혀 다른 내일'을 준비하며 정계 은퇴를 전제로 하는 책 〈어떻게 살 것인가〉의 원고를 쓰고 있었다. 그리고 다시 4년이 지난 지금 그 "민중의 노래"가 광장에서 울려 퍼지고 있었다.

너는 듣고 있는가!

노래의 절정 부분에서 무대 위 32명의 뮤지컬 배우들이 일제히 오른손을 뻗어서 무대 뒤쪽을 가리켰다. 박근혜 대통령이 있는 청와대 쪽이었다. 그 행동에 촛불을 든 시민들이 함성으로 함께했다. 그리고 다시 노래가 이어졌다.

...분노한 민중의 노래
다시는 노예처럼 살 수 없다 외치는 소리
심장 박동 요동쳐, 북소리 되어 울리네
내일이 열려 밝은 아침이 오리라

*   *   *

유시민은 촛불집회가 이어지던 2017년 4월에 〈국가란 무엇인가〉의 개정 신판을 냈다. 이 개정 신판 서문에서 그는 나라를 바로 세우겠다는 일념으로 차가운 겨울 거리로 나서는 사람들에게, 아리스토텔레스의 말로써 따뜻한 응원을 보냈다.

훌륭한 국가는 우연과 행운이 아니라 지혜와 윤리적 결단의 산물이다. 국가가 훌륭해지려면 국정에 참여하는 시민이 훌륭해야 한다. 시민 각자가 어떻게 해야 스스로 훌륭해질 수 있는지 고민해야 한다.(*<국가란 무엇인가>, p. 9.)

그리고 그 겨울의 그 거대한 운동이 단순히 박근혜 대통령의 탄핵만을 요구하는 집회가 아니라고 보았다.

시민의 함성에는 민주공화국의 질서와 운영을 바로 세우라는 요구와 함께 대한민국을 더 훌륭한 국가로 만들자는 의지가 들어 있었다. (...) 국민은 민주적인 정부를 세우는 데 머물지 않고 유능한 민주정부, 모든 시민을 공정하게 대하고 사람들 사이에 정의를 수립하는 정부를 요구하고 나설 것이다. (...) 온갖 우여곡절을 겪으면서도 대한민국은 그런 방향으로 움직여 가는 중이라고 나는 믿는다.(*<국가란 무엇인가>, p. 314. 강조는 저자.)

유시민에게 그 방향은 노무현과 함께 꿈꿨던 '사람 사는 세상'이었다. 이 구절을 쓰면서 어쩌면 그는, 아주 오래전인 2002년에 '바리케이드 안'으로 뛰어들어 선거 캠프에서 자원봉사 활동을 하던 때 노무현 후보와 나누었던 대화를 떠올렸을지도 모른다.

2002년 7월 중순쯤 노무현 후보를 마포 뒷골목에 있던 제 사무실에서 만났어요. 지지율도 떨어지고, 당에서 백지신당이니 하는 헛소리를 하고, 후보 캠프에 돈도 주지 않고, 선대위도 꾸려주지 않아 굉장히 어려운 때였습니다. 대뜸 제게 "노무현의 시대가 올까요" 하고 묻더군요. 제가 "아, 오죠. 오지 않을 수 없죠. 반드시 옵니다" 했더니, "근데 노무현의 시대가 오면 내는 거기 없을 것 같소" 하시더라고요. (...)

"아, 뭐 그럴 수도 있죠. 그럼 어때요? 그 시대가 오기만 하면 되지요. 후보님은 새로운 변화의 첫 파도에 올라타신 거예요. 이제 첫 파도가 밀려와 가야 할 곳까지 갈 수도 있지만 못 가고 주저앉을 수도 있죠. 그러면 그다음 파도가 또 오겠지요. 계속 파도가 와서 어느 시점엔가 지금 후보님이 생각하는 대통령이 되려는 그 이유, 대통령이 되어 만들고자 하는 사회, 이루고자 하는 변화가 이뤄질 거예요. 그런데 첫 파도를 타고 계시기 때문에 거기까지 못 갈 수도 있습니다. 그게 오기는 와요. 저는 그렇게 믿습니다."

제가 좀 섭섭하게 대접했죠. 약간 서운하셨을 것 같아요. '아, 후보님. 끝까지 가실 수 있습니다' 하고 이야기해야 맞는데 제가 냉정하게 말한 거지요. 실제로 그럴 수도 있으니까요. 그때 이렇게 말씀하시더군요.

"허, 그렇죠. 그런 세상이 오기만 한다면야 내가 없으면 어때."(*<노무현이라는 사람>, 이창재, 수오서재, pp. 294-295.)

노무현을 태웠다가 내동댕이쳤던 그 첫 파도는 이미 오래전에 갔고 또 사랑했던 그 사람도 갔지만, '노무현의 시대'는 반드시 '오기는 온다'고 유시민은 믿었다. 그러나 그가 짐작한 대로 그 시대로 가는 길은 '온갖 우여곡절'을 겪어야만 하는 길이었다. 그 길은 아직도 멀고 험난했다. 보수 진영의 힘이 여전히 강고하니까 말이다. 그리고 그 우여곡절은 멀지 않은 미래에서 기다리고 있었다.

'평등하고 공정하고
정의로운 나라'의
어용지식인

2016년 12월 9일, 대통령 탄핵소추안이 국회에서 가결되었다.

그리고 3월 10일 오전 11시 헌법재판소, 이정미 헌법재판소장 권한대행이 선고문을 낭독하기 시작했다. 낭독은 무려 20분 넘게 이어졌다. 그리고 마침내 최인훈이 '우리나라 현대사의, 민중주의를 이룬 사건'의 마침표를 찍는 '우리 현대사의 최고 명문장'으로 꼽았던(*〈연합뉴스〉, "최인훈이 남긴 말", 2018. 7. 24.) 바로 그 문장이 낭독되었다.

피청구인 대통령 박근혜를 파면한다.

그 순간, 헌법재판소 앞에 빽빽하게 자리 잡고 앉아서 헌법재판소의 결정을 기다리던 사람들이 일제히 함성을 지르며 박수를 쳤다.

그리고 두 달 뒤인 2017년 5월 9일에 치러진 제19대 대통령 선거에서 문재인 후보가 당선되었고, 다음날 당선자는 취임사를 읽었다.

존경하고 사랑하는 국민 여러분. 감사합니다. (...) 지금 제 두 어깨는 국민 여러분으로부터 부여받은 막중한 소명감으로 무겁습니다. 지금 제 가슴은 한 번도 경험하지 못한 나라를 만들겠다는 열정으로 뜨겁습니다. (...) 구시대의 잘못된 관행과 과감히 결별하겠습니다. 대통령부터 새로워지겠습니다. (...) 거듭 말씀드립니다. 문재인과 더불어민주당 정부에서 기회는 평등할 것입니다. 과정은 공정할 것입니다. 결과는 정의로울 것입니다. (...)(*<중앙일보>, "[전문] 문재인 대통령 취임사", 2017. 5. 10.)

그로부터 한 달 뒤인 6월 10일, 30년 전 이한열 열사의 장례식이 치러졌던 서울광장에서 정부공식 행사인 '제30주년 6·10 민주항쟁 기념식'이 열렸다. 현직 대통령이 6·10 민주항쟁 기념식에 참석한 것은 2007년 노무현 전 대통령의 6월항쟁 20주년 기념식 이후 10년 만이었다.

(...) 30년 전 6월, 우리는 국민이 승리하는 역사를 경험했습니다. 엄혹했던 군부독재에 맞서 불의에 대한 분노와 민주의 열망이 만들어낸 승리였습니다. (...) 6월항쟁은 우리 사회에 광장을 열었습니다. (...) 문재인 정부는 6월항쟁의 정신 위에 서 있습니다. 임기 내내 저 문재인은 대통령이라는 직책을 가진 국

민의 한 사람임을 명심하겠습니다. (...) 우리는 6월항쟁을 통해 주권자 국민의 힘을 배웠습니다. 촛불혁명을 통해 민주공화국을 실천적으로 경험했습니다. 6월의 시민은 독재를 무너뜨렸고 촛불시민은 민주사회가 나아갈 방향과 의제를 제시했습니다. 촛불은 미완의 6월항쟁을 완성하라는 국민의 명령이었습니다. (...) 6월항쟁의 이름으로 민주주의는 영원하고, 광장 또한 국민에게 항상 열려 있을 것입니다. 감사합니다.(*<경향신문>, "[전문] 문재인 대통령 6ㆍ10 민주항쟁 30주년 기념사", 2017. 6. 10.)

그리고 그날 저녁 같은 장소에서 열린 6월민주항쟁 30주년을 기념하는 국민대회 〈6월의 노래, 다시 광장에서〉에서는 미완의 6월항쟁을 완수할 것을 다짐하는 노래가 울려 퍼졌다.

> 다시 광장에 서서 여기 광장에 서서
> 메마른 하늘을 본다, 핼쑥한 네 얼굴을 본다
> 분노는 과거로 뒷걸음질 쳐 누추한 욕망으로 흐르고
> 함성은 과녁을 잃어 휘황한 네온 불빛 아래 가벼운 먼지로 흩어졌나
>
> 뜨겁던 하늘을 기억하는가 선하던 눈동자 잊었는가
> 분노가 미래를 향할 때 투쟁이 심장을 가질 때
> 슬픔은 희망이 되고, 투쟁과 사랑은 하나가 되리
>
> 다시 광장에 서서 여기 광장에 서서
> 달려라 외쳐라 깃발 높이 들고

끈질긴 독재의 세상을 끝내자

달려라 외쳐라 깃발 높이 들자

우리의 힘으로 세상을 바꾸자(*"다시 광장에서", 이경식 작사 · 이현관 작곡)

* * *

평등과 공정과 정의는 시대정신이자 해방 이후 한국 사회가 안고 있던 발전 과제였으며 촛불혁명의 요구 사항이었다. 평등하고 공정하고 정의로운 나라를 세우는 과정은 적폐를 청산하는 일부터 시작되어야 했다. 그래서 문재인 대통령은 후보 시절에 적폐 청산을 공약 가운데에서 최우선 과제로 내걸었다.

한편, 대통령 선거 나흘 전이던 2017년 5월 4일에 (그때는 이미 문재인 후보의 당선이 유력하던 시점이었다.) 유시민은 한겨레TV의 '김어준의 파파이스'에 출연해서 범진보 민주 정부에 복무하는 '어용지식인'이 되겠다고 말했다.

대통령만 바뀌는 거지 대통령보다 더 오래 살아남고 바꿀 수 없는, 더 막강한 힘을 행사하는 기득권 권력이 사방에 포진해 또 괴롭힐 것이므로, 비록 내가 정의당 평당원이지만 범진보 정부에 대해 어용지식인이 되려 한다.

(*<미디어오늘>, "유시민 '야권의 집권, 정치권력만 잡은 것일 뿐'", 2017. 5. 6.)

직업적으로 정치를 하지 않겠다는 2013년의 다짐은 이어가되, 지식인으로서 해야 하는 일은 적극적으로 하겠다는 뜻이었다.

유시민은 이런 의지를 5월 13일 봉화마을에 찾아가서도 팬클럽 '시민광장' 회원 450여 명 앞에서 다시 확인했다. 이 자리에서 그는, 자기로서는 노무현 전 대통령에 대한 애도가 아직 끝나지 않은 상태여서, 새로 집권한 문재인 정부에서 '공무원'이 되어서 권력을 가지면 다른 사람을 행복하게 하기 어려우므로 '공무원'이 되지는 않겠다고 했다. 그렇지만 '당당한 어용지식인'이 되겠다고 강조했다.

어용지식인이 되겠다는 이 공공연한 언표에서는 이제 곧 출범할 문재인 정부를 지켜내겠다는 결의가 담겨 있었다. 이 결의는, 여전히 막강한 힘을 가진 채 사방에 포진해서 문재인 정부를 괴롭힐 기득권 세력에 맞서는 결사 항전의 결의이기도 하다. 그러나 당시만 하더라도 유시민은 기득권 세력의 저항과 반발이 얼마나 끈질기고 지독할지 상상하지 못했을 것이다.

불평등과 불공정과 불의 속에서 이득을 취하는 기득권 보수 집단의 기반을 과연 허물 수 있을까, 아니면 다시 그 세력에 발목이 잡혀서 주저앉을 것인가? 그 회심의 전쟁은 '조국 전쟁'이라는 이름으로 전개된다. (이 이름은 이 사건을 바라보는 사람들의 관점에 따라 '조국 사태'나 '조국 대란'이라는 이름으로도 불려졌다.)

그러나 그 전에, 이 전쟁의 본질을 다시 한번 확인할 필요가 있다.

오늘날 한국 사회의 기득권 집단인 보수 카르텔이 어떻게 형성되었으며 어떤 가치관을 가지고 있을까? 또, 우리 사회에서 보수주의적 태도와 진보주의적 태도는 각각 무엇을 뜻할까?

보수와 진보...

잘못 꿰인

단추들

진보와 보수의 규정을 다시 한번 더 유시민의 글을 인용해 정리해
보자.

> 진보와 보수를 나누는 기준은 여러 가지가 있다. 하지만 아주 거칠게 말
> 하자면 한 가지다. 진보는 '당위'를 추구하고 보수는 '존재'를 추종한다. 진보
> 는 아직 현실에 존재하지 않는 이상적 목표를 설정하고 그것을 실현하기 위
> 해서 싸운다. (...) 보수는 이미 존재하는 현실을 불가피한 자연적 질서로 간주
> 하고 그것을 지키려 한다. 어떤 질서든 상관없다.(<후불제 민주주의>, p. 68.)

그런데 '진보·보수'를 하나의 고정된 이념 자체가 아니라 시대마다 내용이 달라질 수 있는 태도로 바라보아야 한다. 예를 들면 이렇다.

조선시대의 정조는 붕당정치의 폐해 속에서 신하들의 권력이 비대해짐에 따라서 국가 발전이 뒤처진다고 판단하고는 탕평책을 비롯한 강력한 개혁 정책을 추진했다. 그러나 정조는 조선 건국의 이념인 정통 성리학을 기반으로 왕권을 강화함으로써 궁극적으로는 봉건제도를 한층 공고하게 하려고 했다. 그의 개혁 정책은 태도적으로는 진보적이지만 이념적인 내용으로는 (근대적 개인의 발견 혹은 강조가 아니라 정반대 방향인) 왕권을 강화하는 것이었다.

정조의 개혁 정책이 실패로 돌아간 뒤에도 조선은 여전히 건재했다. 왕은 형식적으로만 존재했고 실제로는 신하들이 지배하는 체제가 이어지긴 했지만... 그리고 조선 말에 이르러 봉건 체제가 무너지고 근대화가 진행되는 세계사의 흐름 속에서 조선 내부에서는 조선이라는 기존의 껍데기를 벗어던지자는 진보주의와 조선의 500년 전통을 지켜 나가자는 보수주의가 부딪혔다. 그리고 진보주의 운동 가운데에는 동학으로 대표되는 일반 백성 중심의 아래로부터의 개혁을 주장한 진보주의도 있었지만, 이 운동은 강력한 외세(일본 제국주의)를 등에 업고서 위로부터의 개혁을 목표로 했던 다른 진보주의자들에게 (이들은 중인 계급 그리고 조선의 기득권층이던 양반 계급의 일부였다) 무참하게 꺾이고 말았다. 이렇게 해서 조선은 일본의 식민지가 되고 만다.

이 진보주의자들은 새롭게 형성된 사회 체제인 식민지 조선에서 친일파로 변신했고, 이들은 식민지 조선 사회의 기득권 집단이 되었으며, 이들이 일제강점기 동안 조선 사회의 보수주의 진영을 구축하는 핵심 세력이 되었다. 반면에 기존의 보수주의자들은 조선 독립이라는 목표를 가진 진보주의자가 되어서 민족주의자로 혹은 사회주의자로 식민지 조선의 기득권 세력과 싸웠다. 독립국 조선에서 식민지 조선으로 세상이 바뀌면서, 보수와 진보 사이에 공수 교대가 이루어진 것이다.

그러다 해방이 되었고, 우리나라는 남북으로 갈라졌다. 남쪽에서 대한민국 정부가 수립되었지만 일제 잔재는 청산되지 않았다. 이승만 정권은 미국이 설정한 아시아 정책의 전략적 필요성에 따라서 동아시아에서 반공의 보루 역할을 말썽 없이 또 효율적으로 충실히 수행해야만 했던 태생적인 한계 때문에, 친일파들을 정리하기는커녕 오히려 친일파들의 인적·물적 자산을 자기 정권의 기반으로 삼았다. 친일 청산을 위한 제도로 제헌국회 내에 '반민족행위특별조사위원회(반민특위)'가 마련되었지만, 친일 경력 경찰들을 중심으로 반민특위 위원에 대한 암살 음모가 꾸며질 정도로 친일파 집단의 저항이 강했다. 이들은 실제로 1949년 6월에 반민특위를 습격하기도 했다. 반민특위 활동으로 친일 경력자 680여 명이 조사를 받았으나 결국 집행유예 5인, 실형 7인, 공민권정지 18인 등 30인만이 제재를 받았고, 실형 선고를 받은 7인도 이듬해 봄까지 재심청구 등의 방법으로 모두 풀려났다.(*한국민족문화대백과, 한국학중앙연구원.)

그 바람에 광복이 되고 세상이 다시 바뀌었지만 사회의 기본적인 체계는 바뀌지 않았다. 대한민국 사회의 주도권을 일제강점기 때의 기득권 집단이 여전히 장악했다.

식민지 조선 사회에서 이득을 보며 그 체제를 유지하려 했던 집단이 대한민국 사회에서도 여전히 사회의 기득권을 유지하게 되었다는 것은 일제가 제국주의적 수탈을 위해서 우리 사회에 심어 놓은 정신적·문화적 가치와 제도적인 장치 및 인적 관계망이 온전하게 살아남았다는 뜻이다. 그리고 냉전 체제 아래에서 공산권을 방어할 한미일 삼각 동맹의 필요성에 따라서 미국의 주도하에 이루어진 1965년 한일협정으로 한일관계가 회복되었을 때, 한국 사회에 온전하게 남아 있던 일제강점기 때의 체제와 문화 덕분에 일본과의 경제 분업 관계는 의도한 대로 매끄럽게 돌아갔다. 식민지 시절과는 다른 새로운 방식의 '빨대'가 우리의 경제개발 구조에 튼튼하게 박힌 것이다. (물론 그럴 목적으로 그 협정은 진행되었다.)

한국무역협회와 관세청 수출입통계에 따르면 1965년부터 2018년까지 54년간 한국의 대일 무역적자 누적액은 총 6천46억 달러, 우리 돈 약 708조 원으로 집계됐습니다.(*MBC, "대일 무역적자 54년째", 2019. 7. 7.)

우리나라는 일본과의 교역에서 한 번도 돈을 벌어본 적이 없다. 우리나라의 대일(對日) 경상수지는 해당 통계 편제를 시작한 지난 1998년 이래로 작년까지 21년 연속 적자를 기록하고 있다.(*<헤럴드경제>, "'對日 적자민국'의 역사", 2019. 7. 9.)

그리고 (이해찬의 표현을 빌자면) '정조 이후 220년 가운데 박근혜 정부까지 김대중·노무현 정부 10년을 뺀 210년 동안 수구 보수 세력이 집권한' 이 체제는 불평등과 불공정과 불의의 원천이었고, 따라서 그 넓고 깊은 뿌리는 위안부 및 강제징용 문제나 일본 제품 불매운동 문제에 이르기까지 일상 속에서 우리 사회의 갈등을 유발하는 위험한 시한폭탄으로 작용해 왔다. 한편, 또 이 보수 기득권 집단은 6·25전쟁을 거치면서 '반공 이념'을 자기 진영의 강력한 호출 신호로 만들었다.

그런데 한-미-일 반공 삼각동맹이라는 큰 틀의 균형이 언제부터인가 흔들리기 시작했다. 기본적인 요인은 한국의 경제적·문화적 성장이었다. 일제강점기에 뿌리를 둔 이 보수 기득권 집단이 한일협정을 계기로 큰 틀을 잡고 시작했던 경제개발이 2000년대 들어서 커다란 성과를 거두었는데, 그 결과가 오히려 보수 진영의 틀을 흔들게 된 것이다. 전 세계의 경제가 신자유주의의 깃발 아래 재편되는 가운데에서 한국의 경제 규모가 세계에서 선진국들과 어깨를 나란히 할 정도로 성장함에 따라서,(*2018년 GDP 기준으로 세계 10위였고, 2019년에는 세계 12위, 2020년에는 세계 9위 예상. 자료: OECD) 국내외의 기업을 비롯한 경제 주체들은 좀 더 빠른 경제 성장의 발목을 잡는 낡은 제도와 정신적·문화적 가치의 족쇄를 (반공 이념도 그런 족쇄 가운데 하나이다) 벗어던질 필요성을 느꼈다. 한국의 경제 수준이 세계적으로 도약함에 따라서 국민의 문화적 자신감도 거기에 비례해서 커졌고, 이런 변화가 기존의 보수-진보 대립의 지형을 흔들어 놓는다. 2016년의 촛불혁명으로까지 이어진 과정이 그랬다.

* * *

2장 서두에서 했던 단추 이야기를 다시 해 보자.

잘못 꿰인 단추들을 어떻게 할 것인가?

지금까지 꿰인 단추가 위에서부터 100개나 된다. 그동안 제대로 잘 꿰어왔다고 생각했는데, 두어 걸음 뒤로 물러서서 보니 일흔 번째쯤에서 그만 단춧구멍 하나를 건너뛰고 말았다. 엉뚱한 생각을 하느라 정신을 딴 데 둔 바람에 그렇게 되었다고 치자.

다행히 (어쩌면 그건 다행이 아니라 더 큰 불행의 시작일지도 모른다) 구멍 하나를 건너뛴 뒤부터는 쭉 제대로 꿰었다. 가까이에서만 보며 최근에 반듯하게 꿴 서른 개 단추만 보여서 아무런 문제가 없다. 반듯하고 좋다. 그런데 두어 걸음 뒤로 물러나 전체적으로 보면 보기 흉한 모습이 눈에 들어온다. 처음부터 끝까지 단추와 단춧구멍이 일 대 일로 대응해서 순서대로 하나씩 딱딱 맞춰서 꿰어야 했는데, 중간에 단춧구멍 하나를 건너뛴 바람에 단춧구멍이 있는 왼쪽 단이 비쭉 들려서 올라가 있다. 이 모습이 여간 볼썽사납지 않다. (물론, 삐뚤어지거나 말거나 그런 것에 아무런 심미적·심리적·경제적·존재론적 불편함을 느끼지 못하는 사람에게는 아무 문제가 아닐 수도 있다. 우리 모두가 다들 이렇게 천하태평으로 산다면, 그래서 이런 사람들만 세상에 산다면, 세상은 얼마나 공평하고 천하태평으로 엉망진창일까?)

자, 그렇다면 앞으로도 계속 단추를 100개 200개 더 꿰어 나가야 하는데, 이 일을 어찌해야 할까?

우리에게 주어지는 선택지는 크게 네 가지다.

첫째, 어차피 엎질러진 물이니 과거는 과거대로 두고 그냥 그대로 앞으로도 계속 n번째 단추를 n+1번째 단춧구멍에 꿰어 나가는 것이다. 이 선택의 장점은 과거에 단춧구멍 하나를 건너뛴 잘못에 대해서 아무런 비용을 지출하지 않아도 된다는 점이다. 물론 감수해야 할 단점이 뒤따른다. 조금만 뒤로 물러서서 시야를 넓히기만 하면 왼쪽 단이 비쭉 들린 모습이 보인다는 점이다. 그걸 볼 때마다 자기가 저지른 잘못이 상기된다. 자책과 후회가 뒤따른다. 그러나 이 문제도 쉽게 해결할 수 있다. 뒤로 물러서서 시야를 넓히는 짓 따위를 하지 않으면 된다. 안 보면 된다. 눈에 보이지 않으면 불편할 것도 없다. 부지런히 단추를 꿰어나가서, 그 흉한 모습을 위로 더 쭉쭉 올려버리면 된다. 먼 옛날의 일로 만들어버리면 된다. 그래도 영 마음에 걸리면, 단추를 잘못 꿴 부분을 포함해서 그 위쪽을 모두 가위로 싹둑 잘라버리면 된다. 잘라낸 조각은 흔적도 없이 태워버리면 된다. 그렇게 기억과 역사에서 지우고 잊어버리면 된다. 그러면 가까이에서 보든 멀리서 보든 내 눈에는 반듯하게 꿰인 서른 개의 단추+단춧구멍 조합만 보인다. 이 얼마나 아름다운가! (예를 들어서, 8월 15일을 '광복절'이 아니라 '건국절'로 해야 한다는 주장이 이런 것이다. 이 주장은 일제강점기 때 우리 민족 전체 및 개인이 입은 피해와 독립을 위해 바쳤던 집단적·개인적 노력을 현재 대한민국의 정체성과 완전히 분리하자는 것이다. 복잡하지도, 머리 아프지도, 제 발 저리거나 부끄럽지도 않게, 과거의 역사를 깔끔하게 잘라내서 태워버리자는 것이다.)

둘째, 일흔 번째의 그 실수를 인정하는 것이다. 그래서 최근에 꿴 서른 개 단추를 모두 풀어내고 잘못된 그 부분부터 다시 제대로 꿰어 나가는 것이다. 이 선택의 장점은 완벽하게 깔끔하다는 것이다. n번째 단추는 n번째 단춧구멍에! 이 아름다운 원칙을 지킬 수 있다. 그러나 단점은 추가 비용을 부담해야 한다는 것이다. 서른 개의 단추를 일일이다 풀어야 하고 또 그 서른 개 단추를 다시 꿰어야 하기 때문이다. 여기에는 하지 않아도 될 수고를 들여야 하는 물리적인 불편함뿐만이 아니라 자기가 잘못했음을 인정해야 하는 심리적인 불편함까지 동반된다. 그래서 이 불편함을 최소화할 세 번째 선택이 들어설 여지가 생긴다.

셋째, 비록 최근까지 서른 개가 잘못되긴 했지만, 그 잘못을 여기에서 끝내기로 한다. 그래서 단추를 하나 건너뛰어서 다음 단추부터 단춧구멍에 차례대로 꿰어 나간다. 이렇게 하면 단추가 달린 오른쪽 단이 비쭉 들려져서 또 한 차례의 흉한 모습이 생기긴 하겠지만, 어쨌거나 앞으로는 n번째 단추는 n번째 단춧구멍에 그리고 n+1번째 단추는 n+1번째 단춧구멍에 꿰일 것이고, 장기적으로 볼 때 앞으로 백 개를 꿰든 천 개를 꿰든 그 모양이 자연스럽고 아름다울 것이다. 물론 이 선택에 단점이 있긴 하다. 단의 한 쪽이 비쭉 들려진 모양이 두 개나 생겨서 보기에 흉하긴 하지만, 어쨌거나 'n번째 단추는 n번째 단춧구멍에!'라는 원칙을 앞으로는 지켜나갈 수 있다.

넷째, 마음을 비우는 것이다. 케 세라 세라, 이런들 어떠하리 저런들 어떠하리. n번째 단추를 n+1번째 단춧구멍에 꿰어지든 n-1번째 혹은 n+18번째 단춧구멍에 꿰이든 상관하지 않는 평정심을 가지는 것이다. 단점은 일을 못했다고 혹은 원칙이 없다고 욕을 먹는 것이지만, 걱정할 필요가 없다. 마음을 비웠기에 욕이 욕으로 들리지 않는다.

자, 그렇다면 이상의 네 가지 선택지 가운데 무엇을 선택해야 옳을까?

이 문제를 역사의 문제로 환원한다면 어떻게 될까? 과거의 잘못을 바로잡아야 할까, 아니면 과거의 일은 과거에 묻어버려야 할까? 바로 잡는다면 어디까지 얼마나 바로잡아야 할 것이며, 또 묻어버린다면 이런 사실(실수)을 기록해 두고 묻을 것인가 아니면 그런 사실조차 기억에서 깡그리 지워버려야 할까?

이 질문에 대한 서로 다른 대답들이 문재인 정부가 출범하면서 본격적으로 사납게 충돌하기 시작했다.

조국

전쟁

더불어민주당의 문재인 대통령 후보는 2017년 4월 29일에 대선공약집 〈나라를 나라답게〉를 발간 · 발표했다. 이 공약집에서 제시한 '4대 비전' 가운데 첫 번째가 '촛불혁명의 완성으로 국민이 주인인 대한민국'이었다. (전체 공약은 4대 비전과 12대 약속 그리고 201개 실천과제로 구성되어 있다.) 그리고 이 첫 번째 비전의 첫 번째 약속이 '부정부패 없는 대한민국'이고 이 약속의 구체적인 실천 사항은 세 가지는 '이명박 · 박근혜 9년 집권 적폐 청산'과 고위공직자 비리수사처(공수처) 설치와 검경수사권 조정 등을 내용으로 하는 '권력 기관 개혁'그리고 '정치 · 선거제도 개혁'이었다. 특히 '권력 기관 개혁' 항목 가운데에는 '권력 눈치 안 보는, 성역 없는 수사 기관을 만들겠습니다.'라는 약속이 들어 있었다. 이 약속의 구체적인 내용 몇 가지를 추리면 다음과 같다.

- 고위공직자의 비리 행위에 대한 수사와 기소를 전담하는 고위공직자 비리수사처(공수처) 설치와 검경수사권 조정
- 검찰인사 중립성·독립성 강화
- 검찰에 대한 외부 견제기능 강화(*<나라를 나라답게>, 더불어민주당, p. 26.)

이것은 보수 집단의 카르텔(검찰, 언론, 보수정당 등)을 향한 선전포고였다. 사실 2012년의 18대 대선에서도 문재인 후보가 공수처 설치를 주장했었고, 2016년 7월에는 노회찬 의원도 공수처 설치 법안을 발의했지만 무산된 적이 있었다. 검찰개혁 시도도 민주정부가 들어설 때마다 있었지만 그때마다 '검찰의 독립성'이라는 명분 때문에 무산되었다. 검찰의 독립성은 민주정부 아래에서만 작동하는 선택적인 독립성이었다.

그러나 문재인 정부의 전투력과 의지는 예전과 확실히 달랐다. 문재인 정부는 촛불혁명의 민심을 등에 업고 있었기 때문이다. 보수 카르텔 및 그 영향력 안에 있는 개인과 조직, 이 모두를 아우르는 보수 진영도 바짝 긴장했다. 그리고 국회에서 힘겨루기가 진행되는 동안에, 보수 카르텔은 진보 정치인들의 약점을 파고들었다. 이 공격에서 주 공격수는 검찰이었다. 해방 이후, 특히 박정희 집권 이후 늘 그랬듯이.

드루킹(*인터넷 카페 '경제적공진화모임'의 대표 김동원의 필명이다)을 비롯한 더불어민주당 당원 세 사람이 19대 대선 이전부터 여러 포털 사이트 인기검색어와 인터넷 기사에 문재인 후보와 더불어민주

당에 유리하도록 댓글 작업을 해서 여론을 조작했다는 혐의를 잡고 검찰이 수사를 시작했다. 이른바 '드루킹 여론조작 사건'이었다. 검찰은 이 사건에 노무현 대통령의 마지막 비서관이었던 김경수 경남도지사를 엮어서 구속했고, 또 노회찬 의원을 대상으로 2016년 총선 때 드루킹 측으로부터 5천만 원을 받았다는 혐의로 수사하기 시작했다. 노회찬은 2005년 '삼성 X파일 사건' 때 돈을 받은 검사들의 실명을 공개한 혐의로 2013년에 유죄를 선고받고 의원직을 잃은 뒤에 2016년 20대 총선으로 다시 국회의원이 되었다. 그랬던 그는 결국 보수 카르텔의 저격을 피하지 못했고, 결국 2018년 7월 23일에 자살했다. 그가 휴대폰에 남긴 유서는 다음과 같았다.

2016년 3월 두 차례에 걸쳐 경공모로부터 모두 4천만 원을 받았다. 어떤 청탁도 없었고 대가를 약속한 바도 없었다. 나중에 알았지만, 다수 회원들의 자발적 모금이었기에 마땅히 정상적인 후원 절차를 밟아야 했다. 그러나 그러지 않았다. 누굴 원망하랴. 참으로 어리석은 선택이었으며 부끄러운 판단이었다. 책임을 져야 한다. (...) 잘못이 크고 책임이 무겁다. (...) 나는 여기서 멈추지만 당은 당당히 앞으로 나아가길 바란다.

국민 여러분! 죄송합니다. 모든 허물은 제 탓이니 저를 벌하여 주시고, 정의당은 계속 아껴 주시길 당부 드립니다. 2018.7.23. 노회찬 올림

그의 영결식은 7월 27일 국회의사당 본청 앞에서 진행되었는데, 국회의 청소노동자 19명이 그늘도 없는 땡볕에 늘어서서 운구 행렬을 지켜보며, '국회에서 우리가 만난 정치인들 가운데 가장 인간적인 정치

인'이 가는 마지막 길을 배웅했다.(*〈한겨레〉, "국회 청소노동자들 배웅…", 2018. 7. 27.) 한편 유시민은 연세대학교 대강당에서 열렸던 고인의 추도식에서 고인에게 보내는 편지를 읽었다.

"우리에게 다음 생이란 없다, 저는 그렇게 생각하면서 살아왔습니다. 지금도 그렇다고 믿습니다. 그렇지만 다음 생이 또 있으면 좋겠습니다. 그때 만나는 세상이 더 정의롭고 더 평화로운 곳이면 좋겠습니다. (…) 회찬이 형, 완벽한 사람이어서가 아니라 좋은 사람이라서 형을 좋아했어요. (…) 잘 가요. 회찬이 형. 아시죠? 형과 함께한 모든 시간이 좋았다는 것을요."

진보 진영의 강력한 정치인 한 명이 그렇게 갔다.

그러나 그것은 아직 서막에 지나지 않았다.

그것이 그저 서막일 뿐임을 일러주는 작은 사건 하나가 있었다. 고인에 대한 추모 분위기가 이어지자 홍준표 전 자유한국당 대표가 '자살이 미화되는 세상은 정상적인 사회가 아니다.'라는 글을 페이스북에 올렸다. 많은 사람이 애도와 미화를 구분하지 못하는 그의 분별없는 막말에 분노했지만, 다른 한쪽에서는 많은 사람이 고개를 끄덕이며 자기들이 거둔 작은 승리를 확인하며 미소를 지었다.

그런데 문재인 정부를 중심으로 한 진보 진영과 보수 카르텔을 중심으로 하는 보수 진영의 싸움은 그로부터 2년 뒤까지 점점 뜨겁게 가열되고, 노회찬 의원이 떠나가고 2년쯤 뒤이던 2020년 7월 10일에 진보 진영의 또 하나 커다란 기둥이 사라졌다. 평생을 민주화운동과 시민운동 및 진보적인 정치 활동으로 살아온 (유시민이 '일 중독자'(*〈어떻게 살 것인가), p. 18.)라고 불렸으며 회계를 비롯한 모든 점에서 얼마나 깐깐하던지 서울시 공무원들이 모두 고개를 절레절레 저었던) 박원순 서울시장이 자살한 시신으로 발견된 것이다. '여직원 성추행' 의혹이 제기된 직후였다. 그가 유언으로 남긴 메모는 짧았다.

모든 분에게 죄송하다. 내 삶에서 함께해 주신 모든 분들에게 감사드린다. (...) 모두 안녕.

보수 진영의 스피커들은, 그의 죽음을 슬퍼하며 망연자실한 동료와 선후배 및 시민들을 향해서, 그가 스스로 목숨을 끊을 것을 놓고 무책임하다고 비난하며 진보 진영의 정치인들을 싸잡아서 도덕성이 없다고 공격했다.

보수와 진보의 이 대립은, 갈등의 근본 뿌리에 직접 닿아 있는 문제에서부터 불거졌다.

일제강점기 강제징용 피해자들이 대한민국 법원에 일본 기업 신일본제철(현재의 신일철주금)에 대한 손해배상금을 청구한 '신일본제철 강제징용 소송'이, 양 진영 사이의 대대적인 대립으로 발전하게 될 발단이었다.

강제징용 손해배상 소송과 일본 불매운동

강제징용 피해자 여운택과 신천수가 1997년 12월 24일 일본 오사카에서 일본의 강제징용에 대한 손해배상 소송을 시작했다.(*이 재판 관련 내용은 나무위키의 "일본제철 강제징용 소송"을 토대로 했다.) 그러나 이 소송은 2003년에 일본 현지 재판소에서 최종 패소하였다. 그러자 여운택 외 3명은 2005년 대한민국 법원에서 다시 신일본제철을 상대로 손해배상소송을 제기했다.

이 재판은 1심과 2심에서 원고 패소 판결이 났지만, 2012년 5월에 대법원은 원고 승소 취지의 파기 환송 판결을 내렸다. 그러자 2013년 7월에 서울고법은 원고에게 각 1억 원을 지급하라며 원고 일부 승소로 판결했다.

그러나 이게 끝이 아니었다. 파기 환송심 이후 피고인 일본 신일본제철은 재상고를 하였고, 사건은 다시 대법원으로 넘어갔다.

그런데 2013년 2월 출범한 박근혜 정부는 한일관계를 고려해 소송결과가 번복돼야 한다는 입장이었으며, 실제로 재판 결과에 개입하려 한 정황이 발견되었다. 나중에 확인된 사실이지만, 대통령이 '(법원이) 강제징용 피해자들에게 배상하라고 판결하면 나라 망신이고, 국격 손상'이라고 말했으며, 이 발언을 기록한 청와대 외교안보수석의 업무수첩이 2019년 1월에 확인되었다.(*"〈서울신문〉, 양승태 겨눈 검, 재판거래 물증 확보했나", 2019. 1. 16.) 당시는 한 · 일 위안부 협상을 진행하던 시점이었는데, 박근혜 정부는 일본과의 사이에 신뢰를 쌓아야 한다고 판단했던 것이다.

이런 신뢰관계 속에서 박근혜 정부와 아베 정부는 한미일 삼각공조를 튼튼하게 해야 한다는 명분 아래, 2015년 12월 28일에 '한일 양국 정부는 일본군 위안부 문제가 최종적으로, 불가역적으로 종결되었음을 선포'하였다. 그리고 박근혜 정부는 일본 정부가 '배상금'이 아닌 '보상금'으로 내놓은 10억 엔을 위안부 할머니들에게 개별적으로 지급하기로 방침을 세웠다. 그러나 이 합의 과정에서 철저하게 배제되었던 당사자인 위안부 할머니들뿐만 아니라 사회 전반에서는 이 합의가 가해자와 동조자의 야합이라고 비판했다.

> "세상에 이럴 수가 있습니까. 협상 전에 우리에게 먼저 물어봤어야 하는데 두 정부끼리 속닥속닥하며 사죄한다니. 그런 사죄를 받으려고 지금까지 고생한 게 아닙니다."(*김복동 할머니, '2015년 한일외교장관회담의 문제점과 대응방안' 긴급 토론회에서)

이 합의는 절차상의 문제가 있었을 뿐만 아니라 30년 가까운 세월 동안 쌓아 올린 일본군 위안부 관련 운동의 성과를 원점으로 돌리는 것이었다. 결국 문재인 정부 때인 2018년 11월에 한국의 여성가족부가 한일위안부합의에 따라 설립한 화해·치유재단(위안부 재단)을 해산하겠다고 공식 발표함으로써, 이 조약을 사실상 최종적으로 파기한다.

다시 신일본제철이 재상고한 소송으로 돌아가면…

그 소송에 대한 대법원 판결은 온갖 우여곡절 속에서 계속 미루어지다가, 마침내 문재인 정부가 들어선 뒤인 2018년 10월 30일에 대법원은 원고 승소 판결을 내렸다.

이 판결을 놓고 일본 정부는 즉시 '매우 유감'이고 '결코 수용할 수 없다'며 강력하게 반발했다. 그러나 대구지방법원 포항지원은 대법원의 확정 판결을 근거로 2019년 1월 8일부터 일본 기업의 국내 자산 동결과 압류 절차에 들어갔다.

일본 정부는 이 조치에 대한 반발로 2019년 7월 1일, 반도체 및 디스

플레이 제조 핵심 소재의 수출을 제한했고, 여기에 대한 대응으로 한국 정부는 한일군사정보보호협정(지소미아) 연장 유예를 했고 시민들은 일본 불매운동(NO재팬)을 시작했다. 이로써 한일관계가 거의 모든 분야에서 차갑게 얼어붙었으며, 이 불매운동을 놓고 보수 진영과 진보 진영은 첨예하게 대립했다. 특히 조국 전 민정수석도 페이스북에 글을 올려서 목소리를 높인 가운데, 양측 사이의 공방은 뜨겁게 이어졌다.

(...) 대한민국의 정통성과 주권이 타국, 특히 과거 주권침탈국이었던 일본에 의해 공격받고 있는 상황에서, 일본 정부의 입장에 동조하거나 이를 옹호하는 (...) 한국의 일부 정치인과 언론이 한국 대법원 판결을 비방 매도하는 것은 '표현의 자유'일지 몰라도 무도(無道)하다.(*조국 전 대통령민정수석, 페이스북, 2019. 7. 22.)

조선일보는 그동안 사설과 칼럼, 외부기고 등을 통해 문재인 정부를 비난하면서 일본 편을 드는 논조를 보여왔다. 대법원 판결을 폄하하면서 '외교갈등 때문에 빚어진 정부 발 폭탄'이라며 책임을 문재인 대통령에게 씌웠다. 게다가 '우리 사회 일부에서 일본제품 불매운동을 일으키려는 것도 득이 되지 못한다'고 주장했다. 심지어 과거 한일청구권자금으로 포철을 건립하는 등 한일협정으로 개인 배상까지 마무리되었다는 일본 정부의 주장을 받아들였다. 언론시민단체들은 "조선일보는 (...) 한국 정부를 비판하고 일본을 두둔하는 댓글까지 일본어로 번역해 제공함으로써 일본인들에게 전달되고 있다"(...)고 지적하기도 했다.(*<데일리스포츠한국>, "<김주언 칼럼> '민족지' 자처하는 조선일보의 '친일논조'", 2019. 7. 25.)

일본의 경제 보복은 친일이냐 반일이냐에 따라 대응이 달라질 성격의 사안이 아니었다. (...) 국민들 사이에 의견이 엇갈린 대목이 있었다면 그동안 문재인 정부의 대처와 준비가 올바른 것이었는지에 대한 평가다. 즉 정권의 유능·무능에 대한 논란이었는데 이를 친일·반일 논란으로 둔갑시켜 버린 것이다. (...) 다른 의견에 친일 딱지를 붙이는 행태는 극우 반공 시대의 데자뷔다. 전두환 정권이 세상을 빨갱이냐 아니냐로 나눴듯, 이 정권 인사들은 친일·반일의 흑백 렌즈로만 세상을 보는 것 같다. (...) 어쩌면 그들은 매우 간교한 책략가들일지 모른다. 친일 프레임은 오로지 총선 승리, 좌파 장기집권을 목표로 한 전략의 결과물일 수 있는 것이다.(*<동아일보>, "[이기홍 칼럼]시대착오 색맹증인가, 총선책략인가", 2019. 7. 27. 강조는 저자.)

그렇다. 친일·반일의 쟁점은 우리 사회 기득권 집단의 성격을 고스란히 드러내는 부분이다. 그렇기 때문에 진보 진영이 이 부분을 파고들 때 보수 진영 가운데에서도 보수 집단의 기득권 카르텔은 경제 문제에는 친일과 반일의 논리로 접근해서는 안 된다고 반격한다. 나라가 망하기 싫으면 아무리 미워도 기존의 상황과 체제를 인정하고 일본에 기대자는 말이다. 과거에 한 번 잘못 꿴 단추들을 그대로 둔 채로 계속 그대로 꿰 나가자는 말이다. 그러나 진보 진영에게 그 문제는 우리 사회가 안고 있는 문제들의 근원을 밝히고 대안을 마련해야 하는 원칙의 문제이고 출발점이다.

다행히 일본의 경제 제재 및 거기에 대응한 일본 불매 운동의 경제적 성과는 두드러졌다. 그동안 일본에 종속되어 있던 반도체의 소부장

(소재, 부품, 장비) 생산 체계를 국내에 확보할 필요성이 인식되었고, 우리 기업들은 일본의 경제 제재에 따른 이렇다 할 피해를 보지 않고도, 그 사이에 이 분야의 자립을 착실하게 진행했던 것이다.

그런데 이 싸움의 불길에 기름을 끼얹는 또 하나의 사건이 동시에 진행되었다.

바로 그 시점에 〈반일 종족주의〉가 출간된 것이다. 이 책의 필자들은 일제의 식민지 수탈 사실 자체를 부정하며, '위안부 생활은 그들의 선택과 의지에 따른 것이지 강제동원은 없었다.', '독도가 한국 영토임을 증명하기 위해 국제사회에 제시할 증거는 하나도 없다.', '한국은 일본과의 청구권 협상에서 애당초 청구할 것이 별로 없었다.' 등의 주장을 펼쳤다. 여기에 대해서 조국은 페이스북에 글을 올려 이 책을 '구역질이 나는 책'이라고 썼다.

> 이런 주장을 공개적으로 제기하는 학자, 이에 동조하는 일부 정치인과 기자를 '부역 · 매국 친일파'라는 호칭 외에 무엇이라고 불러야 하는지 알지 못한다. (...) 이들이 이런 구역질 나는 책을 낼 자유가 있다면, 시민은 이들을 '친일파'라고 부를 자유가 있다.

그러자 이영훈 등의 〈반일 종족주의〉의 저자들은 조국을 모욕죄로 고소했다. 이렇게 해서 바야흐로 조국 전쟁의 서막이 펼쳐졌다. 그렇잖아도, 검찰 개혁을 지휘할 법무부장관 내정설이 파다하게 돌던 조국이었기에, 그를 향한 보수 논객들의 공격은 전방위적으로 이어졌다. 8월 9일에 대통령이 그를 법무부장관에 내정하면서부터는 전쟁이 본격적으로 시작되었다.

이 싸움의 본질을 이해찬은 더불어민주당 대표직에서 물러난 직후였던 2020년 9월에 조국 전쟁의 본질이 무엇이냐는 질문에 다음과 같이 설명했다.

> "검찰 개혁과 그에 대한 검찰의 저항 문제이기 때문에 피해갈 수 있는 상황이 아니었습니다. 자세히 보면 조국 장관 후보자 지명 전과 후에 검찰의 기조가 달라집니다. 지명 전에는 지명을 못 하게 하는 방식으로 검찰이 저항합니다. 지명 후에는 검찰이 힘을 총동원해서 '사건을 만드는' 쪽으로 갑니다. 그게 본질입니다."(*<연합뉴스>, "'조국 대란'의 본질을 말하다", 2020. 9. 15.)

한편, 친일-반일의 이 쟁점과 싸움은 2020년 총선이 끝난 뒤에도 계속 이어졌다. 총선에서 완패한 보수 세력은 총선 직후인 5월에 정의기억연대(정의연)와 이 단체의 핵심 활동가를 저격하고 나섰다.

정의연은 1990년 11월 발족한 '한국정신대문제대책협의회(정대협)'와 2015년 설립된 '일본군성노예제 문제 해결을 위한 정의기억재단(정의기억재단)'이 2018년 7월 11일 통합해 출범한 시민단체인데, 일본군위안부 피해자인 이용수 할머니가 전 정의기억연대(정의연) 이사장이었으며 21대 국회의원으로 당선된 윤미향이 정의연으로 들어온 기부금 횡령했다는 의혹을 제기했다. 이 일을 계기로 해서 검찰과 언론은 정의연과 윤미향을 표적으로 삼아 도덕성을 공격했다. 이 공격은 조국 전쟁 때처럼 전면적이었다. 정의연과 윤미향 주변을 탈탈 털어 온갖 의혹을 제기했다.

한국 사회에서 여전히 기득권을 누리고 있는 보수 기득권 집단의 카르텔은 일제강점기 때 일본 제국주의자들이 저지른 만행을 폭로하는데 30년이라는 세월을 바쳐온 정의연의 활동가 윤미향 및 정의연을 향해 무차별적으로 도덕성 공세를 펼쳤다. 이렇게 함으로써 자기 정체성의 약점을 숨기는 한편 자기와 진보 진영 사이에서 진행되는 싸움의 본질을 희석하고자 했다. 그래서 일본 불매 운동을 놓고 벌인 싸움에서 밀렸던 전세를 만회하려고 했다. 이 싸움은 지금도 여전히 진행되고 있다. 사실 이것은 우리 사회의 진보-보수의 전쟁에서 마지막 순간까지도 끝나지 않을 싸움이다.

조국 전쟁과 또 하나의 '정치적 올바름'

검찰 개혁에 관한 한 확고한 의지와 철학을 가진 조국 전 민정수석이 법무부장관에 내정됨으로써, 지난 60년 동안 단 한 번도 개혁의 대상이 되지 않은 채 행정부와 사법부 그리고 국회까지 좌지우지하는 실질적인 최고 권력인 검찰이 가진 무소불위의 힘을 무력화시키는 개혁 작업의 첫 단추가 꿰였다.

그동안 민주정부가 들어설 때마다 '검찰 독립'이라는 핑계를 대면서 무소불위의 권력을 내려놓으려 하지 않았던 검찰을 과연 이번에는 개혁할 수 있을까?

대통령은 보수 기득권층을 기반으로 한 언론매체의 빗발치는 반대에도 불구하고 8월 14일에 조국을 포함한 7명의 장관 후보자 인사청문 요청안을 국회에 제출했다. 검찰 개혁과 사법 개혁을 평소의 소신대로 확실하게 추진해 달라는 주문이자, 이 개혁을 대통령이 확실하게 밀어

붙이겠다는 메시지였다.

그리고 그날부터 거의 모든 매체가 조국과 그의 가족에 대한 온갖 확인되지 않는 의혹들을 '단독'이라는 이름을 달고 쏟아내기 시작했다. 이 단독기사의 출처 절반은 '검찰에 따르면', '검찰이 이같이 파악하고 있다', '검찰에서 ○○씨가 이렇게 진술했다' 등의 검찰발 기사였다.

(*9월 10일부터 24일까지의 조국 관련 7개 방송사 및 7개 종합일간지 단독기사 출처를 조사한 결과이다. 〈검찰개혁과 촛불시민〉, 조국백서추진위원회, 오마이북, pp. 467-469.) 사모펀드 의혹, 20년 전의 위장 전입 의혹, 조국 동생의 '수상한' 이혼, 조국 딸의 공주대 인턴 부정 의혹, 동양대 표창장 위조 의혹, 조국 딸 출생 신고자와 관련된 청문회 위증 의혹, 조국 딸 벤츠 의혹... 그리고 윤석열이 지휘하는 검찰은 8월 27일에 조 후보자 의혹과 관련해서 30여 곳을 전방위적으로 압수수색을 단행했다. 조국의 장관 후보 내정 이후 채 한 달이 지나지 않은 시점을 기준으로 볼 때, 조 후보자 관련 언론보도는 한 달 동안 무려 118만 건이나 되었다. 하루에만 4만 건꼴이다. 이것은 세월호 참사 이후 한 달 동안 보도 24만 건의 네 배였고, 최순실 관련 한 달 동안 보도 11만 9000건의 열 배나 되었다.(*〈디지털타임스〉, "조국 관련 보도 한 달에 118만 건...", 2019. 9. 6.) 유례가 없을 정도로 엄청난 정치적인 공세였다.

조국 후보 및 가족에 대한 온갖 비리와 불법 의혹이 검증 과정도 없이 홍수처럼 쏟아졌고, 한국 사회는 조국을 두고 두 진영으로 나뉘었다. 한쪽에서는 '문재인 정부는 수구 보수 카르텔에 포위된 개혁 정부'이며 '대통령만 바꾸었을 뿐 기득권 체제에는 아직 손도 못 댔다'고 바라보았고, 다른 쪽에서는 '문재인 정부는 입법부와 행정부를 장악하고 사법부마저 가지려는 초강력 정권'이며 '친문이 지배하는 세상이 되었다'고 바라보았다.(*〈신동아〉 2020년 10월호, "8가지 주제어로 비교한 '조국백서'와 '조국흑서'", 2020. 9. 3.)

그런데 조국을 둘러싼 갈등 혹은 쟁점을 정리하면 이렇게 된다.

문재인 정부가 검찰 개혁의 의지를 가지고 개혁의 사령관으로 조국을 임명하자, 보수 집단에서는 검찰 개혁을 저지하기 위해서 (온갖 의혹을 무차별적으로 동원해서!) 조국이 법무부장관이 될 자격이 없다고 주장한다. 이 주장의 근거는 '공정함'이다. 엘리트로 금수저로 살면서 온갖 편법의 특혜를 누린 조국을 검찰 개혁의 수장으로 앉히는 것은 도덕적으로 올바르지 않다는 말이다. 당시에 '단독'이라는 이름을 달고 나왔던 수많은 보도 가운데 몇 개의 제목을 보면 다음과 같다.

[단독] 김진태 "조국 선친 묘비에 이혼한 전 제수 이름 새겨져"
— <동아일보>, 2019년 8월 20일)

[단독] 정점식 "조국 20대에 산 강릉 땅, 스키장 소문에 투기 의혹"
— <서울경제>, 2019년 9월 1일

[단독] "조국 가족의 '동양대 표창장' 위조 수법, 영화 기생충과 닮았다"
— <조선일보>, 2019년 9월 17일

조국의 선친 묘비에 이혼한 전 제수의 이름이 새겨져 있다. 맞다. 그러나 이것은 장님이 코끼리 다리를 만져 보고는 코끼리를 기둥이라고 하는 말이나 다름없다. 조국이 30년 전인 20대에 강릉 땅을 샀다. 그것도 맞다. 그러나 이것은 또 다른 장님이 코끼리의 배를 만져 보고 큰 배라고 하는 말이나 다름없다. 조국 가족의 '동양대 표창장' 위조 수법이 영화 〈기생충〉을 닮았다. 만일 그 표창이 위조되었다는 전제가 사실이라면 (그러나 사실이 아님이 밝혀졌다), 그 말도 맞다. 그러나 이것은 세 번째 장님이 코끼리의 꼬리를 만져보고 뱀이라고 하는 말이나 다름없다. 개별적인 팩트가 맞다고 해서 전체 팩트가 맞지는 않다. (이 부분은 4장의 "합리주의가 계몽주의의 함정에 빠질 때"의 '확증 편향' 부분을 참조하라.)

조국 전쟁을 두고 누군가는 이런 비유를 했다.

"도서관에서 A가 의자를 움직이면서 작은 소음을 내자 B가 A에게 조용히 하라고 고래고래 소리를 지른다."

이때 B의 목적은 도서관을 정숙하게 유지하는 게 아니라 A에게 모욕을 주어서 도서관에 발을 붙이지 못하게 만드는 것이다. 그렇기에 B는 A의 평소 행동과 A 가족 사생활의 온갖 나쁜 얘기를 (진짜라고 말은 하지만 확인할 수 없는 이야기들을) 사람들 앞에서 큰소리로 밝히면서 A의 인격에 흠집을 낸다.

이렇게 미술 실기 강의실의 수강생이 여성의 상업적 도구화 거부라는 '정치적 올바름'을 내세워서 누드 스케치 실기 강의를 파괴하는 슬픈 코미디가 '공정함'의 이름으로 2019년에서부터 2020년으로 이어지는 대한민국을 뒤흔들었다. 교수가 검찰 개혁이라는 누드 스케치 수업을 하려고 하는데 검찰 개혁에 반대하는 사람들이 갑자기 공정함을 들고 나와서 검찰 개혁이라는 수업을 방해하고 나선 것이다.

그런데 이런 방해가 사람들에게 먹혀들었다. 도덕성을 강조하는 민주 정부가 이런 비도덕적인 인물을 어떻게 검찰 개혁의 사령관으로 임명할 수 있느냐는 여론이 특히 청년 세대 중심으로 거세게 일었다. 다른 계층은 제외하더라도, 특히 줄곧 진보적이기만 했던 이삼십 대의 청년층에서 어떻게 이런 일이 일어났을까?

다시 계몽주의의 함정

경제적인 어려움을 그 어떤 계층보다도 직접적이고 비관적으로 경험하는 세대가 청년 세대이다. 20여 년 전의 IMF 사태 이후 한국 사회는 '자본의 효율성' 원칙을 중심으로 빠르게 재편되었고, 거기에 따른 양극화의 경향에 가장 취약하게 노출된 계층이 청년층이었다. 비정규직이 아닌 좋은 일자리에 취업하기가 하늘의 별 따기처럼 어려워졌고, 그러니 미래는 불안정했고, 따라서 결혼은 엄두도 낼 수 없게 되었다.

이런 상황에서, 엘리트 집안에서 성장한 또래 청년이 부모의 후광에 힘입어 ('아빠 찬스·엄마 찬스'를 사용해서!) 별다른 어려움 없이 좋은 대학교에 진학하고 또 좋은 일자리에 취업해서 부를 대물림하는 것을 보았을 때 느끼는 상대적 박탈감은 말할 수 없이 컸다. 그렇잖아도 양극화 현상이 점점 가파르게 진행되고 있는데... 많은 사람이 분노했다. 눈치 빠른 사람이면 누구나 다 하던 '관행'이었고 또 법률적인 차원의 위법 행위가 없었다고는 하지만 그 관행은 사실 특별한 인적·물적 네트워크를 가진 사회의 소수 상류층만 누릴 수 있던 것이었다. 그랬기에 소외된 사람들이 느끼는 박탈감은 더 컸고, 이 박탈감은 고스란히 조국과 문재인 정부에 대한 배신감과 분노로 표출되었다. 불과 2년 전에 문재인 대통령은 취임사에서 '기회는 평등할 것입니다. 과정은 공정할 것입니다. 결과는 정의로울 것입니다.'라고 하지 않았던가!

검찰 개혁을 저지하려는 보수 카르텔에서는 바로 이 점을 파고들어, '공정함'이라는 도덕성 측면에 초점을 맞추고 화력을 집중했다. 그리고 자기 진영의 약점이던 청년 세대 가운데 상당 부분을 자기 진영으로 끌어들이는 데 (적어도 진보 진영에서 떼어 놓는 데) 성공했다.

문재인 정부는 청년층의 (그리고 이 청년들의 부모 세대의) 이 배신감과 분노를 정확하게 파악하고 거기에 걸맞은 대책을 세웠어야 했음에도 불구하고 그러지 않았다. 박근혜 정부에서 최순실을 향한 국민의 분노를 촉발했으며 대통령 탄핵까지 이어지게 된 계기가 최순실의 딸 최유라의 부정입학 사건이었음을 진작 알아차렸어야 했다. 청년층이 조국 장관과 문재인 정부에 배신감과 분노를 표출하고 나선 현상은, 노무현 정부 시절에 대통령 스스로 인정했던 '계몽주의적 오류'와 다르지 않은 것이었음을 빠르게 받아들였어야 했다. 노무현 대통령이 2005년 8월에 대연정을 제안했을 때 참여정부를 지지했던 지지층이 등을 돌리지 않았던가? 그럼에도 대통령은 자기의 판단이 옳다고 믿으며 (국민의 오해를 풀겠다며) 직접 설득하러 나섰다. 그러자 정신과 의사이자 칼럼니스트인 정혜신은 당시 일간지 칼럼에 이렇게 썼다.

(...) 나는 대통령 노무현의 진정성을 의심해 본 적이 없다. 지금도 마찬가지다. 하지만 민심을 정확하게 읽는 일과 진정성은 별개다. (...) 민심과 동떨어진 대통령이란 비판에 대해 '역사적 책무'같은 비장한 멘트로만 대응할 게

아니라 혹시 내 인식이나 사실 판단에 심각한 오류가 있는 것은 아닌지 심사숙고해 주길 청한다. (...) 지금 국민들의 눈에 비친 노대통령은 선구자가 아닌 계몽군주에 가깝다.(*<한겨레>, "정신분석학으로 본 노 대통령", 2005. 8. 29.

그때와 마찬가지다. 청년층이 '조국 사퇴!'를 외친 목소리가 결과적으로는 보수 진영이 주장하는 '검찰 개혁 반대'의 목소리와 합쳐지고 말았지만, 청년층이 보수 카르텔의 선전선동에 넘어간 결과만이 아니었음을 알아차렸어야 했다.

물론, 청년-대학생의 반(反)문재인 투쟁이 검찰 개혁을 저지하려는 보수 카르텔의 조직적인 부추김과 도움 아래 전개된 부분이 있긴 하다. 그러나 이런 부추김이나 도움은 진보 진영에 속해 있던 청년층이 '조국 퇴진!'을 외치게 된 근본적인 이유가 아니다.

이 청년들의 주장은, '공정함'이라는 기준에 미치지 못하는 사람에게는 검찰 개혁을 지휘할 시대적 과제를 맡겨서는 안 된다는 것이었다. 조국이 아닌 다른 적절한 사람을 선택해서 그 임무를 맡겨야 한다는 것이었다. 조국의 '도덕성'을 문제 삼는다고 해서 자기를 보수 진영 가운데에서도 가장 오른쪽에 있는 태극기부대 및 이들을 싸고도는 보수 기득권층과 동류로 취급받을 때 이들은 얼마나 억울하고 분하겠는가?

하지만 이것은 단지 청년층만의 문제가 아니었다. 조국 전쟁을 대하는 전체 연령층의 진보 진영 사람들도 '공정함'의 문제를 중요하게 여겼다.

몇 가지 여론 조사 결과로만 보더라도 이런 사실을 확인할 수 있다.

2019년 8월 28일 기준으로 '조국 반대' 여론은 54퍼센트였고 '조국 찬성' 여론은 39퍼센트밖에 되지 않았지만,(*〈서울신문〉, 2019. 8. 29.) 조국이 장관직에서 사퇴한 직후에 대통령 국정 수행 지지율은 지난주 대비 4.1퍼센트포인트나 오르며 하락세를 멈추고 반등했다. 또 10월 29일에 진행했던 여론조사 결과를 보면, 검찰 개혁의 핵심 가운데 하나인 공수처 설치에 대한 찬성 의견(61.5%)이 반대 의견(33.7%)보다 압도적으로 많았다.(*〈오마이뉴스〉, 2019. 10. 30.) 또 2020년 4월 총선에서 드러난 여당 압승-야당 완패 결과에서도 그 사실을 확인할 수 있다.

이런 통계 수치들을 놓고 보면, '조국퇴진!' 의견 가운데 상당 부분이, 검찰 개혁을 반대하는 보수 진영의 선전 효과가 먹혀든 결과라기보다는 검찰 개혁에 찬성하지만 '공정함'에 문제가 있는 (혹은 적어도 '공정함'에 문제가 있다는 심리적인 판단을 유발하는) 인사 결정의 흠결을 지적하는 것이었음을 알 수 있다.

이렇게 해서 보수 진영은 '조국 퇴진!'의 깃발을 흔들면서, 효과적인 퇴로를 놓쳐 버린 진보 진영을 신나게 두들기며 연일 전투에서 승리를 거두었다. 그러나 '조국 수호-조국 퇴진'이라는 전투가 아닌 '검찰 개혁-검찰 보호'라는 전쟁 차원에서는 진보 진영이 보수 진영을 밀어내고 있었다. 12월 30일의 2019년 마지막 국회에서 공수처법과 검경수사권 조정법이 통과된 것이다.

조국의 후임으로 추미애 의원이 2020년 1월 초에 법무부장관으로 취임했고, 신임 장관은 검찰 개혁의 고삐를 더욱 바싹 쥐었다. 보수 카르텔에서는 추미애 장관을 놓고도 조국에게 그랬던 것처럼, 군복무 시절의 아들 병가 사실을 놓고서 도덕성에 흠집을 내려고 달려들었다.

이 싸움은 9개월 넘게 진행되었고, 마침내 야당이 제기한 문제에 아무런 위법 사항이 없고 모든 게 정상이었음이 확인되었지만, 그럼에도 불구하고 '추미애 사퇴'의 목소리는 시민들 사이에서 좀처럼 잦아들지 않았다. 공정함에 대한 국민의 인식이 그만큼 예민하다는 뜻이다.

* * *

1987년 6월항쟁의 흐름은 2016-2017년의 촛불혁명으로 이어졌다. 그러나 유시민이 현실 정치에 뛰어들도록 만들었던 노무현의 꿈 '사람 사는 세상'은 여전히 미완이다. 그리로 나아가는 길을 가로막고 선 보수 기득권 집단의 카르텔 세력은 여전히 강고하다.

조국 전쟁의 양상이 수구 기득권층 카르텔의 행동대장격인 검찰의 '가족 인질극 저질 스릴러'로까지 치달을 때, 2013년에 정계 은퇴를 선언한 뒤로 시사평론가의 위치에서 정치적인 사건에 대해서 해설만 해왔던 유시민이, 2002년에 그랬던 것처럼 해설자의 자리에서 다시 박차고 나와서 이 거대한 싸움판에 뛰어든다. 스스로 조국 전쟁의 전선 하나를 만들고, 그 전선의 선봉에 선다. (이 이야기는 다음 장에서 하자.)

> '사람 사는 세상'의 꿈이 그렇게 살아 있는 한, 그를 영영 떠나보내지는 못할 것 같다.(*<운명이다>, p. 350-351.)

유시민이 2009년에 노무현을 떠나보낸 뒤 2010년에 정리한, 노무현의 자서전 〈운명이다〉의 에필로그 마지막 부분이다. 그렇게 해서 '사람 사는 세상'의 꿈을 이루는 것은 유시민의 인생 과제가 되었다. 그때 이후로 유시민은 그 과제를 수행하려고 때로는 광장에서 또 때로는 밀실에서 욕을 하고 욕을 먹고 웃고 울고 또 외쳤다. 그렇게 산 세월이 어느새 2019년이 되었고 2020년이 되었다. 유시민은 '사람 사는 세상'의 꿈을 과연 이룰 수 있을까?

7장

다시
광장에 서서

사회적 자본 유시민

"내 삶의 에너지는 슬픔과 노여움 그리고 부끄러움에서 나왔다."

유시민이 2000년에 낸 책의 한 구절이다.(*〈WHY NOT?〉, p. 332.) 독일 유학에서 돌아와서 3년이 지난 시점이자 장차 '바리케이드로 뛰어들기' 2년 전인 시점으로, '지식소매상'으로 자처하며 살던 때였다. 그때 유시민은 자기를 이렇게 규정했다.

마흔 고개를 넘어선 중년 남자다. 포악한 권력에 대들었다가 감옥 구경을 하기도 했지만 불같은 '혁명 정신'이나 권력에 대한 동경은 가져본 적이 없는 천성적인 소시민이다. 문제는 눈에 보이는 모든 것에 대한 연민이며, 거기에서부터 생겨나는 슬픔과 노여움이다. (...) 요즘에는 '제도 언론'에 칼럼을 연재하고 있는데, 어떻게 하면 아웃사이더로 밀려나지 않고서도 인간의 상상력과 자유에 고삐를 채우고 있는 지배적인 사상과 이데올로기를 효과적으로 공격할 수 있을까, 좋지도 않은 머리를 날마다 쥐어짜며 산다.(*<WHY NOT?>, 책날개.)

그랬다. 연민에서 비롯된 슬픔과 노여움이 문제였다. 슬픔과 노여움이 소환한 책임 의식 때문에 유시민은 광장의 바리케이드 안으로 뛰어들었고, 그러다가 지치면 개인적인 욕망의 밀실에서 에너지를 충전했다. 〈WHY NOT?〉을 기준으로 2000년 이전 20년이 그랬고 또 이후 20년이 그랬다. 그리고 이제 다시 광장으로 나서는 주기가 돌아왔다.

2013년에 유시민은 개인의 욕망이라는 명분을 내세우며 정계에서 은퇴한다고 했었다.

> 내게는 내가 원하는 대로 살 권리가 있다. 남의 시선을 의식하지 않고 그 어떤 이념에도 얽매이지 않고 내 마음이 내는 소리에 귀 기울이면서 떳떳하게 그 권리를 행사하고 싶다. 좋아하는 일을 하면서 기쁘게 살고 싶다."(*<어떻게 살 것인가>, p. 39.)

그를 비겁하다고 욕할 수는 없다. 마찬가지로, 사회의 구성원으로서 사회적 책임을 다하기 위해서 n분의 1보다 더 큰 정치적인 목소리를 낸다고 하더라도 혹은 설령 직업 정치인으로 다시 돌아온다고 하더라도, 그를 비난할 수는 없을 것이다. 적어도 그가 가슴에 품고 있는 '사람 사는 세상'의 꿈을 실천하려 한다면 또 (진보주의자가 가진 가장 아름다운 미덕인) 사회적 약자에게 느끼는 연민을 실천하려 한다면 말이다. 최인훈도 그랬다, 광장은 대중의 밀실이며 밀실은 개인의 광장이라고.

인간을 이 두 가지 공간의 어느 한쪽에 가두어 버릴 때, 그는 살 수 없다. 그럴 때 광장에 폭동의 피가 흐르고 밀실에서 광란의 부르짖음이 새어나온다. 우리는 분수가 터지고 밝은 햇빛 아래 뭇 꽃이 피고 영웅과 신들의 동상으로 치장이 된 광장에서 바다처럼 우람한 합창에 한몫 끼기를 원하며, 이와 마찬가지로 개인의 일기장과 저녁에 벗어놓은 채 새벽에 잊고 간 애인의 장갑이 얹힌 침대에 걸터앉아 광장을 잊어버릴 수 있는 시간을 원한다.(*<광장/구운몽>, "1961년판 서문", p. 19.)

'무궁화꽃이 피었습니다' 놀이가 있다.

술래는 전봇대나 담벼락에 얼굴을 대고 "무궁화꽃이 피었습니다"를 크게 말한 다음에 고개를 돌려서 다른 아이들이 자기에게 다가오는 모습을 포착해야 한다. 술래가 고개를 돌려서 바라보는 동안에 발을 떼는 움직임이 포착된 아이는 '죽는다.' 그러나 술래가 아닌 아이들은 술래가 "무궁화꽃이 피었습니다"를 말하는 동안에 재빠르게 술래 쪽으로 다가가되 술래가 말을 마치고 돌아보기 전에 움직임을 멈추기만 하면 된다. 누가 봐도 술래가 불리한 놀이다. 지나친 욕심만 내지 않으면 술래에게 잡힐 일은 없다. 그러니 술래 입장에서는 미칠 노릇이다. 전봇대나 담벼락에 얼굴을 대고 "무궁화꽃이 피었습니다"를 말하는 동안 아이들이 다가오며 신발 끄는 소리며 깔깔거리는 소리가 분명 들리지만, 돌아보면 아이들은 꼼짝도 하지 않고 있다. 그런데 늘 아까보다 가깝게 다가와 있다. 아무리 빠르게 "무궁화꽃이 피었습니다"를 말하고 돌아보아도, 아이들은 늘 어느새 아까보다 조금 더 가깝게 다가와서는 꼼짝도 하지 않고 서 있다.

머리를 처박고 "무궁화꽃이 피었습니다"를 말할 때의 세상과 고개를 돌려 아이들을 바라볼 때의 세상은 다르다. 전혀 다른 두 개의 세상이다. 술래는 전혀 다른 두 개의 세상에 산다.

밀실에서 상상하는 광장과 광장에서 보는 광장은 왜 다를까?

또 광장에서 상상하는 밀실과 밀실에서 느끼는 밀실은 왜 다를까?

이 두 세상이 하나로 합쳐질 수 없을까?

합쳐지면 어떻게 될까?

그렇게 사는 방법은 없을까?

다시 광장에 서는 유시민은 과연 어떤 모습일까?

슬픔과

노여움

2018년 9월이었다.

8월 말에 더불어민주당 대표가 된 이해찬은 4년 6개월째 재임해 온 노무현재단 이사장직에서 물러나기로 결심하고 후임을 찾았다. 노무현 정부 시절 KBS 사장을 지냈던 정연주와 배우 문성근이 고사하자, 한때 자신의 의원보좌관이기도 했던 유시민을 만났다.

> 이해찬은 (...) "자네가 맡아줘야겠다"고 했다. 유시민은 "정계를 떠나 자유인으로 살아온 지 오래"라며 고사했다. 그러나 이해찬은 연일 전화를 걸어 설득했다. 급기야는 '등골' '빼질거린다'는 말을 쓰며 '반협박'(?)까지 했다고 유시민 측근은 전했다. 측근에 따르면 결국 둘은 지난달 말 서울 모처에서 만났다. 유시민이 이사장직을 수락한 것이다. 근 일주일만의 일이었다.(*<중앙일보>, "내 등골 빼먹고...책임져", 2018. 10. 3.)

이렇게 해서 유시민은 '사람사는세상 노무현재단'의 5대 이사장이 되었다. 취임사를 하면서는, 통상적인 인사말 끝에 이런 말을 보탰다.

(...) 원래 여기까지 하고 끝내야 되는데 어차피 물어보실 것 같아서 조금 더 말씀드리도록 하겠습니다. (...) 저는 책 읽고 글 쓰는 데 드는 시간을 조금 덜 어서 재단 이사장 활동에 쓸 생각입니다. 임명직 공무원이 되거나 공직 선거 에 출마하는 일은 제 인생에 다시는 없을 것임을 분명하게 말씀드립니다.(*< 한겨레>, "유시민 '어차피 물어보실 것...", 2018. 10. 15.)

또 2019년 5월만 하더라도 유시민은 한 텔레비전 방송에 출연해서 다시는 정치를 하지 않겠다고 다짐했다.(*5장 "책임과 욕망 사이에서" 참조.) 그 무렵의 또 다른 방송에서도 그는 이렇게 말했다.

"제가 2013년도에 정치를 떠난 이후에 공직 선거에 출마하거나 다시 공무 원이 되는 것을 한순간도 생각했던 적이 없습니다. 콜로세움의 검투경기장 입 장을 요구하는 것처럼 들려요, 제가 보기에는."(*JTBC, "[한끼정치] 유시민 '노 전 대통령께 대접하고 싶은 음식은...", 2019. 5. 22.)

그랬던 그가 조국 전쟁이 벌어지는 '콜로세움의 검투경기장'에 선수 로 다시 등장했다, 비록 직업정치인 자격의 선수가 아니긴 했지만...

다시 검투사로 나선 유시민

유시민은 8월 29일 tbs 라디오의 시사 프로그램인 "김어준의 뉴스 공장"에 출연해서 그동안 침묵했던 입을 열고 조국과 조국 주변 인물들을 마구잡이로 털어대는 검찰 수사를 '저질 가족 인질극'이라고 비난했다.

"아주 부적절하고 심각한 오버액션이다. 언론도 총단결해서 마녀사냥 하듯 하는데, 이 계기에 압수수색을 해 피의자 신분으로 전환될 수 있다는 암시를 줌으로써 조국이 스스로 물러나도록 만들어야 한다고 판단하고 압수수색을 심하게 한 것이다. (...) 오촌 조카, 동생, 이런 사람들이 별건 수사를 통해 범죄 혐의가 나와서 입건하게 되면 가족을 인질로 잡는 것이다. (...)'조국 네가 죄가 있는지 잘 모르겠어. 그러나 네가 안 물러나면 가족이 다쳐.'라는 사인을 준 거라고 본다. 악당들이 주인공을 제압 못할 때 가장 흔히 쓰는 수법이 가족을 인질로 잡는 거다."(*<한국일보>, "유시민, 조국에 대한 검찰 수사 맹비난", 2019. 8. 29.)

유시민이 다시 스피커를 들고 광장에 나선 것은 사회적 책임의 무게가 개인적인 욕망의 무게를 압도했기 때문이리라. 그는 자기가 이렇게 다시 나선 배경을 나중에(2020년 4월 21일) 마지막 〈알릴레오〉 방송인 "굿바이 알릴레오"에서 다음과 같은 요지로 말했다.

"조국을 옹호하고 나섰던 것은 조국이 아주 훌륭한 인물이라고 말하려던 게 아니다. (...) 검찰의 조국 수사는 대통령의 인사권에 개입하는 검찰의 난이다. 게다가 이 검찰의 난이 진행되는 방식이 가족 인질극이다. 이런 사실을 뻔히 알면서도 아무런 행동도 하지 않고 가만히 있다는 게 부끄러워서, 나 자신이 비겁하게 느껴져서, 자존감이 훼손되는 느낌이어서 그랬다."

1980년 5월 17일 서울대학교 학생회관에서 계엄군이 들어오니까 도망치라는 말을 들었지만, 복학생 형들과 친구들이 와서 함께 나가자고 했지만, 계엄군에 체포되고 고초를 당할 게 뻔했음에도 불구하고 굳이 혼자서라도 총학생회장실을 지키겠다고 고집을 부렸던 이유와 똑같은 이유로 그는 다시 싸움판으로 뛰어들었다. 그것은 비겁하게 도망을 치기보다는 명분을 지키기 위해서 차라리 자기를 던지는 게 옳다는 이유였다. 자기가 성장했던 보수적인 가족 문화의 원칙주의적인 태도였고, 거슬러 올라가면 조선 유림의 자존심이었던 최익현이 보여주었던 지사적 태도였다.

그러나 여기에 대한 반발은 여당인 민주당에서부터 나왔다. 박용진 의원은 한 종편 방송의 시사프로그램에 출연해서 '편 들어주시는 건 고맙게 생각하지만 유 이사장은 민주당 당원이 아니니 오버하지 말라'고 했다. 민주당에서조차도 이런 목소리가 나올 지경이었으니, 보수 야당인 미래통합당에서는 더 말할 것도 없었다. 보수 진영의 논객들은 '허위와 날조의 거짓말로 선동을 한다'며 한목소리로 유시민을 때렸다.

유시민은 노무현재단에서 제작하는 〈알릴레오〉 시즌2를 2019년 9월 24일에 재개하면서 조국 후보를 적극적으로 옹호하고 나섰고, 10월 1일 방송에서는 윤석열 검찰총장이 '총칼을 들지 않았을 뿐 검찰의 난'을 일으키고 있다고 비판했다. 그 뒤로도 조국 전쟁은 한층 가

열되었다.

9월 9일에 취임했던 조국 법무부장관은 35일 만인 10월 14일 오후에 사퇴했다. 그러나 조국은 그날 오전에 법무부 브리핑실에서 '검찰 개혁 추진 상황'을 브리핑했는데, 이것은 검찰 개혁의 의지와 고삐를 늦추지 않겠다는 조국 개인 및 문제인 정부의 메시지였다.

그리고 유시민은 그 싸움의 와중이던 12월 24일 방송된 〈알릴레오〉에서 검찰이 노무현재단의 은행계좌를 들여다봤다는 주장을 내놓았다.

> 어느 경로로 확인했는지 지금으로선 일부러 밝히지 않겠지만, 검찰이 노무현재단 주거래 은행 계좌를 들여다본 사실을 확인했다. 검찰이 재단을 어떻게 하려고 계좌를 들여다본 게 아니라 알릴레오 때문에 내 뒷조사를 한 게 아닌가 싶다.(*<시사저널>, "윤석열과 대척점에 선 유시민", 2019. 12. 25.)

그러면서 윤석열 검찰총장에게 노무현재단의 계좌를 왜 조회했는지 물었다. 조국 전쟁의 와중에서 검찰의 칼이 자기를 겨누고 있다고 판단하고는, 검찰과 싸우는 전선 하나를 새로 선제적으로 만들고 그 전선의 선봉에 선 것이다. 이제 유시민은 물러설 수 없는 곳까지 나아갔다. 그리고 이 싸움을 유시민은 〈알릴레오〉와 텔레비전 방송을 통해서 총선까지 이어간다.

그런데 그 전선에서 유시민을 정조준한 공격이 새롭게 감지되었고, 이 일은 '채널 A 검언유착 사건'이라는 이름으로 세상에 드러났다. 채널A의 법조팀 이동재 기자가 금융사기로 12년 형을 복역 중인 이철

전 밸류인베스트먼트코리아 대표에게 취재를 목적으로 접근해 다음과 같은 발언을 했다고 MBC 뉴스데스크가 보도한 것이다.

> "검찰이 신라젠을 수사하고 있는데 당신도 연루되어 있다. 내가 아는 검찰 인사 중 '윤석열 라인'인 검사장(나중에 한동훈 검사장으로 밝혀진다)과 친분 관계가 있는데 이참에 유시민에 대해 알고 있는 것 중 신라젠 사건에 대한 비위 사실을 내놓아라, 그렇지 않으면 당신의 가족이나 재산도 무사하지 못할 거다, 유시민을 치건 안 치건 당신 손해 볼 건 없는데 유를 치면 검찰이 좋아할 거다."(*MBC 뉴스데스크, "'가족 지키려면 유시민 비위 내놔라'… 공포의 취재", 2020. 3. 31.)

이 사건이 처음 보도된 시점은 총선을 보름쯤 앞둔 2020년 3월 31일이었는데, 이동재가 이철에게 은밀한 제안을 하는 편지를 처음 작성함으로써 사건이 시작된 시점은 그보다 한 달 보름쯤 전인 2월 17일이었다.

> 이 씨(이철)는 채널A 기자(이동재)한테도 최경환 전 부총리가 신라젠에 투자한 의혹을 제보했지만 별 관심을 보이지 않았고 관심은 오로지 유시민 이사장이었다고 거듭 주장했습니다.(*MBC 뉴스데스크, "'유시민 치고 싶다' 집요했던 요구", 2020. 4. 1.)

이동재가 이철을 대신해서 나온 사람과 나눈 대화의 녹취록을 보면, 이철이 유시민과 관련해서 일단 뭐든 말만 하면 나머지는 자기들이 다 알아서 할 것이라고 이동재는 말한다.

나중에 이동재는 그 모든 게 검찰 및 검사장과는 아무런 관련이 없는 자작극이라고 진술하지만, 드러난 편지나 녹취록을 보면 검찰이 채널A 기자와 짜고서 유시민을 함정에 빠뜨리려고 했음을 유추할 수 있다. 다행히 유시민은 보수 카르텔의 흉계에 걸려들지 않았고, 검언 유착이라는 보수 카르텔의 민망스러운 민낯만 세상에 드러났다.

검찰에서는 미적거렸다. 이 사건이 처음 보도되고 보름이 더 지난 4월 17일에야 윤석열 검찰총장이 수사를 지시했고, 4월 21일에 고발인을 상대로 한 첫 조사가 시작되었으며, 사건이 보도된 지 한 달 가까이 지난 4월 29일에 채널A 압수수색을 시도했다. 그나마 기자들에게 막혀 압수수색을 진행하지도 못했다. 관련자들이 모든 증거를 파기하고 입을 맞추기에 충분한 시간을 준 다음에야 검찰 수사가 진행된 것이다, 그것도 그야말로 형식적으로만.

아마도 유시민은 노무현의 '논두렁 시계'와 김경수의 '드루킹' 그리고 노회찬이 받았다는 강연료를 떠올리며 가슴을 쓸어내렸을 것이다. 그리고 분노를 느꼈을 것이다. 유시민은 이 사건을 '검찰이 언론에 외주를 준 사건'으로 규정하면서 이렇게 주장했다.

"조국 사태 와중에 제가 유튜브 <알릴레오>를 진행할 때 대검에서 실시간 모니터링을 했다. 알릴레오에서 제가 매주 윤 총장 언행과 검찰 행태를 지적했기 때문이다. (...) 그래서 이대로 놔두면 안 될 것 같다고 봤을 것이고, 뭔가를 찾기 위해 노무현재단 계좌도 뒤진 것 같다. 증거가 없으니까 증언으로 엮어 보자고 해서 이철 씨를 데려다가 미결수로 만들어서 추가 기소 건으로 압박하고, 그랬던 것 같다."(*MBC 라디오, "김종배의 시선집중", 2020. 7. 24.)

그렇게 조국 전쟁에서 유시민이 검찰을 상대로 독자적으로 싸웠던 전선에서의 전투는 유시민의 선방으로 끝났고, 유시민을 저격하려던 보수 카르텔의 작전은 검언 유착이라는 추악한 민낯을 드러내고 말았다.

그리고 4월 26일, 보수 진영과 진보 진영 사이의 싸움이 한 차례 매듭을 짓는 21대 총선이 치러졌다. 이 총선에서 여당(더불어민주당+더불어시민당)은 180석을 차지하는 압승을 거두었다. 그동안 아스팔트를 어지럽게 누비며 '조국 사퇴'와 '문재인 하야'를 외쳤던 '태극기부대'는 소리만 요란했지 시민 지지를 온전하게 받지 못함이 드러났다. 또한 보수집단의 카르텔이 조국을 표적으로 삼아 '공정함'의 정치적 올바름을 소리 높여 외치며 문재인 정부의 검찰 개혁에 제동을 걸려고 했지만, 시민들은 공정하지 못함에 대한 비판은 정부를 향해 단호하게 하되 검찰 개혁에 관한 한 정부를 지지한다는 사실이 확인되었다.

하지만 그렇다고 해서 '조국 사퇴'를 외친 시민의 분노가 온전하게 해소되었다는 뜻은 아니었다. 이런 사실은 조국의 후임인 추미애 장관의 아들이 군대에서 받은 병가가 '부모 찬스'의 결과이냐 아니냐를 놓고 2020년 여름과 가을에 걸쳐서 진행되었던 보수-진보의 공방에서도 확인할 수 있다. 나중에 위법 사항이 없다는 사법적 판단이 내려졌음에도 불구하고, 설령 오해였다고 하더라도 공정을 약속했던 문재인 정부에게 느끼는 (논리나 법률적인 차원과는 다른) 정서적인 배신감 및 '금수저'에 대한 박탈감은 쉽게 사라지지 않았다. 문재인 정부 지지자라고 하더라도 기대에 미치지 못하면 언제든 문재인 정부에 등을 돌릴 수 있음을 보여주었다. 예전에 노무현 정부가 계몽주의적인 오류에 빠졌을 때 지지자들이 매정하게 등을 돌렸듯이...

* * *

"비례대표까지 합치면 범진보 진영의 180석은 불가능한 것이 아니라고 본다."

제21대 총선이 채 한 주도 남지 않았던 4월 10일, 유시민이 〈알릴레오〉 방송에서 했던 발언이다. 라이브로 진행되던 방송에서 시청자의 질문에 대답하면서 슬쩍 했던 이 발언이 선거 막판에 큰 파장을 몰고 왔다.

미래통합당은 이 발언을 인용하면서 여당 견제론에 총력을 기울였고, 민주당은 이 발언이 여당에게 오만한 인상을 줄지 모른다는 생각에 전전긍긍했다.

"때로는 민주당 바깥에 있는 분들이 선거 결과를 섣불리 예측하곤 한다. 그런 일은 조심하는 게 훨씬 낫다. 누가 국민의 뜻을 안다고 그렇게 함부로 말할 수 있나."(이낙연 민주당 상임선거대책위원장)

"180석 전망은 결코 사실도 아니거니와 민주당의 판세 분석과는 전혀 무관한 평론가의 주장이다. 시청률을 올리기 위한 예능적 성격이 강한 방송에서 한 자극적인 발언일 뿐이다."(이근형 민주당 전략기획위원장)

"최근 당 밖에서 우리가 다 이긴 것처럼 의석수를 예상하며 호언하는 사람들이 있는데, 저의를 의심해 볼 필요가 있다. 결코 호락호락한 상황이 아니다."(양정철 민주당 민주연구원장)

선거가 끝난 직후에 유시민은 근소한 표 차로 낙선한 박수현(공주·부여·청양), 남영희(미추홀 을), 김영춘(부산진 갑) 후보에게 공개적으로 사과했다. 그리고 유튜브뿐 아니라 기성 미디어를 통한 정치 비평이나 시사토론, 인터뷰도 하지 않겠다고 선언했다. 마지막 2회차의 〈알릴레오〉 방송에서는 그는 이렇게 말했다.

"나의 개인적인 의견을 여당·청와대의 의견으로 보고 여러 곳에서 비판을 한다. 그래서 자기검열을 하게 된다. 잘못하면 민폐를 끼치겠다. 내가 집권당의 대표 스피커로 인식되는데, 이 책임을 내가 질 수 없다. 선거에 이기기 위해서는 때로 거짓말을 해야 하는 모순적인 상황을 버텨야 했다. '과반석은 기본이고 180석'에 대해서도 거짓말을 했어야 했다. 180석 발언은 내가 책임질 수 없는 짓을 한 것이다. 내려놓아야겠다. 그리고 시즌3은 현재로서는 미정이지만, 한다고 하더라도 시사·정치·선거 비평은 하지 않겠다."(*4월 17일 방송과 4월 21일의 방송 내용을 필자가 합쳐서 정리한 것이다.)

아닌 게 아니라 그는 이미 오래전인 2009년에 썼던 〈청춘의 독서〉에서도 선한 목적과 악한 수단에 대해서 이렇게 말했다.

'선한 목적이 악한 수단을 정당화하는가?' (...) 도스토옙스키는 이렇게 말한다. 죄를 지으면 벌을 면하지 못하는 게 삶의 이치라는 것이다. 그런데 이 문제는 다른 맥락에서 볼 수도 있다. 선한 목적을 이루기 위해 악한 수단을 사용하는 것을 정당화할 수 있는지를 따지는 것은, 악한 수단으로 선한 목적을 이룰 수도 있다는 것을 전제로 한다. 그런데 나는 이 전제를 인정하지 않는다.

(*<청춘의 독서>, p. 28.)

선한 목적을 위한다고 하더라도 악한 수단을 사용하지 않겠다는 그의 이 다짐은, 2002년 자기 자신에게 부끄럽지 않기 위해서 다시 정치의 싸움판으로 뛰어들었던 이유와 일맥상통한다. 그는 자기 자신에게 부끄럽지 않기 위해서 선한 목적을 달성하려고 정치판으로 돌아왔지만, 다시 같은 이유로 악한 수단을 사용한 자신에게 벌을 주기 위해서 잠시 정치판을 떠나겠다고 했다.

그리고 4월 15일 총선이 끝나고 다섯 달 뒤인 2020년 9월, 추석을 앞둔 무렵에 유시민은 짧은 침묵을 깨고 <알릴레오> 시즌3을 예고했다.

"추석 이후에 새로운 시즌을 시작할 것입니다. 일주일에 한 번씩 책 비평을 하는 콘텐츠가 될 것입니다."

그리고 11월 초에 <알릴레오> 시즌 3인 <알릴레오 북스>를 시작하는데, 11월 6일에 방송된 1회에서 그는 이런 도서 비평 프로그램을 기획한 배경을 다음과 같이 설명했다.

"노무현 전 대통령이 살아 계신다면 아마도 이런 일을 하셨을 것 같다. 깨어 있는 시민의 조직된 힘이 민주주의의 최후의 보루라는 말씀을 하셨는데, 깨어 있고자 하는 시민에게 필요한 것이 바로 책이다."

다시 돌아와서는 시사·정치·선거 비평은 하지 않겠다고 했지만, 세상만사 정치가 아닌 것이 어디에 있을까. 해가 바뀌어 2021년 1월, 유시민은 다시 한번 더 정치 현안에 대한 비평을 하지 않겠다고 약속했다.

1월 22일에 노무현재단 홈페이지에. 2019년 12월에 유튜브 방송 〈알릴레오〉에서 '검찰이 2019년 11월 말 또는 12월 초 사이 어느 시점에 재단 계좌의 금융거래 정보를 열람하였을 것'이라고 제기했던 의혹을 입증하지 못했다면서, "사과문"을 올렸다.

모든 2019년 12월 24일, 저는 유튜브 방송 '알릴레오'에서 검찰이 2019년 11월 말 또는 12월 초 사이 어느 시점에 재단 계좌의 금융거래 정보를 열람하였을 것이라는 의혹을 제기한 바 있습니다. (…) 그러나 저는 제기한 의혹을 입증하지 못했습니다. (…)

저는 (…) 대립하는 상대방을 '악마화' 했고 공직자인 검사들의 말을 전적으로 불신했습니다. 과도한 정서적 적대감에 사로잡혔고 논리적 확증편향에 빠졌습니다. (…) 단편적인 정보와 불투명한 상황을 오직 한 방향으로만 해석해, 입증 가능성을 신중하게 검토하지 않고 충분한 사실의 근거를 갖추지 못한 의혹을 제기했습니다. 말과 글을 다루는 일을 직업으로 삼는 사람으로서 기본을 어긴 행위였다고 생각합니다. 누구와도 책임을 나눌 수 없고 어떤 변명도 할 수 없습니다. 많이 부끄럽습니다. 다시 한 번 깊이 사과드립니다. (…)

저의 잘못에 대한 모든 비판을 감수하겠습니다. 저는 지난해 4월 정치비평을 그만두었습니다. 정치 현안에 대한 비평은 앞으로도 일절 하지 않겠습니다.

과연 그는 야수의 탐욕이 난무하는 세상에서 어떤 '악하지 않은 수단'으로 '선한 목적'을 달성할 수 있을까?

'유시민'이라는

사회적 자본

아주 오래전인 2007년에 유시민은 참여정부에서 보건복지부장 관직을 사임한 뒤에 곧바로 〈대한민국 개조론〉을 집필해서 출간했다. 참여정부의 시한이 얼마 남지 않았을 때이자, 국민과 야당 그리고 심지어 여당으로부터도 지지를 받지 못하던 정부 정책, 더 나아가 국가 발전 전략을, 사람들에게 설명하고 설득하기 위한 작업이었다. 이 전략의 핵심을 유시민은 세계화를 선도적으로 추진해서 대한민국을 선진 통상 국가로 만들고 사회적 자본을 확충해서 대한민국을 사회 투자 국가로 만들자는 것이다. 그리고 사회 투자 국가를 다음과 같이 설명했다.

모든 사람이 자기의 능력을 키우고 경제사회 활동에 참여할 기회를 가질 수 있을 때, 한 번 실패해도 다시 도전할 기회를 얻을 수 있다고 느낄 때, 사람도 발전하고 국가도 발전합니다. 이런 일에 역량을 집중하는 국가가 제가 말하는 사회 투자 국가입니다.(*<대한민국 개조론>, p. 49.)

사회 투자 국가는 사회적 자본을 확충하는 것이 관건이다. 사회적 자본의 사전적 개념은, 사회의 구성원이 협력할 수 있도록 구성원 사이에 공유되는 제도, 규범, 네트워크, 신뢰 등의 총합이다.

당시에 유시민은 이 국가 발전 전략을 제안하면서도 이 전략을 추진할 정치 세력이 없다는 점을 들어서 (그때는 이미 여당이던 열린우리당 의원 다수는 대통령에게 등을 돌리고 있었다. 게다가 노무현 정부의 시한이 코앞까지 다가와 있기도 했다) 이 전략이 현실성이 없음을 인정했다.

그러나 원론적인 차원에서의 사회적 자본 강화는 여전히 유효하다. 수치로 금방 계량화할 수 없는 사회적 가치(행복감)가 높아질 때 정부와 기업과 개인의 경제 활동에서 거래 비용이 줄어들고, 따라서 경제 활동의 효율성은 한층 높아져 사회 및 국가의 경쟁력이 높아진다.

예를 들어서 코로나19로 인한 세계적인 팬데믹 상황에서도 우리는 남을 배려하는 질서 의식, 방역 당국에 대한 신뢰, 규율 등 수준 높은 시민의식이라는 사회적 자본을 가진 덕분에 팬데믹의 피해를 최소화하는 데 세계적인 모범이 되고 있음은 (적어도 2021년 1월 현재까지는!) 자타가 공인하는 사실이다.

이런 사회적 자본 형성에 기여하는 일은 사회의 구성원이라면 누구나 져야 하는 책임이다. 구성원 각자가 선한 영향력을 확장할 수 있는 네트워크를 강화하고 규범과 제도를 만들고 개선해야 한다. 또 그런 사회적인 분위기를 조성해야 한다.

그렇다면 '유시민'이라는 사회적 자본을 놓고 생각해 보자.

유시민은 '오십보백보'에서 적어도 오십보를 고집하는 지조를 가지고 있다.(*본문 28쪽의 인용문 참조.) 자기 자신에게 부끄러운 모습을 보이고 싶어 하지 않는다. 1장의 [장면 1-서울대 학생회관]에서 보였던 유시민의 고집스러운 지조는 그 뒤로 펼쳐진 그의 인생에서 결정적인 순간마다 늘 드러났다. 가장 최근에는 정치 일선으로 다시는 돌아오지 않겠다고 선언하고 그렇게 살다가도, 조국 전쟁의 결정적인 순간에 기꺼이 뛰어들었다. 연민에서 비롯되는 슬픔과 노여움에 바탕을 둔 그의 지조는 그가 가진 강력한 무기이다.(*본문 315쪽의 인용문 참조.)

그리고 역시 1장의 [장면 2-국회의사당, 백바지]에서 보였던 유시민의 상식 파괴적 발상 역시 그 뒤의 인생에서 늘 드러났다. 스스로 자처하는 자유주의자답게 열린 마음과 자유로운 행동을 한다. (적어도 그렇게 하려고 끊임없이 노력한다.) 그가 작가로, 시사평론가로, 예능인으로 다양한 캐릭터들을 스스로 개발해서 대중과 가까이 다가가는 이런 유연함 역시 원칙을 고집하는 지조와 함께 그의 강력한 무기이다. 보통 사람이라면 이 두 가지 무기 가운데 하나를 온전하게 가지기도 어렵다. 그런데 그는 모순적일 수도 있는 이 둘을 동시에 가지고 있다.

이런 유시민이 우리 사회의 사회적 자본에는 어떻게 기여할 수 있을까?

유시민 개인이 사회에 선한 영향력을 행사한다는 사람이 있는 반면에 나쁜 영향력을 행사한다는 사람도 있다. 이런 판단은 진보-보수의 진영에 따른 것일 수도 있고, 혹은 또 진영을 떠나서 개인적인 감정이나 선호에 따른 것일 수도 있다.

유시민이 선한 영향력을 행사한다고 믿는 사람들이라고 하더라도 의견이 두 가지로 갈린다. (나쁜 영향력에 대해서는 굳이 여기에서 논할 필요는 없을 것 같다.)

하나는 현재 진행중인 개혁을 완수할 수 있도록 유시민이 정치 일선의 현장으로 나서야 한다는 의견이다. 정치 일선에 나서야 한다고 말한다. 이 과정에서 보수-진보의 전쟁이 선명하고 치열하게 전개되도록 자기 역할을 해야 한다고 말한다. 이쪽저쪽에 양다리를 걸친 사람들이 끼리끼리 야합해서, 30년 전 6월항쟁에서부터 최근의 촛불혁명까지 끈질기게 이어오고 쌓아 올린 개혁의 성과를 죽도 밥도 아닌 잡탕으로 만들지 않도록 나서야 한다고 말한다. 개혁이 온전하게 완수되도록 '독하게' 나서야 한다고 말한다. 현실 정치권에서 슬픔과 노여움으로 무장한, 그래서 언제든 '싸가지 없는' 태도로 삿대질을 하면서 대들 수 있는 유시민이 직업 정치인으로 다시 돌아오는 것을, 그래서 여당에 입당하는 것을, 혹은 진보적인 정당을 새로 만드는 것을 반기지 않는 정치인들이 진보와 보수 가리지 않고 아무리 많다고 하더라도, 이 벽을 돌파해 나가야 한다고 말한다. 예를 들면 저자가 인터뷰한 '시민광장'의 한 회원은 이렇게 말했다.

"유시민에게 바라는 것은 대통령이 되어 개혁을 완수하는 것입니다. 그러나 민주당에서 많은 국회의원이 민주당 입당을 반대할 것입니다. 그러니 우선은 민주당 입당 및 중앙위원의 대선 주자 동의가 선행되어야 합니다. 그렇지 않으면, 민주당 정권 연장의 위기가 왔을 때, 제3의 진보 정당의 후보로서 민주당과 경선을 통하여 국민 통합 대통령 후보가 되어야 합니다."

이것이 유시민이라는 사회적 자본이 우리 사회의 발전에 제대로 기여하는 방식이 아니겠느냐고 말한다.

다른 하나는 유시민이 '지식소매상'으로서 작가와 방송인 혹은 시사평론가로 남아야 한다는 의견이다. 그동안 '콜로세움의 검투 경기장'에서 충분히 많은 피를 흘렸으므로 이제 그만 검투사로서는 은퇴하고 지식소매상의 역할에만 충실하기를 바란다. 유시민이 이제는 검투사로 싸우기에는 너무 늙었고 힘이 없다는 생각에서 그럴 수도 있고, 혹은 검투사보다는 해설자 혹은 평론가 역할을 할 때 사회에 선한 영향력을 더욱 더 많이 행사할 수 있다는 생각에서 그럴 수도 있다. 예를 들면 2020년 9월 말에 유시민이 했던 '김정은 계몽 군주' 발언을 놓고 보수언론이 무차별 공세를 펼치는 상황에서 '시민광장'의 다른 회원은 이렇게 썼다.

"작가님이 한 발언 일부만 발췌해서 욕 얻어먹기 딱 좋게 인용하는 거 어제오늘 일 아니죠. (...) 그러니까 그냥 좋아하는 낚시나 하고 당구 치고 책 쓰며 살지 뭐 하러 또 유튜브를 합니까? (...) 지지자들 생각도 좀 해주십시오, 어떻게 본인만 생각합니까? 속상한 거 안 보입니까? (...) 희망고문 그만하고 진짜로 사라져 주십시오. 부탁합니다."(*"그만하시죠", 시민광장, 회원게시판. 2020. 9. 26.)

　유시민을 아끼는 사람으로서 그가 검투경기장에서 적의 야비한 술수에 말려들어서 칼에 찔리고 피를 흘리는 모습을 안타까워서 더는 볼 수 없다는 말이다.

　또 하나 있다면, 유시민이 검투사로 나설 때 발휘될 선한 영향력이 두렵다는 생각에서, 즉 유시민이 개혁의 선두에 서지 않는 것이 보수-진보의 싸움에서 자기에게 개인적으로 유리할 것이라는 생각에서 검투사 역할을 그만두라고 말할 수도 있다.

　과연 어떤 길이어야 유시민이라는 사회적 자본이 우리 사회에서 효율적으로 사용될 수 있을까?

　이 판단은 독자를 포함해서 사회 구성원이 모두 각자 판단할 수 있겠지만, 그리고 또 이 판단에 근거에서 유시민에게 유형무형으로 압박을 줄 수도 있겠지만, 어쨌거나 최종적인 선택은 유시민 본인에게 달려 있다.

　그러나 한 가지 분명한 점은 있다. 유시민이 자신의 페르소나를 작가와 방송인 외에도 앞으로 계속 늘려나가는 것 그리고 자기 네트워크의 외연을 확장하는 것이 자기가 가진 사회적 자본의 가치를 높이는 방법이며, 나아가 한국 사회가 걸어갈 미래의 길을 찾아나가는 데 그만큼 더 강력하고 효율적인 힘을 발휘할 것이라는 사실이다. 또 그동안 살아오면서 저질렀던 수많은 실수와 실언과 실패를 겸허하게 인정·반성하고 거기에서 교훈을 얻을 때, 그리고 그를 바라보는 사회의 눈이 그의 반성과 성찰을 받아들일 때, 그가 가진 사회적 자본의 가치는 예전 가치에 비해서 '더하기'가 아니라 '곱하기'로 늘어날 것이다.

길을

찾아서

길은 문명이다.

지구가 만들어진 뒤로 맨 처음 생긴 길은 물길이리라. 그리고 식물에 이어서 짐승이 나타났을 테고, 이 짐승들은 생명을 유지하기 위해서 물이 있는 곳으로 드나들었을 것이다. 그렇게 동물의 길이 나타났고, 사람이 동물을 사냥하기 위해서 그 길을 추적하면서 사람의 길이 만들어졌다. 그렇게 길을 중심으로 해서 개인은 집단이 되고 사회를 구성했으며, 이 과정에서 길은 규칙이 되고 규범이 되고 문명이 되었다. 아무것도 없던 상태에서 인간이 맨 처음 개인과 집단의 생명을 위해서 길을 만들어 나갔던 과정은 그 자체로 새로운 문명의 건설 과정이었다.(*이상은 〈바다의 편지〉에 수록된 최인훈의 산문 "길에 관한 명상"을 필자가 거칠게 요약한 것이다.)

지금 한국 사회에는 새로운 길이 필요하다.

코로나19 이후의 세상에서 새로운 길을 마련해야 할 뿐만 아니라 전 세계의 어떤 나라도 가지 않았던 길을 우리가 개척해야 하기 때문이다. 우리나라는 봉건 왕조 사회가 외부의 힘으로 끝나자마자 식민지 지배를 경험했으며, 해방된 뒤에도 21세기 들어서서까지 전 세계에서 마지막 남은 냉전 체제를 안고 있으며, 그런 가운데에도 세계 경제에서 우리나라가 차지하는 비중이 열 손가락 안에 꼽힐 정도로 '눈부시게' 성장했다.

이런 나라는 전 세계에서 유일하게 우리나라밖에 없다. 이 역사 과정에서 축적된 온갖 사회 경제적 모순들(양극화, 여전히 낮은 민주주의 수준, 남북 간의 긴장, 출산율 저하 및 인구의 고령화, 인터넷 환경 변화를 비롯한 기술 발전과 동반해서 새로운 가치관으로 무장한 새로운 세대의 등장에 따른 세대 간의 가치관 갈등, 팬데믹이 가져다준 생활 방식의 변화 등)이 복잡하게 얽혀 있는 양상 또한 한국적으로 특이하다. 그렇기에 이 문제를 해결하기 위해서 우리가 차용할 모범적인 전례는 안타깝게도 없다. 우리가 맨 앞에 서 있기 때문이다. 우리 앞에는 인간의 발길이 닿은 적이 없는 지평선이 아스라하게 펼쳐 있다. 그 지평 속으로 발을 들여 놓은 뒤에 우리의 미래가 어떻게 될지는 예측하기 어렵다.

지평선이라는 것은 귀중하다. 그것은 인간의 시야를 닫으면서 열어 놓는 풍경이다. 거기까지가 보이는 데이자, 그 건너편의 초입이다. (...) 동물은 지평선 앞에서 멈춰 선다. 인간은 그쪽으로 끌려간다.(*<바다의 편지> , "아메리카", p. 243.)

그러나 우리 사회의 문제들을 해결할 길은 죽이 되든 밥이 되든 우리 스스로 찾아 나서야 한다. 누군가 그랬다, 미래를 예측하는 가장 좋은 방법은 미래를 만들어내는 것이라고. 우리는 우리가 원하는 미래를 만들기 위해서, 생명의 물이 흐르는 곳으로 나아가는 길을 우리 스스로 만들어야 한다. 지금 한국 사회의 지도자가 할 일은 이 '길 만들기'를 이끄는 것이다. 공동체에 애정과 책임을 느끼는 사람이라면 누가 이 사업에 동참하고 싶지 않겠는가?

이 '길 만들기'가 유시민이 이루고자 하는 '사람 사는 세상'의 꿈과 어떻게 겹쳐질지, 어떤 정치인 못지않은 장점과 실패의 경험과 사회적 자본을 가진 유시민이 이 '길 만들기'에서 할 수 있는 역할은 무엇일지, 드넓은 지평선을 앞에 둔 우리는 세상 사람들에게 또 유시민에게 질문할 자유가 있다.

책을 마치며

1.

"참말로 답답하네..."

"왜?"

"너는 사람들이 유시민을 어떻게 생각하는지 잘 모르나 보구나."

그 친구는 안타깝다는 듯이 고개를 절레절레 저으면서 나를 바라보았다.

초고를 완성하고 나서 피드백을 들으려고 몇 사람에게 원고를 보여주었다. 피드백을 유용하게 활용하려면 나이나 배경이 제각기 다른 사람들에게 부탁하는 게 중요하다. 다양한 의견을 들어야 하기 때문이다. 그 친구는 그렇게 의견을 주는 친구들 가운데 한 명이었다.

"사람들이 다들 유시민을 너처럼 좋게만 생각하는 줄 알아?"

"아닌 사람들도 있겠지."

"많이 있어."

"네 주변에만 많은 거 아닌가?"

"아니야!"

"그런데 내가 사람들이 유시민을 좋게만 생각한다고 썼던가?"

"사람들이 아니라 네가 그렇게 생각하잖아."

"아닌데?"

"맞아! 사람들은 유시민 하면 제일 먼저 '싸가지'부터 떠올리잖아. 맞지?"

"맞다... 치면?"

"거기에서 출발하고 그걸 중심적으로 다뤄야지. 비판하면서. 그렇지 않으면 사람들이 책을 사서 읽겠어? 재미가 없는데... 쯧쯧!"

"나도 비판 많이 했는데..."

"아냐, 초등학교 앞에서 선거 유세 하는 이야기 할 때만 잠깐 비판했지, 그 밖에 다른 일은 비판하지 않았잖아?"

"아냐, 이 책 전체가 비판 이야기인데?"

'논리적인 철학자'에서 '정서적인 시인'으로의 변화. 최인훈의 표현을 인용한 이 변화를 나는 이 책에서 다루는 유시민 이야기의 기본적인 틀로 설정했었다. 그런데 그 친구는 이 설정을 받아들이지 않고 있었다. (능력 부족에 따른 이 사실을 나는 독자에게 분명하게 밝힐 방법을 어떻게든 찾아봐야겠다고 생각했고, 그래서 이 에필로그에 이 친구 이야기를 담게 되었다.)

"책 전체에 걸쳐서 비판했다고? 초등학교 앞 선거 유세 딱 몇 쪽뿐인데?"

"아닌데."

"아니긴, 그럼 왜, 유시민을 좋은 쪽으로만 계속 설명하고 변호하면서, 유시민이 했던 막말이 한두 개가 아닌데 이런 말들은 왜 비판하지 않았어?"

"막말? ...어떤 거?"

"예전에 유시민이 젊을 때 사람이 60대가 되면 뇌가 썩는다고 했다가 노인들이 펄펄 뛰고 난리 났었잖아?"

"그런 일 있었지."

"그래 놓고서 자기는 환갑이 지난 나이에 유튜브에 나와서 검찰 개혁을 해야 하느니 어쩌니 조국을 지켜야 하느니 어쩌니 하잖아."

2004년 11월 3일에 유시민이 중앙대학교에서 강연을 했는데, 한 학생 질문을 했다. 젊을 때 진보적이었던 사람이 나이가 들면서 보수적으로 변하는 것을 비판하는 질문이었다. 이때 유시민이 답변하면서 했던 말을 조선일보의 인턴 기자가 치매 환자이던 미국의 레이건 대통령까지 언급하며 짜깁기를 해서 유시민이 노인을 비하한 듯한 내용으로 보도했다.(*〈조선일보〉, "유시민 '30, 40대 훌륭해도 20년이 지나면 뇌세포 변해'", 2004. 11. 5. 이 기사는 오후에 유시민의 반응을 담은 "20대와 60, 70대는 뇌세포가 달라 다운되면 자기가 알아서 내려가야"라는 제목의 다른 기사로 대체되었다. 지금 이 기사는 삭제되고 없다.) 그런데 이 보도가 여러 차례 악의적으로 반복해서 왜곡되면서 '60대가 되면 뇌가 썩는다'로 바뀌었고, 이 말은 유시민의 노인 폄하 막말 어록으로 두고두고 회자된다.

그러나 당시에 유시민이 했던 발언은 이랬다.

"사람이 20대가 넘어서면 새로 생기는 뇌세포의 수보다 죽어 나가는 뇌세포의 수가 더 많다. (…) 내가 개인적으로 세운 원칙 가운데 하나는, 60대가 되면 가능한 책임 있는 자리에 있지 말자. 65세가 넘어가면 절대로 가지 말자. (…) 20대의 인격체와 60, 70대의 인격체는 전혀 다른 인격체이다. (…) 생물학적 필연성으로 나이가 들면 반드시 보수화가 되기 마련이다. 성품이나 인격적 토대 같은 것은 한결같을 수 있어도 시각과 가치관은 변한다."

'젊을 때 진보적이었던 사람이 나이가 들면서 보수적으로 변하는 것은 심하게 비난할 필요가 없는 자연스러운 현상이라고 말했을 뿐'인데, 이것을 〈조선일보〉 기자가 노인 폄하 발언으로 왜곡했다고 유시민은 분노했다.

"그래 좋아, 유시민의 인격이 그 정도로 엉망은 아닐 것이라고는 나도 생각해. 그렇지만, 그것 말고도 사람들이 막말이라고 생각하는 발언이 한두 개가 아니잖아."

"그렇다고 치고."

"그렇다고 치는 게 아니라 팩트잖아."

"그래, 팩트라고 치고."

"그런데 왜 거기에 대한 비판은 별로 없고 유시민을 좋은 쪽으로만 바라보냐는 거야."

"비판을 해야 한다?"

"그렇지, 잘못한 건 잘못했다고 얘기해야지!"

"맞는 말이네…"

"그럼! 맞는 말이지!"

거기까지 대화를 나누고 나니 그제야 분명해졌다.

내가 이 책에서 하고자 하는 유시민 이야기와 사람들이 유시민에 대해서 기대하는 이야기 사이에는 간극이 존재한다는 사실, 그 사실을 나는 비로소 깨달았다.

나는 유시민이라는 한 인간 즉 베이비부머 세대로 한국 사회의 격변기인 1960년대부터 1980년대에 유소년기와 청년기를 보냈으며 평생을 자기 나름의 진보주의적인 태도와 방식으로 살았던 사람이 무엇을 꿈꾸고 세상과 어떻게 투쟁했으며 또 그가 이룬 것과 이루지 못한 것은 무엇이고, 그 성과와 한계는 어디에서 비롯되었을까 하는 데 초점을 맞추었다. 그가 걸어온 인생행로를 그가 겪었던 인간적인 고뇌 속에서 살펴보고 또 개혁이라는 우리 사회 공동체의 과제에 비추어서 그가 장차 나아갈 길 혹은 나아가야 할 길을 예상해 보았다. 이렇게 함으로써 '유시민'이라는 구체적인 인간상을 정리하고 싶었다. 그 시대를 그와 비슷하게 살았던 수많은 사람의 대표적인 캐릭터로 유시민을 바라보고 싶었다. 그리고 그 캐릭터를 통해서 시대정신의 흐름을 어설프게나마 짚어 보고 싶었다.

그러나 내가 유시민을 우호적으로만 바라본다고 지적하는 친구 혹은 굳이 하지 않아도 될 이야기까지 해서 유시민을 깎아내리는 것 아니냐고 지적하는 또 다른 친구, 이 친구들은 현재의 정치 상황에서 유시민이 과연 무엇을 할 수 있을지 혹은 무엇을 해야 하는지 등과 같은 정치공학적인 측면에서 유시민의 현실 정치적 가치를 평가하고 분석하는 데 관심의 초점을 맞추고 있었다. 그랬기에 내가 선택한 접근법이 그 친구의 눈에는 요즘과 같은 엄중한 정치적 국면에서 '나이브하게' 유시민의 선택과 관점과 판단을 지나치게 일방적으로 편드는 것으로 비쳤을 것이다.

이렇게 바라보는 것은 그 친구뿐만이 아니다. 유시민의 차기 대선 출마 가능성을 따지는 이런저런 시사평론가들과 저마다 모두가 다 정치평론가를 자처하는 일반 시민들 역시 유시민을 정치공학이라는 좁은 틀 안에 가둔다.

유시민을 바라보는 이런 관점들을 놓고 어느 것이 옳고 어느 것이 그르다고 말할 수는 없을 것이다. 그러나 각각의 관점에 따라서 유시민이 가지는 사회적 자본의 가치 산정 결과는 크게 달라진다.

사회적 자본의 가치는 사회적으로 폭넓은 관계 속에서 의미가 있을 때만 가치가 있다.

그러나 지금 자유인을 자처하는 유시민은 갇혀 있다. 본인 스스로도 자기를 '유튜브 (정치 비평이 배제된) 도서 비평' 안에 가두어 두려고 한다. 자발적으로 혹은 비자발적으로.

2.

나는 혼자 길을 걸어가거나 전철을 타고 가거나 혹은 횡단보도 앞에서 신호가 바뀌길 기다릴 때 우연히 마주치거나 스쳐가는 사람의 표정과 행색을 유심히 살피곤 한다. 운이 좋으면 그 사람이 다른 사람과 대화를 하거나 누군가와 전화 통화를 하는 얘기를 슬쩍 듣기도 한다. 물론, 훔쳐보고 엿듣는다는 사실을 들키지 않도록 조심한다, 무심한 표정을 가면처럼 덮어쓰고... (그렇다고 해서 내가 변태적인 인간은 아니다, 상식적인 선을 넘지는 않으니까 말이다.) 이렇게 해서 모은 단편적인 정보들을 가지고서 나는 그 사람이 지금 무슨 생각을 하는지 또 어떤 행복한 (혹은 불행한) 인생을 살고 있는지 등의 퍼즐을 혼자서 맞춰 보곤 한다. 그런 게 재미있다. 무료한 시간이 금방 지나가는 건 덤이다. 아무래도 나는 사건보다는 사람에 관심이 많은 게 분명하다.

일송북 출판사 사장이 유시민에 대해서 책을 한 번 써 보는 게 어떠냐고 했을 때 나는 선뜻 그러자는 대답을 하지 않았다. 정치인 유시민이 걸어온 인생 여정 속의 온갖 사건을 글로 정리해서 어떤 해석을 하는 작업이 내키지 않았다. 내게는 그럴 깜냥도 없고, 또 그 작업이 썩 재미있을 것 같지도 않았기 때문이다. 게다가 정치를 하지 않겠다고 선언하고 다짐까지 여러 차례 공개적으로 한 사람을 놓고서 굳이 이렇다 저렇다 어줍잖게 정치적으로 해석하면서 이런저런 말을 보태는 일이 어쩐지 옹색하게 느껴졌으며 그 사람에게도 못할 짓 같았다. 게다가 무엇보다도, 경험적으로 볼 때 저술 작업은 가정 경제에 그다지 도움이 되지 않는데 이 작업에 몇 달씩 붙들리는 게 싫었다.

출판사 사장은 나에게 몇 차례 더 얘기를 했고, 그럴 때마다 나는 미적거렸다. 그런데 어느 순간에 보니까, 어느새 내가 유시민이라는 사람을 머릿속으로 상상하고 있었다. 그 사람에 대해서 내가 알고 있던 단편적인 정보들을 나도 모르게 조몰락거리며 퍼즐을 맞추고 있었던 것이다.

─그래, 정치 이야기보다는 사람 이야기를 쓰자. 유시민이 거쳐 왔던 사건들이 아니라 유시민이라는 사람을 쓰자.

그렇게 해서 이 책을 쓰게 되었다.

3.

그런데 원고를 다 쓰고 나니까 처음에는 어렴풋하게만 생각했던 문제 두 가지가 더욱 분명하게 느껴진다. 작업을 처음 시작할 때에는 내심 원고를 쓰는 동안에 이 문제들이 해결될 것이라 기대했지만, 아무래도 그런 것 같지 않다.

하나는 우리 현대사 및 최근까지의 정치 분야 공학이나 이론에 관한 경험과 공부가 저자인 나에게 부족했다는 점이다. 이 책의 주인공인 유시민이 관계하거나 만나거나 거쳤던 여러 정파·정당들의 정책 목표나 장단기 전망을 훤하게 꿰뚫고 있으면 좋으련만, 그런 능력이 부족하다 보니 짧고 명쾌하게 설명되어야 할 부분이 구질구질하게 늘어지기도 하고, 꼭 필요한 부분을 빠트리기도 했을 게 분명하다. 게다가 편견이 녹아 있는 부분도 있을 것이다. (그런데 어떤 부분에서 그런 실수들을 했는지 나도 모른다. 안다면 수정했겠지.) 원고를 쓰면서 나름대로 공부한다고는 했지만 아무래도 부족할 수밖에 없었을 것이다. 저자로서 할 말도 아니고 염치가 없지만, 독자가 이 점을 염두에 두고 헤아려서 읽어주면 좋겠다.

또 하나의 문제는 예전에 다른 평전들을 쓰면서도 경험한 것인데, 이런 종류의 원고를 쓸 때에는 나도 모르게 책의 주인공에게 정서적으로 밀착하게 된다는 점이다. 책의 성격상 객관성을 유지하는 것이 중요하지만 그게 쉽지 않았던 것 같다. 자료를 모으고 읽고 또 원고를 쓰는 지난 몇 달 동안 하루 종일 그 사람만 생각하다 보니, 일종의 '스톡홀름 신드롬'에서 자유롭지 못하게 된 것 같다. 이 점도 독자가 염두에 두고서 밝은 눈으로 걸러서 읽어 주면 좋겠다.

그리고 그 모든 실수·실패와 실패자들을 기억하자!

지나온 일들을 돌이켜보면 늘 아쉬움이 남기 마련이다. 나의 실수와 실패, 내가 지지한 정파·정당의 실수와 실패, 우리 사회와 우리 공동체 또 우리나라의 실수와 실패… 그러나 실패는 비용이 아니라 자산이다. 실패에서 교훈을 얻기만 한다면 말이다. 앞으로는 더 좋아질 것이라는 믿음은 실패에서 교훈을 얻을 때만 의미가 있다. 감히 기대하자면, 이 책의 주인공인 유시민뿐만 아니라 6월항쟁과 촛불혁명의 완성을 꿈꾸는 혹은 이런 것들이 아니더라도 우리 세대가 또 다음 세대가 조금은 더 편안한 마음으로 살 수 있는 세상을 꿈꾸는 다른 많은 시민·정치인이 그러면 좋겠다. 그래서 대한민국이 지금보다 조금이라도 더 나은 나라가 되면 좋겠다. 그게 이 책을 쓰고 또 세상에 내놓는 나의 바람이다.

초고를 읽고 피드백을 준 친구들이 고맙다. 원고를 쓰는 동안 불편함을 참으며 소중한 조언을 해 준 아내는 그 누구보다도 더 고맙다.

2021년 3월, 이경식

인용하거나 참고한 문헌

<WHY NOT? : 불온한 자유주의자 유시민의 세상 읽기>, 유시민, 개마고원, 2000.

<대한민국 개조론>, 유시민, 돌베개, 2007.

<후불제 민주주의>, 유시민, 돌베개, 2009

<WHY NOT? 불온한 자유주의자 유시민의 세상 읽기>, 유시민, 개마고원, 2000.

<어떻게 살 것인가>, 유시민, 아포리아, 2013.

<나의 한국현대사>, 유시민, 돌베개, 2014.

<생각해 봤어?>, 노회찬 · 유시민 · 진중권, 웅진지식하우스, 2015.

<유시민의 글쓰기 특강>, 유시민, 생각의 길, 2015.

<표현의 기술>, 유시민, 생각의 길, 2016.

<국가란 무엇인가>(개정신판), 유시민, 돌베개, 2017. 초판은 2011년.

<청춘의 독서>(신장판), 유시민, 웅진지식하우스, 2017. 초판은 2009년 출간.

　*이상은 출간순이다.

　*이하는 가나다순이다.

<1987년 6월항쟁과 2016년 촛불항쟁 비교>, 최종숙, 민주화운동기념사업회 한국민주주의연구소, 2017.

<2007 대한민국, 유시민을 말하다>, 박찬석 외, 미디어줌, 2007.

<광장/구운몽>, 최인훈, 문학과지성, 2014.

<나라를 나라답게>, 더불어민주당, 2017.

<검찰개혁과 촛불시민>, 조국백서추진위원회, 오마이북, 2020.

<그리하여 노무현이라는 사람은>, 노무현 · 노무현재단, 돌베개, 2019.

<김대중 자서전>, 김대중, 삼인, 2010.

<남의 눈에 꽃이 되어라>, 서동필, 은빛, 2017.

<노무현이라는 사람>, 이창재, 수오서재, 2018.

<대한민국 깡통경제학>, 이경식, 휴먼앤북스, 2010.

<문샷>, 오잔 바롤, RHK, 2020.

<미쳐서 살고 정신 들어 죽다>, 이경식, 휴먼앤북스, 2011.

<바다의 편지>, 최인훈, 삼인, 2012.

<바른마음>, 조너선 하이트, 웅진지식하우스, 2014.

<반일 종족주의와의 투쟁>, 이영훈, 미래사, 2020.

<삼색공감>, 정혜신, 개마고원, 2006.

<선택의 순간들>, 노무현재단, 생각의길, 2016.

<소셜애니멀>, 데이비드 브룩스, 흐름출판, 2011.

<송창식에서 일주일을>, 박재현, 가쎄, 2016.

<영초언니>, 서명숙, 문학동네, 2017.

<운명이다>, 노무현재단, 돌베개, 2010.

<의학사의 이단자들>, 줄리엠 펜스터, 휴먼앤북스, 2004.

<전태일 평전>, 조영래, 돌베개, 2004,

<정치적 올바름에 대하여>, 조던 피터슨 외, 프시케의숲, 2019.

<죄와 벌>, 도스토옙스키, 번역 홍대화, 열린책들, 2012.

<촛불혁명 : 2016 겨울 2017 봄, 빛으로 쓴 역사>, 김예슬, 느린걸음, 2017.

<WHY 유시민>, 서영석, 리얼텍스트, 2010.

6 · 10민주항쟁 : https://www.610.or.kr

나무위키 : https://namu.wiki

민주화운동기념사업회 사료관 : https://archives.kdemo.or.kr

사람사는세상 노무현재단 : https://www.knowhow.or.kr

시민광장 : http://www.usimin.co.kr

전태일재단 : http://www.chuntaeil.org

이문열 《아우와의 만남》

이문열의 소설을 다 읽었다 해도 이 책에 수록된 작품들을 읽지 않고는 결코 이문열 문학을 논할 수 없다!

박범신 《겨울강 하늬바람》

영원한 청년 작가 박범신이 혼신의 힘을 다해서 쓴 이 소설에는 시대의 아픔을 껴안는 그의 문학 정신이 녹아 있다.

이청준 《날개의 집》

초기작부터 최근작에 이르기까지, 이청준 문학의 큰 흐름을 형성하는 소설 중에서 가장 중요한 작품들을 엄선했다.

이승우 《에리직톤의 초상》

'스물두 살의 천재'라는 찬사를 들으며 화려하게 등단한 이래 관념을 소설화하는 독특한 작품세계를 펼쳐 온 이승우의 대표작!

박영한 《왕룽일가》

서울 근교의 우묵배미라는 농촌을 삶의 무대로 살아가는 사람들의 슬프지만 우스꽝스런 이야기들을 형상화한 박영한의 대표작!

윤흥길 《낫》

일본에서 먼저 출간되어 대단한 화제를 불러일으킨 이 작품은 윤흥길 소설만이 갖고 있는 특별한 매력을 물씬 풍기고 있다.

전상국 《유정의 사랑》

전형적인 사랑 이야기와 김유정의 평전이 자연스레 녹아 한 편의 퓨전 소설 형식을 취하며 문학의 새 지평을 연 놀라운 작품이다

윤후명 《무지개를 오르는 발걸음》
윤후명이 아니면 도저히 쓸 수 없는 특유의 문체와 독특한 작품 분위기, 그리고 각별한 재미!

이순원 《램프 속의 여자》
전방위 작가 이순원이 외롭고 슬픈 한 여자를 통해 우리가 살아온 각 시대의 성의 사회사를 살펴본 탁월한 소설이다.

고은주 《아름다운 여름》
아나운서인 여자와 우울증 환자인 남자의 이야기를 통해 '진짜' 당신을 만날 수 있게 해주는 '오늘의 작가 상' 수상작.

이호철 《판문점》
분단 문학을 새로운 차원으로 끌어올린 이호철의 대표작 중 미국과 프랑스에서 출간되어 호평 받은 작품만을 엄선했다.

서영은 《시간의 얼굴》
'너를 진정으로 사랑하여 나를 부수고 다른 나로 태어나려는' 주인공의 열망을 심정적으로 온전히 치르른 역작.

김원우 《짐승의 시간》
유니크한 작품세계를 구축하고 있는 김원우 문학의 원형을 보여주는, 젊은 시절의 열정을 고스란히 바 친 첫 번째 장편소설.

한승원 《아버지와 아들》
토속적인 세계와 역사의식을 통해 민족적인 비극 괴 한을 소설화하면서 독보적인 세계를 구축한 한승원 의 '기리야마 환태평양 도서상' 수상작.

송영 《금지된 시간》
미국 펜클럽 기관지에 소설이 소개되어 새롭게
주 목받은 송영이 심혈을 기울여서 쓴 한 몽상가
의 이야기.

조성기 《우리 시대의 사랑》
성과 사랑의 경계에 대한 질문을 던지며 많은 화
제를 모았던 이 작품은 조성기를 인기 소설가로
만들 어준 출세작이다.

구효서 《낯선 여름》
다양한 주제를 섭렵하면서 독특한 자기 세계를
구축하고 있는 우리 시대의 중요한 소설가 구효
서의 야심작.

한수산 《푸른 수첩》
짙은 감성과 화려한 문체로 한 시대를 풍미했던
한 수산이 전성기 때의 문학적 열정으로 그려낸
빛나는 언어의 축제.

문순태 《징소리》
향토색 짙은 작품으로 우리 소설의 한 축을 굳게
지 키고 있는 문순태는 이 작품에서 한에 대한 미
학의 극치를 보여준다.

김주영 《즐거운 우리집》
한국 문단의 탁월한 이야기꾼 김주영의 주옥같은
작 품들을 한자리에 묶은 대표작 모음집.

조정래 《유형의 땅》
'네티즌이 선정한 2005 대한민국 대표작가' 조정
래 의 문학적 뿌리는 이 책에 수록된 빛나는 단편
소설 이다.